L'amour est éternel tant qu'il dure

Du même auteur

La Cuisinière d'Himmler, Gallimard, 2013 ; Folio, 2014.
Dictionnaire d'anti-citations, Le Cherche Midi, 2013 ; Points, 2015.
Derniers Carnets. Scènes de la vie politique en 2012 (et avant), Flammarion, 2012 ; J'ai lu, 2013.
Dieu, ma mère et moi, Gallimard, 2012 ; Folio, 2013.
Diptyque marseillais, J'ai lu, 2012.
M. le Président : scènes de la vie politique, 2005-2011, Flammarion, 2011 ; J'ai lu, 2012.
Un très grand amour, Gallimard, 2010 ; Folio, 2011.
Le Lessiveur, Flammarion, 2009 ; J'ai lu, 2010.
Le Huitième Prophète ou les Aventures extraordinaires d'Amros le Celte, Gallimard, 2008 ; Folio, 2009.
L'Immortel, Flammarion, 2007 ; J'ai lu, 2008.
La Tragédie du président, Flammarion, 2006 ; J'ai lu, 2007.
L'Américain, Gallimard, 2004 ; Folio, 2006.
L'Abatteur, Gallimard, 2003 ; Folio, 2006.
Mort d'un berger, Gallimard, 2002 ; Folio, 2004.
Le Sieur Dieu, Grasset, 1998 ; Livre de Poche, 2000, Folio, 2007.
François Mitterrand, une vie, Seuil, 1996, 2011 ; Points, 1997.
Le Vieil Homme et la mort, Gallimard, 1996 ; Folio, 1997.
La Souille, Grasset, 1995 ; Livre de Poche, 1997 ; Folio, 2008.
La Fin d'une époque, Fayard, 1993 ; Points, 1994.
L'Affreux, Grasset, 1992 ; Livre de Poche, 1994 ; Folio, 2008.
Le Président, Seuil, 1990 ; Points, 1991.
Jacques Chirac, Seuil, 1987 ; Points, 1995.
Monsieur Adrien, Seuil, 1982 ; Points, 1991.
François Mitterrand ou la tentation de l'histoire, Seuil, 1977 ; Points, 1990.

FRANZ-OLIVIER
GIESBERT

L'amour est éternel tant qu'il dure

ROMAN

J'AI LU

« Tout peut changer de sens et de nature
le bien le mal les lampes les voitures
Même le ciel au-dessus des maisons
Tout peut changer de rime et de raison
Rien n'être plus ce qu'aujourd'hui nous sommes
Tout peut changer mais non la femme et l'homme. »

ARAGON, *Les Poètes*

Avant-propos

Henri de Régnier (1864-1936) est un écrivain qui, depuis longtemps, ne dit rien à personne. Un académicien cocu et mélancolique, réputé fané, qui n'inspire guère que de la compassion.

Il a tout raté ou presque. Sa vie, son œuvre, sa postérité et même sa paternité. Pierre, le fils que lui donna Marie, sa femme, fille du poète José Maria de Heredia, était le fruit des amours de celle-ci avec le romancier Pierre Louÿs, l'un de ses meilleurs amis, qui poussa la traîtrise jusqu'à devenir le parrain de l'enfant.

S'il faut sortir Henri de Régnier de l'oubli, ce n'est pas pour ses poèmes, souvent conventionnels, rien à voir avec Louis Aragon, notre génie national, sous le signe duquel j'ai placé ce livre en y laissant courir, au gré des chapitres, quelques-uns de mes vers préférés : ceux de son « Second intermède », qui figurent notamment en exergue.

Si Henri de Régnier mérite de la considération, c'est davantage pour ses romans. C'est surtout pour plusieurs bonnes formules, dont celle-ci, qui est sans doute la meilleure définition de l'amour de toute l'histoire de la littérature : « L'amour est éternel tant qu'il dure. » Tout est dit, la puissance comme la fragilité du sentiment qui mène le monde.

Je ne pouvais vous laisser entrer dans ce livre sans rendre grâce à Henri de Régnier. C'est sa maxime qui m'a donné l'idée de ce roman dont l'amour est le héros. Elle résume bien ce sentiment qui, jusqu'à notre dernier souffle, nous emporte, nous affole et nous transcende.

L'amour brasse les classes sociales, soulève les montagnes, traverse les océans, fait fondre les glaciers et ne respecte ni codes ni frontières. Il court, meurt, renaît, élève, rabaisse, rehausse ou démolit, sautant sans cesse d'un être à l'autre, tout autour de la terre. C'est un démiurge qui transgresse tout. Une cavalcade qui ne s'arrête jamais. Un bonheur qui a la bougeotte. Une ronde à la Schnitzler qui forme une chaîne infinie, toujours renouvelée, sur la planète.

J'ai essayé de le suivre dans ce roman où s'entremêlent des amours et désamours. Et si plusieurs de ces histoires sont vraies, toute ressemblance avec des personnages existant ou ayant existé serait, cela va de soi, totalement fortuite.

1

Les beautés du gavage

GOUNDAM, NORD DU MALI, DANS LA RÉGION DE TOMBOUCTOU. Longtemps, Amina crut que les hommes préféraient les grosses. Pas les rondes, non, les grosses avec des bourrelets partout et des popotins comme des barriques.

Dès son plus jeune âge, Amina – à l'état civil Aminata – avait entendu dire qu'une femme devait avoir des formes généreuses pour devenir quelqu'un. Les hommes perdent toujours leur contenance devant une poitrine avec plein de monde au balcon : aucun ne résiste, ils se laissent mener par le bout du nez.

« La femme est un gâteau, lui dit un jour son père. Plus l'homme en a, meilleur c'est. »

C'était un Peul longiligne avec un regard poétique, qui semblait considérer le monde de très haut mais, malgré les apparences, il avait un grand talent pour les affaires. Un baratineur doublé d'un embrouilleur. Avec ça, plutôt filou sur les bords. On l'appelait Papa-Pipeau.

« Quand le gâteau est gros, ajouta Zeinabou, la mère d'Amina, surnommée Mama-Nioc par sa fille, une Maure bien en chair, l'homme a la bouche pleine et il n'a pas besoin d'aller voir ailleurs.

— La vie, ça n'est qu'une histoire de gâteau, renchérit le père. Quand les hommes n'en ont pas assez, ils font des bêtises. C'est normal. Ils ne supportent pas les petites parts. Les femmes abandonnées n'ont qu'à s'en prendre à elles-mêmes. »

Papa-Pipeau plissa les yeux et le front pour montrer qu'il réfléchissait :

« Il y a un proverbe maure qui dit que la femme occupe dans le cœur de l'homme la même place qu'elle occupe dans son lit. »

Il s'était ensuite penché sur sa fille pour lui murmurer à l'oreille :

« Une femme comme ta mère, ça ne se quitte pas. Elle dort et mange peu mais travaille comme quatre, cuisine comme cinq, jardine comme six, m'aime comme sept et, en plus, elle est toujours de bonne humeur. Y a que les grosses pour être aussi dévouées. »

Mais les serments de Papa-Pipeau n'engageaient que ceux qui les recevaient et, deux ans plus tard, il répudia Mama-Nioc pour une autre, à peu près aussi grosse mais beaucoup plus jeune.

On peut le regretter, mais plaire aux hommes est souvent plus qu'une vocation pour les femmes : un sacerdoce, un honneur et une raison de vivre. Malheur aux efflanquées et aux maigrelettes. Dans l'Afrique d'Amina, les hommes n'avaient d'yeux que pour les débordantes, comme si elles seules savaient leur donner un plein bon dieu de plaisir.

Amina était trop fine pour faire saliver les hommes de son village. C'était une petite fille aux traits réguliers, dotée d'un regard ardent, d'une bouche à baisers et d'une poitrine prometteuse. Sans parler de ses superbes cheveux buissonnants. Une beauté, hélas, trop « sèche ». Elle avait tout pour elle ; il ne lui manquait qu'une trentaine de kilos.

C'est pourquoi Mama-Nioc décida de la soumettre à un gavage qui lui serait infligé, selon une vieille tradition familiale, par sa grand-mère dès ses dix ans.

*

* *

C'était un jour de grand vent. On aurait dit qu'une horde de cavaliers déboulait de l'horizon, courait entre les maisons de Goundam et s'engouffrait sous les portes, tandis que, partout, volaient des feuilles, des papiers, des sacs en plastique, aspirés par les nuages.

Ce vent apportait du sable, des graines, des insectes morts, des mauvaises pensées, une espèce d'électricité dans l'air, et puis aussi toutes les rumeurs du monde, du nôtre comme de l'autre.

Ici, dans la région de Tombouctou, au Mali, on l'appelait le vent de Mauritanie. On ne l'aimait pas beaucoup, comme on n'aimait pas ce qui venait du nord. Ou du sud ou d'ailleurs.

Mama-Nioc prit Amina par la main et l'emmena dans la maison de la grand-mère.

« Maintenant que tu es grande, cria Mama-Nioc en chemin, pour couvrir les bruits du vent, il va falloir te trouver un homme.

— Je n'aime pas les hommes. Ce sont tous des feignants, tous bons qu'à se laisser pousser les poils et à se les rôtir au soleil, c'est même toi qui le dis. Je ne veux pas me marier. »

Amina tapa du pied pour indiquer que sa décision était irrévocable.

« Même si tu voulais, tu ne pourrais pas te marier, objecta sa mère. Tu as vu comment tu es ?

— Comment je suis ?

— Eh bien, on dirait que tu as passé ta vie à faire la grève de la faim. Regarde-toi, ma pauvre fille : tu as la peau sur les os. Si tu restes comme ça, aucun homme ne voudra jamais de toi, aucun, aucun… »

Trois petites larmes coulèrent sur le visage d'Amina, qui les essuya.

« Je ne voulais pas te faire de peine, dit Mama-Nioc.

— C'est rien, c'est du sable. »

Quelques pas plus loin, Mama-Nioc reprit :

« Tu ne vas pas trouver très agréable ce que tu vas subir, autant te le dire tout de suite, mais c'est le prix à payer pour réussir ta vie : dans ce monde, on n'a rien sans souffrir. Je compte sur toi pour être courageuse. »

Elle s'arrêta, prit le bras d'Amina et la regarda dans les yeux.

« Promis, bredouilla sa fille.

— Quand on est maigre comme tu l'es, dit la mère, on fait pitié et quand on fait pitié, Amina, c'est qu'on est pauvre. Or, on n'est pas des pauvres dans notre famille, on est même tous des riches, c'est-à-dire des gros.

— Grand-mère n'est pas grosse.

— Elle l'était. Aujourd'hui, elle a attrapé le mal de la vieillesse, tu sais bien. Si tu veux plaire aux hommes, inspirer confiance, fonder une famille, avoir une belle voiture et connaître la prospérité, il y a pas d'autre solution, ma fille : faut être grosse, et même plus que ça. Sinon, ta vie ne vaudra pas la peine d'être vécue. Tu la finiras dans une poubelle ou sur le bord de la route, à mendier. »

La grand-mère habitait avec cinq poules, un coq et un chien au cœur de Goundam, près de la mosquée. Ce n'était plus qu'un sac de peau avec quelque chose qui remuait dedans et faisait peur aux os qui craquaient et aux chairs qui gigotaient. Elle avait la mort en elle.

C'est sans doute pourquoi elle poussait souvent de petits cris d'agonie quand elle déplaçait ses pieds. Elle n'arrêtait pas de mourir et, parfois, ressuscitait.

Elle a caressé les cheveux d'Amina avant de murmurer :

« Je vais faire de toi une femme.

— Merci.

— Ne m'en veux pas si c'est dur au début. On commence toujours par le plus difficile : il faut agrandir l'estomac pour qu'il puisse accueillir plus de nourriture et après, quand il est à la bonne taille, tout devient très simple. »

Après avoir entravé les jambes d'Amina entre deux planches de bois pour l'empêcher de bouger, la grand-mère lui a donné à boire un grand bol de lait de chèvre, un deuxième et encore un troisième.

Quand Amina a eu ses premiers renvois, la grand-mère ne s'est pas découragée. Elle a pincé jusqu'au sang l'épaule de sa petite fille qui a crié, puis pleuré.

« Ce n'est pas pour te punir, lui dit-elle, c'est pour que tu changes de douleur. »

Ensuite, elle lui servit encore un bol. Après en avoir bu la moitié, Amina fut à nouveau saisie de spasmes, le lait ressortait par les trous de nez et elle sentait qu'elle allait vomir, mais sa grand-mère la pinça encore avant de serrer deux lattes de bois entre ses tibias, ce qui lui arracha de nouveaux hurlements.

« Comme ça, lui expliqua-t-elle, tu penses à autre chose et le dégoût passe, n'est-ce pas ? »

Au bout de quelques jours, la grand-mère ajouta au menu d'Amina des dattes, du mil au lait caillé, du tô (pâte de céréales), du riz à la graisse de mouton et beaucoup d'autres choses encore. Sans oublier les friandises en guise de récompense. Mangeant toutes les deux heures, la fille devint méconnaissable au bout de quelques semaines. Un tas de bourrelets. Une espèce de poussah, une boule bonne à marier.

Elle ne détestait pas cette sensation de n'être plus qu'une chose qu'on remplissait indéfiniment. Un entonnoir humain qui glougloutait tout le temps. Sans doute était-elle masochiste : ça lui faisait du bien, tout ce mal qu'il lui fallait subir.

De plus, elle adorait sa grand-mère qui était déjà morte dans sa tête mais qui avait encore à pousser son dernier soupir, ce à quoi elle se résoudrait après le retour d'Amina chez Mama-Nioc, un mois et demi plus tard.

Amina n'était plus la même. Elle ne courait plus dans les rues avec ses copines en criant et en transpirant. Elle répugnait à se déplacer et même à bouger. Elle pouvait rester au lit toute la journée à caresser ses formes, son ventre, ses cuisses ou ses genoux dodus. Elle était devenue lente, douce et molle. Tout lui semblait indifférent, n'étaient les sucreries dont elle se bourrait.

Mama-Nioc n'aimait pas la voir comme ça. Elle lui faisait la morale :

« Ce n'est pas parce que tu es grosse que tu dois te laisser aller. Au contraire, tu as des devoirs, maintenant que tu es entrée dans la catégorie des femmes dont raffolent les hommes et qui auront la belle vie. Pense à toutes celles qui n'ont pas eu ta chance. »

Mais penser était bien au-dessus de ses forces. En ce temps-là, quand Amina pensait à quelque chose, c'était surtout au prochain repas.

2

L'imam et sa bétaillère

GOUNDAM. Amina ne s'était pas donné tout ce mal pour rien : le jour de gloire finit par arriver, et même plus tôt que prévu. À douze ans, elle fut donnée en mariage à l'imam de Goundam, un homme qui approchait de la soixantaine, à la barbe toute blanche, père d'une vingtaine d'enfants et qui venait de perdre sa quatrième femme en couches.

Il s'appelait Mohamed, était franchement laid et n'aimait rien tant que se manger les lèvres, souvent sanglantes. Il avait des yeux gris et des poils partout, jusque dans le dos, sur les phalanges et les lobes des oreilles. Même s'il faisait ses ablutions comme il fallait, il ne sentait pas la rose, notamment sous les aisselles, mais, apparemment, il était du genre facile.

C'était du moins ce qu'avait pensé Amina à voir son regard de bougie éteinte, ses épaules fuyantes et son visage inexpressif de berger sculpté par les coups de serpe du soleil. Tout, chez lui, indiquait qu'il ne voulait pas déranger et ne faisait que passer sur cette terre.

« Le mari idéal, avait dit sa mère. C'est un savant, toujours dans ses livres et ses journaux. Dans la lune aussi. Il ne t'embêtera pas, crois-moi. »

Lors des présentations, Mohamed avait demandé à Amina de se tourner pour lui montrer son derrière qu'il estima parfait, à en juger par son hochement d'approbation. D'un regard de maquignon, il avait aussi mentalement soupesé les seins de la petite, tellement imposants pour son âge. Mais il ne l'avait pas embrassée ni touchée, ni même effleurée.

Sa pudeur avait rassuré Amina. Elle savait ce qu'était l'amour. Elle avait souvent vu le coq de sa mère inséminer les poules. Un mal élevé. Il se précipitait sur elles, toutes griffes dehors, généralement par surprise, avant de les lutiner en leur labourant le dos. Elles y laissaient toujours des plumes.

Une fois, six poules sur les sept de la basse-cour maternelle avaient été mangées par des chacals. La survivante fut l'objet de toutes les attentions du coq qui la montait une dizaine de fois par jour. Elle courait pour lui échapper, mais il finissait toujours par la rattraper. De la persécution sexuelle, si les mots ont un sens. Elle finit par en mourir.

Chez les bêtes, la délicatesse n'est pas le fort des mâles, sauf chez les araignées et quelques autres espèces où, après la chosette, ils se font manger tout crus par les femelles. Mais, la plupart du temps, ils sont odieux et peuvent mordre à pleines dents le cou des partenaires qu'ils chevauchent.

Amina ne doutait cependant pas que Mohamed ménagerait sa monture : il avait de l'éducation, il la respecterait, c'était écrit sur sa tête.

Le grand jour venu, Amina vécut son mariage comme un couronnement et découvrit le plaisir exquis que l'on ressent quand le monde entier semble tourner autour de vous. Sur la vidéo comme sur les photos du mariage, elle avait tout le temps l'expression de ravissement stupide d'une roturière, ahurie de bonheur et vivant un rêve de petite fille.

Certes, il y avait un grand absent. Prétendument retenu par la signature d'un important contrat d'import-export avec le Sénégal, Papa-Pipeau s'était fait porter pâle. Mais elle avait fait son deuil depuis longtemps de ce Casanova de bordel.

Une amie de sa mère, qui en était à ses troisièmes noces, avait dit un jour : « Si j'étais riche, je me marierais tout le temps. » Elle comprenait maintenant pourquoi. Grisée par les danses et les rires, elle engloutissait sans retenue des montagnes de gâteaux au miel d'acacia. Sans parler des frites de banane et des beignets de farine de mil. Ce fut un grand tourbillon de bonheur qui se termina dans le lit conjugal où son époux la prit par tous les bouts, sans ménagement, avant de la laisser dévastée dans une flaque de sang virginal.

« Tu es si pure », lui avait dit Mohamed en se jetant sur elle comme une bête sauvage sur sa proie, l'œil brillant de haine.

Il y avait eu tromperie sur la marchandise. Zébu le jour, Mohamed devenait lion la nuit. Pendant qu'il gigotait sur elle en étouffant des rugissements de savane, Amina craignait qu'il ne plante ses crocs dans sa chair tremblante, ce qu'il finit par faire, sur l'épaule, arrachant à son épouse un cri de panique qui l'excita davantage encore.

Après avoir éjaculé sur son visage, Mohamed remit deux fois le couvert en se soulageant dans sa bouche, puis dans son vagin. C'était comme s'il avait fait le tour du propriétaire et marqué son territoire constitué des orifices de sa femme. Pour un peu, il lui aurait pissé dessus, comme le renard qui prétend ainsi repousser les rivaux.

Quand Mohamed eut terminé sa besogne, il alla se laver et Amina resta assise, les cuisses ensanglantées, repliée sur elle-même, en tremblant jusque dans la moelle des os, avec un mélange de dégoût et de joie.

« Qu'est-ce que tu attends pour changer les draps ? protesta-t-il en revenant. Tu ne crois quand même pas que je vais dormir là-dedans ! »

*

* *

Mohamed était un tyran sexuel, domestique et religieux. Il imposa le voile intégral à Amina, un grand voile blanc qui l'encombrait et qui, quand elle se baissait, l'amenait souvent à trébucher. Il la fit aussi tellement travailler au lit, dans la maison, dans le jardin, qu'elle commença à maigrir et à retrouver ses apparences d'avant le gavage.

« Le travail te réussit, lui dit-il un jour. Il te rend de plus en plus belle. »

Même s'il n'était pas foncièrement méchant, son mari répandait, comme souvent les psychorigides, une sorte de terreur tranquille autour de lui. Pas question de se laisser aller : tout était réglé. Ses saillies n'avaient lieu que certains jours, à une heure précise, comme les sorties familiales qui se déroulaient le premier samedi de chaque mois. Il faisait monter ses vingt-six femmes et enfants dans une vieille fourgonnette déglinguée, une ancienne bétaillère qui avait servi naguère au transport de moutons, comme l'attestait son odeur âcre de pisse mêlée de crotte. Il les emmenait au lac ou, plus souvent, au port de Diré et tout le monde s'asseyait sur la berge du Niger pour regarder le fleuve couler, laissant les heures pousser les heures.

Les garçons avaient le droit de pêcher dans le fleuve, les filles de courir, mais, comme les autres femmes de Mohamed, Amina ne pouvait rien faire sous son voile intégral. Ayant interdiction de le retirer quand elle était dehors, sous le regard des mâles concupiscents, elle était condamnée à rester vissée sur son fessier.

Pourquoi fallait-il retrancher les femmes du mouvement du monde qui copulait sans discontinuer ? Il suffisait d'ouvrir les yeux pour constater que l'univers était une partouze géante, jusque sous les pierres ou dans la terre.

Un samedi que le troupeau familial passait à Diré, Amina s'en était éloignée avec deux des fils de Mohamed pour aller regarder un couple d'éléphants. Ils avaient été sortis de leur camion sur la place du marché et, pendant que le chauffeur se régalait d'une tête de mouton, ils mangeaient du foin.

C'était un mâle et une femelle. Sévèrement entravés, les éléphants ne pouvaient guère bouger, ce qui ne les empêchait pas de s'embrasser en introduisant leurs trompes luisantes dans leurs gueules respectives avant de tripoter leurs organes génitaux. Leur vie était un baiser qu'ils n'interrompaient que pour manger ou dormir.

Les éléphants sont monogames et ne s'accouplent que deux fois en dix ans. Le reste du temps, ils se livrent à d'incessants préliminaires, utilisant leurs trompes comme des sexes ou des langues : ça donnait des idées à Amina.

Quand Mohamed vint la chercher, il semblait furieux et ses deux fils détalèrent.

« Tu ne dois pas regarder ça, dit-il d'une voix blanche. C'est pas halal.

— Mais c'est très beau. Tu ne crois pas, mon cher époux, qu'on devrait essayer de faire pareil ? »

Elle reçut une gifle. La première et la dernière que lui donna Mohamed. Elle pleura longtemps. De rage. Elle ne supportait plus d'être reléguée au rang de balai, d'animal de compagnie ou de trou pour ses besoins naturels.

Mohamed avait tout pouvoir sur elle. Y compris celui de changer son prénom. Quelque temps plus tard, il décida de l'appeler Aïcha, en hommage à la troisième femme de Mahomet, une petite dont la tradition dit que le Prophète l'aurait épousée à six ans avant de consommer le mariage à neuf ans, et d'en tomber éperdument amoureux.

« Je crains que ce ne soit la même histoire qui recommence, lui avait dit Mohamed. Aucun homme ne résiste à la pureté. Même le Prophète n'y est pas arrivé. Alors, moi... »

Il accepta qu'elle se fasse appeler Aminaïcha. C'est à ce moment-là qu'elle devint la femme préférée de l'imam. Mohamed était trop réservé, pas du genre à étaler ses sentiments, mais au bout de quelques semaines de mariage, elle bénéficiait d'un statut spécial.

D'abord, contrairement à ce qu'il avait fait pour les autres, Mohamed demanda à l'instituteur d'apprendre à sa cinquième femme à lire et à écrire. En malien et en français. Plus tard, disait-il, il faudrait qu'elle se mette aussi à l'arabe, à l'anglais et à l'espagnol, les trois langues de demain dont il maîtrisait des rudiments.

L'imam prit rapidement tous ses repas avec Aminaïcha et passa la plupart de ses nuits avec elle, au grand dam des trois autres femmes qui lui faisaient ouvertement la guerre. La première, surtout, une vieille carne qui lui sifflait parfois des malédictions à la figure.

« Grâce à Aïcha, expliqua un soir Mohamed à son épouse favorite, le Prophète a compris quelque chose qui, jusqu'alors, ne l'avait même pas effleuré : c'est l'esprit d'enfance qui, seul, nous permet d'accéder à la vérité. Grâce à toi, il me semble que, comme lui, je retourne enfin aux sources. »

C'est ainsi que commença l'incroyable métamorphose de l'imam de Goundam. Même si, au lit, il se comportait toujours comme un fauve, Aminaïcha observait sans cesse de nouvelles modifications de sa foi et de son comportement. Il s'humanisa peu à peu.

3

Mère à treize ans

GOUNDAM. Il y a toujours quelqu'un d'autre derrière l'apparence des gens, même quand on croit bien les connaître. Ils ne sont jamais figés et ils peuvent changer à tout moment de nature ou de personnalité. En mal ou en bien.

Pour Mohamed, ce fut en bien. Aminaïcha avait épousé un imam borné, de la catégorie des vieux verrats lubriques. Elle se retrouvait avec un religieux ouvert qu'elle aimait de plus en plus, même quand, pendant les copulations, il la broyait comme de la chair à pâté.

On aurait dit que le vent du désert avait soudain tout balayé dans la tête de Mohamed : sa religion était devenue un hymne à la vie, débarrassée des réglementations, superstitions, oulémas, hadiths ou fatwas. De toutes ses conneries.

Mohamed était à l'affût des vagues qui, parfois, viennent s'échouer sur les rives de notre monde pour refluer vers l'infini. Il les chevauchait, partait avec elles là où les êtres vivants ne vont jamais et revenait sur terre avec un visage apaisé : ces allers et retours lui réussissaient.

Certains jours, il passait des heures dans la nature, sous les morsures du soleil, loin de Goundam, là où le monde cuit sous le four du ciel, dans une odeur de miel et de goudron. Il parlait aux êtres et aux choses. Il avait appris le langage des oiseaux et des plantes. Il conférait avec les guêpiers nains ou les lauriers-roses.

Souvent, lors de son prêche du vendredi, il improvisait des variations autour du même thème :

« Quel est le lien qui nous unit tous, les herbes, les fourmis, les gazelles, les oiseaux, les humains ? D'où vient la force qui, parfois, nous emmène si loin du monde ? Pourquoi lisons-nous ses pensées dans le regard d'un singe, d'un chien ou d'une chèvre ? Dieu nous a séparés des autres, alors que nous devrions former un seul corps, celui d'où nous venons et dans lequel nous retournerons, un jour, jusqu'à la fin des temps. Les moments de bonheur que nous connaissons sur terre, c'est quand nous avons réussi à nous mélanger au monde. »

*

* *

Il y a des livres qui transforment le monde ou les gens : ainsi les *Rubaiyat* de Rumi, poète et théologien persan du XIIIe siècle. Ce recueil de quatrains mystiques du maître du soufisme joua un grand rôle dans la métamorphose de Mohamed. C'était un cadeau de l'imam de Bandiagara, un joyeux drille qui fut égorgé par un intégriste quelque temps plus tard.

Mohamed récitait souvent des vers des *Rubaiyat* à Aminaïcha, notamment :

Tu es la mer spirituelle et nous sommes l'écume
Nous sommes là où s'en va la vague.

Quand chacun de mes instants va vers l'amour
L'amour peut trouver sa vie dans chacun de mes instants.

Ne sois pas sans amour, afin de ne pas être mort
Meurs dans l'amour pour demeurer vivant

L'imam de Bandiagara avait aussi offert d'autres *Rubaiyat* à Mohamed, ceux d'Omar Khayyam, philosophe et mathématicien persan du XIe siècle, dont l'œuvre poétique célèbre la vie, le désir, le sexe et le vin :

Viens, emplis la Coupe et, dans le feu du Printemps,
jette le manteau d'hiver du Repentir !
L'oiseau du Temps a peu d'espace à parcourir
Et voici qu'il a déjà pris son vol !

Et je sais une chose : que le Vin, la seule vraie Lumière
attise en moi l'Amour ou excite ma Colère
mieux vaut un Éclair de cette Lumière
surpris dans la Taverne que perdu dans le Temple.

Autant de vers qui tiraient les larmes à Mohamed. Des larmes de joie, d'extase, de gratitude. Qu'était-il arrivé à l'islam, se demandait-il, pour qu'il dégringole si bas après avoir atteint de tels sommets ? Les religions sont comme nous autres humains : elles sont mortelles et se font bouffer par la vermine, souvent même de leur vivant.

Les intégristes sont leurs asticots. Ils ont le même niveau d'intelligence, encore que ce soit faire beaucoup d'honneur à ces crevures. Mais les deux espèces ont en propre de se repaître sans fin du malheur des autres. Observez-les grouillant sur les cadavres ou les chagrins du monde. Elles ne connaissent pas la satiété ni la sérénité.

C'était le temps où les islamistes commençaient à pulluler dans le nord du Mali. Ils n'avaient pas encore détruit les mausolées de Tombouctou, la « cité des trois cent trente-trois saints ». Ni commencé à prendre des otages qui leur rapporteraient dix millions de dollars pièce. Mais déjà, lors de petites expéditions punitives, ils révélaient leur vraie nature en exécutant, lapidant, amputant et terrorisant, avant de filer, sitôt leurs forfaits commis, au fin fond du désert.

Les islamistes s'étaient aussi lancés dans le trafic de drogue avec la Colombie, activité qui éclata au grand jour quand fut découverte, le 2 novembre 2009, dans la région de Gao, au nord du Mali, la carcasse d'un Boeing 727 : loué au Venezuela et immatriculé en Arabie saoudite, l'avion, qui n'en était pas à son premier vol depuis l'Amérique du Sud, avait atterri sur une piste de fortune avec une cargaison évaluée à six tonnes de cocaïne avant d'être incendié pour une raison inconnue.

Depuis des années, les autoroutes de la cocaïne qui approvisionnent la vieille Europe passent par le Mali, mais aussi par le Sénégal, la Guinée-Bissau ou la Mauritanie, générant un chiffre d'affaires que des experts évaluaient, au début des années 2010, à dix milliards de dollars.

« Si on se laisse embêter par les guêpes, disait Mohamed, on finit toujours par se retrouver avec des frelons. »

Un événement acheva de dresser l'imam contre les intégristes. L'incendie du grand baobab de la place du marché par une horde de djihadistes braillards, venus du nord en 4x4. Ils avaient brûlé l'arbre fétiche de Goundam sous prétexte que les habitants l'aimaient trop et que ça les détournait d'Allah.

Le baobab avait trois ou quatre siècles. Il déployait ses branches au-dessus d'une échoppe et, dessous, les hommes se réunissaient, souvent tard dans la nuit, pour rigoler et échanger des nouvelles ou des ragots en buvant du thé. C'était le grin.

Mohamed avait accouru aussitôt et interpellé celui qui semblait le chef des djihadistes. Un grand échalas enturbanné avec un œil blanc comme une boule de fromage, le visage illuminé par le feu et une expression de jouissance intense. Il mâchait un chewing-gum.

« Tu as commis un crime contre Allah et contre la nature ! hurla Mohamed.

— Tu ne sais pas à qui tu parles, salopard d'infidèle ? »

L'homme au chewing-gum lui donna un coup de poing à l'estomac. Mohamed se pencha en avant, les mains sur le ventre, comme s'il tenait un ballon. On aurait dit l'assassin de John F. Kennedy, Lee Harvey Oswald, au moment où il reçoit la balle mortelle de Jack Ruby. Il resta pétrifié un moment dans cette position, la bouche ouverte, l'air stupide, sous les yeux de ses ouailles apeurées et des djihadistes ricanants.

C'était une atteinte grave à son autorité. Mohamed ne savait trop que faire. Il maudit les djihadistes mais de loin, à voix basse, avant de retourner chez lui. Ce soir-là, après lui avoir raconté l'incident, il avait dit à sa quatrième épouse :

« Heureusement que Dieu existe. Il nous console des religions.

— Ne crois-tu pas qu'il vaudrait mieux se passer des religions ? demanda-t-elle.

— S'il n'y en avait pas, l'homme serait mené par le sexe et l'argent, il ne songerait qu'à inséminer ou à posséder, ce qui revient à peu près au même. L'islam est là pour mettre des barrières et nous donner des règles. »

C'était après l'amour. L'éjaculation accomplie, Mohamed tenait souvent des propos de haute volée.

« Sans Allah, poursuivit-il, les hommes seraient comme les bêtes. Ils chercheraient tout le temps à copuler. Avec tout ce qui bouge. C'est Dieu qui fait la différence entre nous et les animaux. S'il n'était pas là pour nous indiquer la bonne voie, on serait comme eux. Des obsédés, des chiens en chaleur, des agités du manche.

— Ce serait invivable, approuva Aminaïcha.

— D'où l'utilité des religions. Elles nous sortent de notre condition de bête lubrique. Quand les hommes prient, au moins ils ne font pas ce qu'on pense. »

Il poussa un grand soupir :

« Le drame, c'est que les religions sont toujours belles au début et que les hommes finissent par les défigurer. Au lieu de se contenter de suivre les textes à la lettre, il faut qu'ils en rajoutent, qu'ils les pervertissent et qu'ils compliquent tout. Elles deviennent alors hideuses. Tu vois ce qu'ils ont fait de l'islam ? Un piège à cons. Un dépotoir à bêtises. »

Aminaïcha buvait ses paroles avec des airs de petite fille exaltée.

« Si Mahomet revenait, reprit Mohamed, je ne crois pas qu'il serait fier de la religion qu'il a donnée au monde. Il aurait même honte de ce qu'on en a fait. C'est devenu une ménagerie, une pétaudière, une décharge publique. »

*

* *

Un matin, alors que toute la famille était partie au marché, Aminaïcha observait à quatre pattes, dans le jardin, des insectes en train de faire l'amour. Des punaises.

Elles s'accouplaient cul à cul, avançant dans une direction, puis dans l'autre. D'autres punaises accouraient parfois pour tenter de séparer la bête à deux dos, mais rien ne pouvait briser l'étreinte.

Mohamed était arrivé par-derrière sans qu'elle l'entende. Contrairement à ce qui s'était passé avec les éléphants, il ne fut pas choqué qu'elle contemplât ce spectacle. Tels sont les effets du soufisme. Il prit sa quatrième épouse en levrette puis plaisanta en commençant son va-et-vient :

« Les punaises peuvent faire l'amour pendant une semaine, ce qui fait à peu près un cinquantième de leur durée de vie. En temps humain, ça ferait un an minimum à faire l'amour sans s'arrêter ! Est-ce que ça t'inspire ?

— Qu'est-ce qu'on doit s'embêter à la fin ! » rigola-t-elle.

Bien qu'elle eût très mal aux genoux après l'amour, il lui sembla qu'elle était montée très haut au ciel, là où les oiseaux ne vont jamais. C'est ce jour-là qu'il l'avait engrossée. Elle avait treize ans et venait d'achever la lecture des *Misérables* de Victor Hugo.

Neuf mois plus tard, Aminaïcha donna naissance à un petit garçon que l'imam appela Mohamed, comme ses six autres fils. Celui-là, ce serait Mohamed VII.

Avec ses longs cils et son front haut, il était d'une beauté à tomber par terre, mais les visiteurs qui se succédaient dans la chambre d'Aminaïcha se gardaient bien de s'en réjouir. Il ne fallait surtout pas mettre la puce à l'oreille aux mauvais esprits du désert, qui auraient eu tôt fait de pourrir la vie de l'enfant. Pour les chasser, tout le monde hurlait donc des insanités de ce genre :

« Qu'est-ce qu'il est moche ! Mais quelle horreur ! Qu'as-tu fait à Allah pour qu'il te punisse comme ça ? Tu ne méritais pas ça, ma pauvre fille ! »

Sur son lit, Aminaïcha opinait du chef en se rengorgeant. L'accouchement avait été difficile. Mais jamais elle ne s'était plainte et son visage rayonnait de la félicité d'avoir enfanté.

L'événement combla l'imam de joie, mais aussi de honte et de culpabilité. Comme pour se faire pardonner, il multiplia les attentions à l'égard de la mère-enfant. Il sollicitait même son avis sur des questions qui n'étaient pas d'ordre ménager. Jusqu'au jour où il lui demanda, la gorge serrée par l'émotion :

« Tu m'aimes ? »

Le cœur d'Aminaïcha se mit à tambouriner. Pour se donner le temps de trouver la bonne réponse, elle feignit de n'avoir pas bien entendu et demanda à Mohamed de répéter la question.

« Je t'aime, insista l'imam, et je veux savoir si la réciproque est vraie. »

Après un moment d'hésitation, Aminaïcha avait répondu avec une expression d'admiration enfantine, plus jouée que naturelle :

« Évidemment que je t'aime, tu es ma vie, la fontaine et le jardin de ma vie. Ma source, mon fleuve, ma mer, mon lion, mon amour. »

Mohamed eut pour elle un regard rempli de fierté.

Le lendemain matin, quand il se réveilla, Mohamed trouva une feuille de papier pliée en quatre sur le drap à côté de lui. C'était le premier poème d'Aminaïcha :

Tu es mon lion
Je suis l'oryx
Tu es mon éléphant
Je suis l'aigrette
Tu es mon fleuve
Je suis ton lit
Tu es mon ciel
Je suis ta terre.

4

La carotte halal

GOUNDAM. Quelques semaines après la naissance de son vingt-troisième enfant, Mohamed reçut la visite de Taleb, un ami qu'il avait rencontré au pèlerinage de la Mecque. Un personnage avantageux et ramenard qui parlait d'une voix de stentor. C'était un imam mauritanien qui venait de passer plusieurs mois au Maroc, où il avait rencontré l'un des grands prédicateurs du pays, Abdelbari Zamzami, dont il se disait très proche.

Il semblait gêné que Mohamed ait permis à Aminaïcha de partager leur table : ça se traduisait chez lui par des regards furtifs et des raclements de gorge. Après les hors-d'œuvre, Taleb prévint Mohamed :

« Étant donné le sujet que je veux aborder avec toi, je crois qu'il vaudrait mieux que ton épouse sorte de la pièce.

— Elle a quatorze ans, elle est maman et a déjà bien vécu. Elle peut tout entendre.

— Réfléchis. Je ne voudrais pas lui mettre de mauvaises idées dans la tête.

— C'est tout réfléchi. J'ai confiance en elle. »

Aminaïcha ne put retenir quelques petites larmes. Elles émurent Mohamed dont les lèvres tremblèrent.

« Oui, j'ai confiance en elle », insista-t-il.

C'étaient maintenant des grosses larmes qui coulaient sur le visage de sa femme. Après un moment d'hésitation, il se leva, posa un baiser sur ses cheveux et lui caressa la joue avant de se rasseoir.

La masturbation était la grande question que voulait aborder l'imam mauritanien. Si les oulémas sont partagés sur le sujet, il pensait qu'il était temps que l'islam l'autorise. C'était encore la meilleure façon pour les jeunes de ne pas tomber dans le péché en copulant avant le mariage, comme ils ont tendance à le faire.

« Ce n'est pas à l'islam de s'adapter à notre époque, dit Mohamed avec une ironie dans le regard et sur un ton qui laissait à penser qu'il n'en croyait pas un mot. C'est à notre époque de s'adapter à l'islam.

— Tu vas trop loin, observa Taleb avec un air soupçonneux. C'est avec ce genre d'attitude que les anciennes religions ont été balayées. »

Au XIXe siècle, l'imam yéménite Al-Choukani avait écrit un livre pour réhabiliter la masturbation. Il y recommandait l'usage de la carotte pour les femmes, ce que préconisait aussi Abdelbari Zamzami, le célèbre prédicateur marocain qui préparait une fatwa très attendue sur les vertus onanistes du légume.

« Et la courgette ? demanda Mohamed. Et le concombre ?

— Chaque chose en son temps. »

Mohamed insista :

« Pourquoi la carotte serait-elle halal et pas les autres ?

— La carotte l'est, c'est un fait. On dirait même que Dieu l'a créée pour ça. Pour les autres, il faut étudier la question avec les savants. Ne halalisons pas tout d'un coup. La précipitation tue les meilleures intentions.

— Qu'une fatwa autorise l'usage de la carotte pour la masturbation, ça veut donc dire qu'il faut annuler les fatwas interdisant aux femmes de manger des bananes ou de faire du vélo ?

— Non. Islamiser la masturbation ne veut pas dire favoriser la masturbation ostentatoire. Nous devons combattre le dévergondage, la jouissance publique et l'appel à la luxure. C'est pourquoi, pour ma part, je prohiberai toujours la consommation de banane et l'usage du vélo pour les femmes. »

Aminaïcha demanda d'une voix innocente :

« Mais qu'est-ce qu'il y a de mal à faire du vélo ? »

Taleb ne répondit pas tout de suite. Il était très choqué que la femme de Mohamed s'immisçât dans la conversation et il tint à le signifier par un silence d'une quarantaine de secondes, puis :

« La selle est une incitation à la débauche ! C'est à cause de la selle que le vélo ne sera jamais halal pour les femmes. En frottant leurs organes, elle provoque chez elles une excitation sexuelle qui leur donne, quand elles pédalent, un sourire d'extase débile qui, personnellement, me fait vomir.

— Imaginons que ce soit vrai, dit Aminaïcha. Pourquoi, en ce cas, les hommes auraient-ils le droit de prendre du plaisir avec leur selle de vélo et pas les femmes ?

— C'est une bonne question, observa Mohamed. Dans le même ordre d'idées, ne crois-tu pas qu'il serait temps de lever les fatwas contre le Coca-Cola et les croissants au beurre ?

— Ils ne sont pas halal. C'est prouvé scientifiquement.

— Et la liberté, c'est halal ? demanda Aminaïcha. Et l'amour ? Et le bonheur ? Et l'air qu'on respire ? »

Mohamed rigola et Taleb en prit ombrage. Il sortit de la pièce et fit ses bagages.

*

* *

Quand Mohamed la prit, la nuit suivante, ce fut la première fois qu'Aminaïcha éprouva vraiment du plaisir avec lui. Elle ne se sentait plus abaissée par la chosette mais au contraire élevée et agrandie.

Qu'est-ce que l'amour ? La continuation de la religion par d'autres moyens, quand ça n'est pas l'inverse. À travers Mohamed, elle s'était sentie en harmonie avec le ciel, la terre et tous les êtres vivants.

« Merci, dit-elle quand il se retira.

— Moi, c'est Allah que je remercie de m'avoir mis sur ton chemin.

— Je ne pourrais pas vivre sans toi, fleur de ma vie.

— Moi non plus, étoile de mon cœur. »

L'imam ne se souvenait pas d'avoir jamais dit ça de sa vie. Ce sont des propos qu'il eût jugés méprisables quelques mois plus tôt. Il n'était pas bien sûr que l'amour, le vrai, fût halal, mais il s'en moquait. C'était bien, voilà tout.

Désormais, avant de rejoindre le lit conjugal, Amina allait écrire des lettres à Allah, du genre :

> Mon miséricordieux,
>
> toi qui peux tout, la pluie, le soleil, les rires et les larmes, fais en sorte que le temps s'arrête pour que mon bonheur dure au moins cinq ans. Je ne te demande rien de plus. Après, tu pourras tout me reprendre, je te jure que je ne protesterai pas.

Ou encore :

> Mon miséricordieux,
>
> merci de m'avoir entendue et d'accompagner notre amour la nuit comme le jour. Chaque minute devient pour moi un siècle de bonheur, et pourtant je rajeunis tout le temps. Je sens que tu es là chaque fois que je suis avec Mohamed, mais dès que tu t'absentes, j'ai des crises de panique. Je t'en supplie, ne pars jamais longtemps : ça me fait mourir de peur.

Aminaïcha ne comprenait pas bien ce qui lui arrivait. Comment peut-on tant aimer quelqu'un qui, au commencement, avait tendance à vous dégoûter ? C'était peut-être à cause de son admiration pour son époux, puits de sagesse et de courage. À moins que ce fût son nez, si large et si distingué, le plus beau du Mali et peut-être d'Afrique. Il la faisait fantasmer.

Elle adorait embrasser ou mâchouiller son organe nasal quand ils faisaient l'amour. Elle rêvait même qu'un jour ce nez vienne fouiller son entrejambe et la pénètre comme le font les trompes d'éléphant. Impossible de chasser cette idée de sa tête, ça la travaillait tout le temps.

Était-il normal d'être ainsi obsédée par le nez de son mari ? Elle s'en ouvrit un jour à Mama-Nioc qui, après avoir attrapé un mauvais cancer, était venue s'installer avec la famille pour mourir près de sa fille.

« Qu'est-ce que tu as à regarder tout le temps ton mari avec des grands yeux ? lui demanda un jour sa mère. Il est quand même moche, tu sais bien.

— Non. Il est très beau. Quand on est beau à l'intérieur, on le devient aussi à l'extérieur, forcément. Et puis il y a son nez, un nez qui me rend dingue...

— Qu'est-ce qu'il a, son nez ?

— C'est comme si j'étais amoureuse de ce nez, tu comprends. Je l'ai dans la peau, j'y pense tout le temps, ça m'inquiète.

— Nous, les humains, nous sommes tous des instruments de musique. Nous avons besoin des autres pour donner le meilleur de nous-mêmes, le tout est de trouver la bonne corde. Il y en a, c'est le zizi ou la langue du conjoint. Toi, c'est le nez. Chacun son truc. »

Le nez de Mohamed, cerise sur le gâteau, n'était pas la moindre raison du bonheur d'Aminaïcha. Elle souriait tout le temps. Même quand elle se faisait traiter comme une moins que rien par la première épouse.

Tout aussi heureux, l'imam soufiste de Goundam répandait de l'amour partout. Dans son foyer, dans la vie de tous les jours et, surtout, dans ses prêches du vendredi qui attiraient de plus en plus de monde.

Ce fut bientôt l'un des imams les plus courus du nord du Mali. *La Gazette de Tombouctou* le présenta même comme l'un des grands religieux du pays. Les enregistrements de ses prêches se vendaient jusqu'au Sénégal ou en Côte d'Ivoire et il passait souvent à la radio, où il était appelé à se prononcer sur les grands sujets d'actualité.

Un jour, deux grands 4 × 4 noirs et une camionnette grise s'arrêtèrent devant la maison de Mohamed. En sortirent cinq djihadistes, cachés derrière de grandes écharpes bleues à la touareg.

Une voisine qui assista à la scène assura que c'était la bande qui avait, selon son expression, « tué » le baobab quelque temps plus tôt. Elle avait même reconnu le chef, un grand borgne au visage christique.

Ils rassemblèrent toute la famille dans la cour, la firent monter dans la camionnette et l'emmenèrent loin du village, dans le désert où, devant les siens, ils tuèrent l'imam à coups de barre de fer. Après quoi ils mitraillèrent les autres, aspergèrent les corps d'essence et allumèrent un grand feu purificateur, qui cracha dans le ciel d'interminables volutes noires, visibles de Goundam.

Aminaïcha avait échappé à la rafle. Au moment où les faux Touaregs étaient venus prendre Mohamed et sa famille, elle était à la pharmacie pour acheter des médicaments pour Mama-Nioc.

Lorsque, de retour à la maison, on lui apprit l'enlèvement des siens, elle poussa un grand cri perçant dont tout le monde se souvient encore à Goundam. Le genre de cri qui déchire tout, les tympans, les cerveaux, les murs, le ciel et fait jaillir des larmes jusque chez les vieillards durs de la feuille.

Elle poussa ce cri une deuxième fois à la vue du petit corps calciné de Mohamed VII, après que les enquêteurs l'eurent amenée sur la scène du crime, puis elle maudit les assassins, insulta Allah et perdit connaissance.

5

Les plagiats de saint François d'Assise

ASSISE, ITALIE. « Veux-tu ma photo, petite bite ? L'Afrique t'emmerde et je vais te dire, elle n'a pas fini de t'emmerder, ducon. Pendant des siècles, vous l'avez pillée, dépecée, avilie, sans oublier de sucer son sang et le reste, tous autant que vous êtes, vous, les descendants d'esclavagistes arabes, américains et européens. Eh bien, je te l'annonce solennellement, notre heure est arrivée. Nous ne la laisserons pas passer et nous allons vous montrer, à vous autres, les handicapés du sentiment et les affolés de la gloriole, de quoi nous sommes capables, nous, les peuples de la musique et de la danse. Je vous conseille de vous mettre tout de suite aux abris pour cacher vos couilles de colibri, car notre vengeance sera terrible : ce sera œil pour œil, dent pour dent, sexe pour sexe, et même pire encore, si ça vous rappelle quelque chose. »

Voilà les mauvaises pensées qu'Amina, revenue à son prénom d'origine, tournait dans sa tête sous un beau soleil de printemps, plus de six ans après la tragédie de Goundam, tandis qu'un bellâtre élégant, au visage confit d'amour de soi, la reluquait effrontément. C'était en Italie, à la terrasse d'un café, en face de la basilique d'Assise, mausolée à la gloire de saint François qui abrite ses ossements et les fresques de Giotto.

Amina était arrivée la veille sur la colline d'Assise, qui, bien qu'arrondie par les vents, se prend pour une montagne. Juchée au-dessus, la ville tient tête depuis des siècles aux orages qui lui beuglent régulièrement dessus comme des taureaux en colère. C'est une métaphore de l'Italie : rien ne la démonte jamais, pas même les tremblements de terre.

« Non, mais tu arrêtes de me zieuter comme ça, espèce d'agité génital ! Tu te prends pour qui ? Sors ton épingle de ton caleçon, qu'on rigole ! »

Incarnation glorieuse de la soixantaine qui, d'après plusieurs études scientifiques, est l'ère de la félicité maximale, l'homme n'arrêtait pas de sourire. Grand, le visage buriné, les oreilles décollées, les cheveux bouclés et apparemment teints, il portait une chemise blanche ouverte jusqu'au deuxième bouton et semblait prendre les choses comme elles venaient, avec un mélange d'ironie et d'insouciance.

Quelques minutes plus tôt, l'homme s'était installé en face d'elle, le dos au monument. Depuis, il ne cessait de la contempler. Pour l'en dissuader, Amina avait tout essayé. Les soupirs appuyés. Les yeux au ciel. Les moues dégoûtées. Elle avait aussi détourné le regard, bien sûr, mais chaque fois qu'elle le ramenait sur la basilique, elle tombait sur le sien. Elle se leva pour signifier au serveur qu'elle voulait payer l'addition.

« Laissez-moi ma chance », dit l'homme en se levant à son tour.

Il avait parlé en italien. Elle secoua la tête : « *No comprendo.* »

C'était de l'espagnol, histoire de l'embrouiller, mais il reprit en français :

« Je suis en train d'écrire un livre dont le titre sera *La Véritable Histoire de saint François d'Assise*. Je vous propose une visite guidée de la basilique. »

Même si elle aima tout de suite sa voix glous-sante et son expression facétieuse, Amina hésita un moment, les yeux baissés.

« Moi, finit-elle par dire, je prépare un mémoire sur Giotto. »

Le serveur arriva. Elle chercha son porte-monnaie dans son gros sac à main, mais l'homme fut plus rapide. Il avait déjà payé quand elle le sortit.

« Merci, dit-elle. Je suis confuse…

— Je me présente. Alberto Navigato, professeur d'histoire des religions à l'université de Rome.

— Je m'appelle Amina Keita et je termine l'école de bibliothécaire documentaliste de l'Institut catholique. Je commence aussi l'histoire de l'art à la Sorbonne. »

Le professeur esquissa une révérence :

« Maintenant que nous avons décliné nos identités, je vous invite à la basilique découvrir les fresques de Giotto.

— Mais j'en viens !

— Retournons-y ensemble. »

Pendant plus de deux heures, Alberto Navigato commenta une à une les vingt-huit fresques de Giotto retraçant la vie édifiante de saint François, plusieurs décennies après sa mort. Il en connaissait chaque détail et son érudition impressionna Amina.

Ils s'attardèrent longtemps devant la fresque du prêche aux oiseaux où, sous les yeux stupéfaits de frère Masseo, l'un de ses compagnons, François s'adresse, le doigt levé, à un rassemblement de colombes et tourterelles.

« Il y a là quelque chose de profondément séditieux, dit Alberto. N'oubliez pas ce que dit la Genèse : Dieu créa d'abord l'homme et la femme. Ensuite, la faune et la flore pour qu'ils les dominent et s'en nourrissent. Ce qui veut dire que la nature était là pour nous servir. »

Alberto Navigato saisit une araignée qui courait sur sa manche et la déposa délicatement sur le mur.

« François, reprit-il, a une conception panthéiste, j'allais dire darwinienne, du monde : l'homme a été créé pour la terre et non la terre pour l'homme. En considérant, contre son époque, que les animaux, créatures de Dieu comme nous, étaient nos égaux, il a révolutionné la pensée chrétienne. Ce n'est pas un saint, en vérité ; c'est un grand prophète qui a régénéré le christianisme. Un personnage inspiré, mais aussi un manipulateur d'une habileté inouïe, qui a réussi à se faire accepter par les autorités religieuses de son temps alors que, logiquement, il aurait dû finir sur un bûcher comme Giordano Bruno et tant d'autres. »

*

* *

La visite terminée, Alberto Navigato invita Amina à dîner dans un restaurant proche de la cathédrale Rufino, où François avait été baptisé. Une fois assis, il posa sa main sur la sienne. C'était décidément un homme qui ne perdait pas de temps et elle savait déjà qu'il lui proposerait, sitôt le dîner fini, de passer la nuit avec lui.

« Mais pour qui se prend-il, monsieur Chaud-de-la-Pince ? L'Africaine ne couche pas comme ça, au premier claquement de doigts. Ce n'est pas parce que les hommes du Nord, arabes ou occidentaux, leur sont passés dessus pendant des siècles avec leurs minuscules bites qu'elles les attendent en se tortillant, les jambes écartées, prêtes à l'emploi. »

Les antipasti n'étaient pas encore arrivés et Alberto passait déjà au tutoiement :

« Parle-moi de toi. »

Elle secoua la tête :

« Pas tout de suite. Je ne me raconterai qu'après toi.

— Moi, dit-il, ça ira très vite. Je suis célibataire. Enfin, non, pour être plus précis, divorcé. Père de trois enfants, un garçon et deux filles.

J'habite Rome, mais ma famille est de Bologne. J'ai une grande passion : François d'Assise, sur qui je travaille depuis une vingtaine d'années. Je voudrais écrire sur lui le livre définitif, mais je croule sous la documentation. Je n'en ai écrit que trois chapitres.

— Quelle est ta thèse ?

— Je te l'ai déjà exposée, mais si tu veux que je développe, je dirai que François était tout à la fois un visionnaire, un dynamiteur, un tacticien et un plagiaire.

— Pourquoi un plagiaire ?

— C'est la marque de tous les grands prophètes. Moïse avait copié le pharaon Akhenaton. Mahomet a imité Moïse. François, lui, a plagié un peu tout le monde. »

D'abord, l'histoire de sa révélation rappelait étrangement celle de Bouddha. Fils non pas d'un roi, mais d'un riche marchand de draps, François aurait décidé de partir à la recherche de Dieu après avoir rencontré, comme le prince Siddhârta, des symboles de la misère humaine. Dans son cas, une bossue et un lépreux. On a peine à croire à une coïncidence quand on sait que sa conception panthéiste du monde empruntait beaucoup au bouddhisme qui avait lui-même influencé l'hérésie cathare. De plus, le nom de frères et de sœurs qu'il donne aux animaux, aux plantes, au soleil, à la lune, à l'eau ou à la mort ne relève en rien de la tradition chrétienne, mais le rapproche encore singulièrement de la tradition bouddhiste.

Ensuite, François a fait preuve d'un certain mimétisme avec le Christ. En enrôlant douze moines comme compagnons, il copiait Jésus et ses douze apôtres. Pour faire fructifier sa légende, il multiplia aussi les miracles. Un jour, il a raisonné un loup qui terrorisait un village. Une autre fois, il a guéri un lépreux ou apprivoisé des tourterelles sauvages. Avant de mourir, il se trouva même affligé des mêmes stigmates que le fils de Dieu, avec des marques de clous aux pieds et aux mains. Sans oublier la plaie à la poitrine.

« Le coup des stigmates, dit Alberto, était un coup de génie. Quand il a senti que la mort approchait, François était très inquiet pour la survie de son ordre. Il craignait que le Vatican n'en profite pour remettre les siens au pas. D'où l'idée de frapper les esprits par une apparition du Christ suivie d'une crucifixion virtuelle sur un rocher, au mont Alverne. C'était le meilleur paratonnerre possible.

— Comment se fait-il que la supercherie n'ait pas été découverte ? demanda Amina.

— Parce que François avait donné pour instruction qu'on lui plante des clous dans les mains et les pieds. Soit, première hypothèse, tout de suite après sa mort. Soit, c'est ma théorie, alors qu'il agonisait pour faire encore plus vrai. Bien qu'il célébrât la « joie parfaite », son christianisme était assez doloriste et il a passé sa vie à se faire du mal.

— Mais qu'est-ce qui prouve qu'il avait ces stigmates ? souffla Amina en savourant une grosse tranche de mozzarella fondante.

— Ses disciples n'ont pas caché le corps. Au contraire, ils l'ont exhibé et toute la ville a pu constater qu'il portait les stigmates du Christ. Ne croyant pas du tout à cette histoire, Girolamo di Giovanni, juge et chambellan d'Assise, un homme très érudit, a fait arrêter le cortège funèbre pour vérifier les plaies, comme le rappelle une fresque de Giotto. Il a ensuite juré sur l'Évangile qu'il les avait bien vues. Après ça, le pape Grégoire IX n'avait pas d'autre choix que de canoniser François, ce qu'il fit moins de deux ans après sa mort. »

Alberto s'arrêta, le temps d'engloutir deux rondelles de tomate, puis il reprit :

« Il est vrai que François avait pris soin de faire de Grégoire IX le "protecteur" de son ordre avant même qu'il accède au trône pontifical. Même s'il essaya sans cesse de se faire passer pour un pauvre type, un crétin rustique, cet homme était un petit malin. C'est ainsi que le franciscanisme a pu se développer dans l'Église dont il est aujourd'hui en train de prendre le contrôle, avec la complicité des Jésuites. Je pense que ça vaudrait mieux pour elle : c'est à mes yeux sa seule chance de survie. »

Elle observa qu'il avait de belles mains, grandes et souples, avec de longs doigts faits pour caresser et pour aimer.

6

La serpillière d'Alberto

ASSISE. Un orage arriva au galop et quatre coups de tonnerre s'abattirent sur les maisons qui tressautèrent. Les lèvres d'Amina tremblèrent.

Un déluge noya Assise, balayée par un souffle haineux. Alberto posa sa main sur le bras d'Amina et le caressa avec le regard du marchand de voitures d'occasion qui vient de conclure une affaire :

« Et si tu me parlais de toi, maintenant ? »

Son assurance confinait à la suffisance, mais il y avait chez Alberto quelque chose qui la séduisait. Un mélange de légèreté et de culture. Une façon amusée de parler de sujets sérieux. Un nez aussi, charpenté et puissant, qui lui rappelait celui de Mohamed.

En répondant aux questions d'Alberto, Amina mentit beaucoup, et pas seulement par omission. Elle prétendit qu'elle avait vingt-cinq ans alors qu'elle était moins âgée. Elle consentit à dire qu'elle était malienne mais de Bamako et non du Nord, et s'inventa un père sénégalais.

Bien sûr, elle n'évoqua pas l'assassinat de sa famille par des islamistes ni son exil à Paris, ni le professeur à la Sorbonne, écrivain à succès, qui l'entretenait depuis un an sans lui avoir encore rien demandé, pas même un baiser. Il est vrai qu'il vivait avec une jeune étudiante marocaine, très belle et très jalouse.

Amina ne dit pas non plus à Alberto que, pour solder ses comptes personnels, elle avait commencé à travailler sur un *Dictionnaire des Fatwas les plus ridicules* qu'elle dédierait à feu Mohamed, son mari mort pour la bonne cause. Un livre qui devait recenser toutes les débilités islamiques.

Parmi les plus stupides, il y avait celle du cheikh Mohamed Al-Mounajjid, qui réclame l'extermination de toutes les souris, Mickey Mouse compris. Ou celle du mufti Al-Maghraoui, qui décrète que les filles de neuf ans peuvent se marier, « car certaines sont meilleures au lit que des femmes de vingt ans ou plus ». Ou encore celle du « savant » Abdelbari Zamzami autorisant la nécrophilie, autrement dit les veufs à copuler avec leur femme quand elle vient de mourir. Sans oublier celles du Conseil indonésien des oulémas interdisant les feux d'artifice, le gel dans les cheveux ou les dos-d'âne sur les routes.

Même si Alberto Navigato ne pouvait lire dans les pensées d'Amina, il fut effrayé par la violence qu'il lut dans son regard. Il valait mieux la faire parler d'autre chose que de son passé ou de son présent.

« Tu comptes faire ta vie en Europe ? demanda Alberto.

— Non, parce que vous êtes foutus. Je vais vous laisser avec vos querelles et votre déclin pour retourner en Afrique : c'est mon continent qui va écrire, je le sais, je le sens, ce XXIe siècle. »

Elle répéta, contente de sa trouvaille :

« Vous êtes foutus, tu sais. Vous êtes déjà le passé de l'humanité et, je peux te le prédire, vous serez bientôt son rebut. »

En guise de réponse, Alberto porta la main d'Amina à ses lèvres et y posa un baiser.

« Et quand tu seras retournée là-bas, quel métier comptes-tu exercer pour gagner ta vie ? » demanda-t-il sur un ton dégagé, comme si la provocation ne l'avait pas affecté.

Le sang monta à la tête d'Amina : elle avait cru déceler une ombre de mépris dans la question d'Alberto. Apparemment, il n'avait pas entendu parler du miracle africain et de ses taux de croissance à deux chiffres. De la vie, des projets, des métiers, il y en avait partout sur son continent.

Décidément, ces connards d'hommes blancs prenaient toujours les Africains de très haut. Après avoir troqué les fouets du colonialisme contre la commisération du nouveau siècle, ils continuaient à les traiter comme des enfants. Ils étaient simplement passés du temps des châtiments corporels à celui de l'éducation permissive, toujours avec la même bonne conscience.

« Tu n'as pas l'idée d'un métier que tu pourrais faire ? insista Alberto.

— Je suis une Négresse mais je peux quand même travailler et faire quelque chose avec mon petit cerveau. Je sais que je trouverai ma place en Afrique. Dans un musée, une bibliothèque, n'importe où.

— J'aime ta colère, murmura Alberto sur un ton moqueur en posant à nouveau sa main sur la sienne. On dirait que tu as du feu dans les yeux.

— Fais attention, il brûle.

— Je sais. »

Sur quoi, Amina eut droit à la première déclaration d'amour d'Alberto. Il but une longue gorgée de vin, prit sa respiration, plissa les yeux, puis :

« Tu es comme du lait qui bout, on dirait que tu vas tout le temps déborder. Dès que je t'ai vue, j'ai compris que tu étais la femme de ma vie et que, si tu en étais d'accord, je vivrais le restant de mes jours avec toi. Je ne te demande pas de me répondre tout de suite. Réfléchis, mais réfléchis bien. »

Amina était troublée, si l'on en juge par les petits tremblements qui agitaient ses narines et sa lèvre supérieure. Décidé à pousser l'avantage, Alberto chuchota avec un air de conspirateur :

« Ta colère déborde tellement qu'elle a besoin d'une serpillière. Sache que je veux être cette serpillière. »

Après deux verres d'amaro pour elle et trois pour lui, ils se promenèrent sur la piazza del Comune. Luisantes comme des limaces, les pierres s'égouttaient après l'orage, parti plus loin se cogner contre les montagnes.

Des ruisselets affolés couraient en tous sens, comme s'ils cherchaient à retrouver leurs sources. Les deux amoureux tournèrent un moment en respirant le vent qui sentait l'avoine mouillée avant qu'Alberto se jette sur les lèvres d'Amina et l'embrasse.

Ce fut un grand baiser, qui avait un goût de saint-estèphe 2009. Bouche ronde, veloutée, truffe, pointe de fruits confits. Ensuite, Alberto prit la main d'Amina et l'emmena finir sa nuit avec lui dans sa chambre d'hôtel, le Trevi, où il lui sembla qu'elle devint à son tour une serpillière.

La serpillière de la tempête qui lui tomba dessus. Sitôt franchi le seuil de sa porte, il ne lui demanda plus son avis pour rien. Comme elle avait pu le constater au marché de Diré, même les éléphants avaient plus d'égards pour leur femelle. Il la déshabilla très vite et, sans s'embarrasser de préliminaires, passa tout de suite à l'action avec professionnalisme.

Alberto était allé droit au but, comme Mohamed en son temps, mais à la différence de son ancien mari, c'était un artiste accompli qui se donnait du mal. Il se déhanchait tant pendant les va-et-vient que, pour la première fois de sa vie, elle poussa des petits cris de plaisir, un plaisir qui n'était cependant pas complet.

C'était la première fois qu'Amina faisait l'amour depuis six ans et, pendant l'action, elle n'arriva jamais, malgré ses efforts, à s'enlever de la tête le souvenir de Mohamed et de leur fils. À plusieurs reprises, elle éprouva même la sensation affreuse qu'ils la regardaient.

« Tu as l'air ailleurs, observa Alberto.

— Je suis au ciel », répondit Amina.

Quand il se retira, il s'allongea sur le dos à côté d'elle, posa sa main sur son ventre avant de demander quelques minutes plus tard, d'une voix hésitante :

« Excuse-moi, mais j'ai le sentiment que tu n'étais pas très à l'aise.

— Quand je ne semble pas à l'aise, chuchota-t-elle pour clore la conversation, c'est que je suis heureuse. »

N'ayant pas l'intention de rester à parler jusqu'au petit matin, elle se leva puis se rhabilla. La première nuit, la femme africaine ne se donne pas ; elle se prête et, après, se reprend souvent.

7

Un très grand amour

ASSISE, PARIS, ROME. Le lendemain, à 8 heures du matin, Alberto attendait Amina devant sa maison d'hôte et ils passèrent la journée à visiter Assise. Il semblait tout connaître de la ville jusqu'à la maison la plus reculée, au fond d'une impasse, derrière un jardin.

Comme tant de lieux de pèlerinage, c'était une ville astiquée qui semblait tenue par les marchands du temple. Elle regorgeait néanmoins de beautés qu'Alberto offrit aux yeux fascinés d'Amina.

Au musée diocésain de la cathédrale San Rufino, elle tomba en arrêt devant la *Madonna annunciata*, une sculpture attribuée à Jacopo della Quercia (1374-1438) représentant une Vierge avec un geste de femme qui se refuse, un geste si délicieusement érotique qu'il semblait, en vérité, une invitation à l'amour.

Plus loin, la *Madonna con Gesù Bambino*, un détail d'une fresque peinte par Matteo da Gualdo (1430-1507), n'était pas moins scabreuse : le petit Jésus y pelotait l'un des seins de sa Vierge de mère avec un air de satyre coquin et satisfait. Le farceur !

« Voilà bien l'esprit de l'Ombrie, commenta Alberto. Parce que la région, cernée par les montagnes, est propice aux orages jupitériens, elle a le sens du merveilleux, c'est même une terre à saints : il en a poussé partout. Mais elle ne se prend pas au sérieux et garde toujours un petit sourire en coin.

— Est-ce que ce n'est pas une spécialité italienne, le petit sourire en coin ? demanda Amina.

— C'est ce qui nous sauve. C'est même ça qui nous sauvera toujours. Aucune catastrophe n'aura jamais prise sur nous. Si un jour vous entendez quelqu'un rire en Enfer, vous pouvez être sûr que ce sera un Italien.

— Alors que s'il pleure au Paradis, il n'y aura pas à chercher, ce sera un Français. »

Contents d'eux et de leurs formules, ils s'embrassèrent. Rien n'est plus beau qu'un homme et une femme qui s'embrassent. La philématologie, science du baiser, nous apprend qu'il requiert l'utilisation d'une trentaine de muscles faciaux et produit plein de bonnes choses, comme de la dopamine ou de la sérotonine, et, dans les giclées de salive, des armées d'anticorps qui s'attaquent aux bactéries responsables des caries dentaires.

« S'embrasser est bon pour les dents », plaisanta Alberto après ce baiser, le plus long qu'ils échangèrent.

Amina se souvint que Mohamed était affligé de vilaines dents dont certaines viraient au marron ou, pis, au noir, et qu'il ne l'avait jamais embrassée une seule fois, fût-ce du bout des lèvres. Non pas qu'elle le dégoûtât : sous les draps, il lui avait donné maintes preuves du contraire. Mais en dépit de son autoritarisme, l'imam ne se jugeait sans doute pas assez ragoûtant pour s'autoriser à embrasser son épouse.

Alberto n'avait pas de complexe. Il se trouvait même si beau qu'il n'oubliait jamais de se regarder avec une expression de ravissement dans les miroirs des devantures de magasin. Le genre dont la mère devait dire à la belle-fille, lors des présentations : « Quelle chance vous avez ! »

Il ne doutait donc pas de la réponse d'Amina quand le soir, à la fin du dîner, il lui demanda si, après l'avoir testé plus de vingt-quatre heures, elle avait envie de passer le reste de ses jours avec lui.

« Je suis ton homme », plaisanta Amina.

Elle décida de rester toute la nuit avec lui. Après qu'ils eurent fait l'amour, il lui sembla qu'Alberto pleurait. C'était en tout cas ce que laissaient supposer ses petits reniflements hachés, à intervalles réguliers.

La lumière étant éteinte, elle ne pouvait vérifier si des larmes coulaient sur son visage, mais quand il se mit à parler, elle décela quelque chose de traînant et d'humide dans sa voix, ce qui confirma son intuition.

« Je n'ai jamais été aussi heureux, dit Alberto sur un ton qui se voulait solennel, un ton de bistrot avant la fermeture. Et pourtant, je n'ai pas l'amour facile ! Par exemple, il m'est impossible de faire l'amour avec une femme sans avoir envie de l'épouser, mais avec toi, je sens des choses que je ne connaissais pas, une sorte d'extase, et le sentiment que ma vie a enfin trouvé son sens. Es-tu d'accord pour te marier avant l'été ? »

Amina alluma la lumière. Le visage d'Alberto était effectivement barbouillé de larmes qu'il essuya avec le haut du drap.

« Qu'est-ce que tu as ? s'enquit-elle, faussement innocente.

— Rien.

— Si, tu pleures, il y a bien quelque chose qui ne va pas ?

— Au contraire. Ce qui me met dans cet état, c'est l'amour, le bonheur et la peur de tout perdre. Je suis trop émotif. Tu verras, c'est mon grand défaut. À part ça, je suis très coulant et facile à vivre. Tiens, par exemple, si tu veux rester à Paris, je suis prêt à déménager et à chercher un nouveau travail. Je veux vivre avec toi. »

Il éternua, se frotta le nez, toussa deux coups, aspira quelques glaires, puis :

« Alors, que réponds-tu à ma demande en mariage ?

— Comment pourrais-je refuser ?

— Je veux un oui ou un non.

— Eh bien, ce sera oui. »

Ils s'embrassèrent, mais leur baiser fut banal, presque furtif, un baiser d'après l'amour.

« Avant l'été, ça nous laisse six semaines pour nous organiser, je reconnais que c'est un peu court, dit Alberto qui pleurait toujours. C'est sûr, on n'aura pas trop le temps de se retourner. Mais d'un autre côté, nous mettrons toutes les chances de notre côté : les mariages les plus rapides sont ceux qui durent le plus longtemps, la chose est établie. »

Il avala quelques larmes, essuya les autres, puis reprit :

« Si tu as des hésitations, tu peux demander un délai supplémentaire.

— On ne dit pas non à un homme qui pleure d'amour pour vous. »

Amina regretta cette phrase. C'était condescendant, égotique et superficiel, pas à la hauteur de la situation, et elle tenta de la corriger sur-le-champ par une formule qui, à peine proférée, ne lui parut pas plus appropriée :

« C'est le plus beau jour de ma vie.

— Pour moi aussi. Le plus beau et en même temps le premier, c'est comme si je renaissais et que j'avais tout à apprendre de nouveau, à goûter, à découvrir. En ce moment, figure-toi, je ressens la "joie parfaite" de saint François, et c'est ça qui m'émeut tellement… »

Sa voix s'étrangla. Une nouvelle poussée de larmes inonda son visage et il se leva pour aller dans la salle de bain se passer de l'eau froide sur le visage.

« Regarde ce que l'amour fait de moi, dit-il en revenant. Je suis l'un des grands intellectuels de ma génération et un militant de gauche en vue, mais mon crédit est tel que je peux écrire aussi bien dans *La Repubblica* que dans le *Corriere della Sera* en passant par *Il Manifesto*, et voilà que je me trouve ici, devant toi, dans une chambre d'hôtel, en train de pleurer de bonheur comme un petit garçon.

— Il n'y a pas de mal à ça, protesta Amina.

— S'il me voyait, je suis sûr que saint François serait fier de moi. Il savait que l'esprit d'enfance est le seul chemin qui nous permet d'accéder à la vérité. Je peux témoigner : j'ai essayé tous les autres, ils ne mènent nulle part. »

Avant de s'endormir, Amina rumina longtemps la phrase d'Alberto : « Je suis l'un des grands intellectuels de ma génération. » Quel crédit accorder à quelqu'un qui tient des propos de ce genre ? Telle est la tragédie de l'Homme blanc : il faut toujours qu'il se noie dans sa fatuité pour y faire des bulles ou de la mousse. Malgré tout son charme, celui-là n'échappait pas à la règle.

C'était la limite d'Alberto, celle de l'Homme blanc qui prétend laisser une trace dans l'univers alors qu'il n'est qu'un rien qui se prend pour le tout. Mais elle se disait qu'il ferait en effet un mari parfait, attentionné, aux petits soins.

*

* *

L'amour ne sait pas attendre. Quand, le matin suivant, Alberto emmena Amina à l'aéroport de Rome Fiumicino, d'où elle s'envola pour Paris, il avait prévu d'aller la rejoindre le vendredi après-midi, mais, le mercredi soir, n'en pouvant plus, il sauta dans le premier avion.

Il était descendu à l'hôtel de l'Abbaye, un établissement du VIe arrondissement où, pendant vingt-quatre heures, ils ne quittèrent pas la chambre, les minauderies succédant aux accouplements et les baisers aux grandes tirades, éros rimant, contrairement à la légende, bien plus souvent avec pathos qu'avec thanatos.

Le jeudi soir, ils dînèrent avec Edgar Morin, un vieil ami d'Alberto qui, après la mort de sa dernière femme, venait de se remarier. Un amoureux de quatre-vingt-douze ans et un penseur éclectique dans la tradition des encyclopédistes du XVIIIe siècle : tout l'intéressait, y compris le vin de Haute-Provence qu'il était en train de boire.

C'était aussi un bel homme aux yeux bridés et Amina fut sensible à son charme de vieux sage bouddhiste, notamment quand il parla d'amour avec un mélange de professionnalisme et d'enthousiasme juvénile :

« L'amour, l'expérience m'a appris que ça peut être compliqué quand ça marche. Au bout d'un certain temps, la femme devient à la fois la sœur, la fille et la mère. À partir de ce moment-là, tous les éléments de l'inceste sont réunis et l'homme souffre d'une sorte d'inhibition spontanée qui l'amène à aller voir ailleurs. Ce tabou n'est pas seulement le produit d'une imprégnation judéo-chrétienne, c'est quelque chose que l'on retrouve dans la nature, notamment chez les chimpanzés qui ne baisent jamais leur mère. »

Alberto renchérit, l'air moqueur, en regardant Amina :

« Les femmes n'arrivent pas à comprendre qu'on les aime toujours quand on les trompe. Mais les hommes ne sont pas de purs esprits comme elles, ils sont esclaves de leurs attractions animales...

— Oui, c'est vrai, totalement esclaves, confirma Edgar Morin. Pour ma part, j'ai toujours vécu la dissociation entre l'amour où l'on s'élève dans la pureté et le sexe où l'on descend dans le bestial et même l'immonde. »

Amina, qui venait de lire un de ses livres, *Mes philosophes*, observa Edgar Morin avec une sorte d'admiration enfantine avant de lui demander à la fin du repas, d'une petite voix étranglée par la timidité :

« Pourquoi avez-vous fait figurer Beethoven parmi vos philosophes préférés ?

— Parce que la philosophie n'appartient à personne et que la musique est aussi une langue qui permet de dire des choses importantes. »

Ils rentraient à l'hôtel quand un grand échalas cagoulé de quinze ou seize ans arracha le sac à main d'Amina avant de monter à l'arrière d'un scooter conduit par un acolyte casqué, qui l'attendait un peu plus loin devant, sur la chaussée. Alberto courut si vite pour le rattraper qu'il le ceintura au moment même où l'engin démarrait à pleins gaz.

Le larron se retrouva sur le ventre, plaqué à terre sous Alberto qui l'enserrait, tandis qu'Amina récupérait son sac à main.

« Au secours ! On veut me tuer ! » s'époumona l'adolescent, rameutant les passants.

Après avoir réussi à se retourner, le voleur de sac se leva et toisa Alberto qui s'était redressé à son tour. Ils restèrent un moment face à face, quand, soudain, l'adolescent se jeta sur lui en poussant un cri de Sioux et lui donna un violent coup de genou dans les burnes.

Alberto hurla et se tordit de douleur avant de répliquer en lui envoyant deux crochets en pleine figure. Il y avait été si fort que le voleur vacilla, puis tomba à la renverse. Son visage ressemblait à une tomate écrasée. Il avait le nez cassé, une dent ébréchée et la lèvre supérieure déchirée.

« Regardez ce qu'il m'a fait, pleurnichait la grande perche, en prenant les badauds à témoin. Ce type est un raciste, il vient de commettre une agression raciste.

— C'est impossible, bredouilla Alberto, qui recouvrait à peine ses esprits. Je suis de gauche. »

Il semblait comme stupéfait par la stupidité de ce qu'il venait de dire.

« Eh bien, s'écria l'adolescent, tu fais partie de la gauche raciste, connard. J'en connais plein comme toi : des racistes qui ont bonne conscience parce qu'ils couchent avec une Black. Tu ne vas quand même pas nier que tu m'as sauté dessus en me traitant de "sale Arabe !"

— Mais enfin, je n'ai jamais dit ça !

— Tu sais quoi, putain de ta race ? J'appelle la police. Elle va faire une enquête… »

Sur quoi, il composa un numéro et donna l'adresse où ils se trouvaient. Un coup de génie. L'adolescent n'avait pas le comportement d'un coupable qui se serait enfui sitôt son forfait commis. Les quelques badauds qui observaient la scène semblaient avoir pris son parti.

Son casier judiciaire étant déjà fourni, le voleur s'était bien gardé d'appeler la police, et il parut soulagé quand Amina et Alberto prirent la tangente.

Le courage d'Alberto avait impressionné Amina. Sur le chemin du retour, elle se sentait fière d'être à son bras qui lui semblait d'acier.

*
* *

Le dimanche soir, avant de reprendre l'avion pour Rome, Alberto proposa à Amina que les noces se déroulent à Assise, dans la basilique où gisent les ossements de saint François. Elle fut d'accord. Ce serait plus simple pour elle, ajouta-t-il : il pourrait s'occuper de tout en Italie, des papiers comme de la logistique.

Les semaines suivantes, Alberto vint la rejoindre chaque week-end à Paris, toujours dans le même hôtel. Entre chacune de leurs retrouvailles, ils échangeaient des mails ou des textos qui ne resteront pas dans les annales : c'était le mélange de babillage et de radotage propre aux amours naissantes. Très répétitif.

Finalement, leur mariage ne put avoir lieu à la date qu'ils avaient fixée : le 21 juin, premier jour de l'été. Amina n'avait pas obtenu à temps une copie de son acte de naissance. En conséquence, ils décidèrent que le mariage aurait lieu le deuxième dimanche de septembre, juste avant l'automne, et qu'ils partiraient ensuite, comme prévu, en voyage de noces en Birmanie.

Le report du mariage attisa encore leur amour. Les jours suivants, comme si le destin les regardait d'un mauvais œil, ils multiplièrent les serments et les déclarations avec un affolement redoublé.

*
* *

L'anniversaire d'Alberto, le 15 juillet, tombait un mardi, jour où il donnait ses cours à l'université. Amina décida de lui faire une surprise et de le retrouver à Rome pour fêter ses soixante-deux ans avec lui. Il lui avait dit qu'il serait seul à son domicile ce soir-là. Elle avait l'adresse.

Elle passa beaucoup de temps à chercher le cadeau qui pourrait lui faire plaisir et finit par trouver une édition originale et dédicacée d'un livre de Julien Green sur son saint favori : *Frère François*.

Alberto habitait un immeuble classique, non loin de la fontaine de Trevi. Quand Amina appuya, le cœur battant, sur le bouton de la sonnette, elle entendit des rires de l'autre côté de la porte : il avait du monde à la maison.

Une belle jeune fille de treize ou quatorze ans, une fausse blonde aux oreilles légèrement décollées, lui ouvrit la porte. La fille d'Alberto, c'était son portrait craché.

Elle ne parlait pas français et Amina, qui ne savait pas l'italien, baragouina quelque chose en anglais. Mais la jeune fille ne la laissa pas finir sa phrase, l'introduisant sans attendre dans la salle à manger où Alberto dînait avec ses deux autres enfants et une femme d'une quarantaine d'années, à la bouche refaite.

« C'est ta femme ? » demanda Amina d'une voix blanche.

8

Comme un chien au pied de la porte

Rome, Paris. La réponse tarda à venir, laissant s'installer ce silence si particulier des réunions de famille après qu'un des convives a proféré une insulte. Tous les traits d'Alberto exprimaient le désarroi.

Son épouse sauva la situation. Elle se leva d'un trait dans un tintinnabulement de colliers et de bracelets, tendit la main à Amina puis laissa tomber sur un ton dégagé, dans un français excellent :

« Oui, je suis la femme d'Alberto. Pour le meilleur et pour le pire. Et vous, qui êtes-vous ?

— Moi ? Rien, juste une étudiante qui voulait faire un cadeau d'anniversaire à son professeur. »

Amina n'avait pas réfléchi à sa réponse. Elle s'était imposée d'elle-même.

Elle tendit le livre empaqueté à Alberto qui se leva à son tour, posa un baiser mou sur sa joue et remercia Amina en la regardant droit dans les yeux.

Sans doute la remerciait-il plus de n'avoir pas fait de scandale que pour le cadeau lui-même, mais il sembla l'apprécier, car, après l'avoir ouvert, il embrassa de nouveau Amina, avec une certaine emphase, cette fois.

« Julien Green, souffla-t-il. Vous ne pouviez pas mieux choisir. »

Elle nota avec satisfaction que ses lèvres tremblaient.

« Mademoiselle, lui demanda Mme Navigato, voulez-vous rester avec nous ?

— Non, bredouilla Amina, vous êtes trop gentille. Je voulais simplement faire une surprise. »

Quand elle se retrouva sur le trottoir, en bas de l'immeuble, Amina poussa un long cri de rage plus que de chagrin. Quelques personnes se retournèrent, étonnées. Elle venait de découvrir la vérité sur les hommes : à quelques rares exceptions près, ce ne sont que des coqs de basse-cour qui, devant leurs femelles, se transforment en poules mouillées, veules et ridicules.

Pourquoi Alberto, capable d'un vrai courage physique, était-il si lâche dès lors qu'il s'agissait d'amour ? Amina marcha longtemps dans les rues de Rome en ressassant cette question, le corps moulu, les yeux battus.

Une heure plus tard, après trois bières et deux verres de grappa, alors qu'elle allait s'endormir dans un hôtel miteux près du Panthéon, son portable sonna. Le prénom d'Alberto s'afficha. Elle ne répondit pas. Il laissa un message. Elle l'effaça aussitôt. Après quoi il envoya un mail.

Elle l'expédia sans le regarder dans la poubelle du mobile.

Si, à cet instant, Amina avait éprouvé de la haine pour Alberto, elle aurait pu penser qu'elle l'aimait encore. Mais non, elle ne ressentait que du dégoût et de la tristesse. Elle ne s'en voulait finalement qu'à elle-même.

C'était comme un deuil. Il était mort en elle et ça faisait un grand vide que la vie comblerait très vite.

Le lendemain, il y avait sur son portable huit textos et trois mails d'Alberto. Elle les supprima tous sans les lire. De retour à Paris dans l'après-midi, elle se coucha dès son arrivée dans son studio avant d'être réveillée, le soir, par un tambourinement à sa porte, aussitôt suivi d'un chuchotis :

« C'est moi, Alberto. Je sais que tu es là. Laisse-moi t'expliquer. Tout ça est un affreux malentendu. Je reconnais que je me suis mal comporté avec toi, mais, il faut que tu le saches, c'est par amour que j'ai menti. Je n'arrivais pas à rompre d'un seul coup avec ma femme et, en même temps, je ne pensais qu'à vivre avec toi. Je commençais à la préparer, nous avons encore eu des discussions terribles hier soir et ce matin. Si j'ai menti, c'est simplement par omission. Ouvre-moi, je t'en supplie, laisse-moi au moins une chance, je la mérite… »

Alberto frappa à nouveau à la porte, puis reprit, toujours à voix basse :

« Il faut qu'on se parle, Amina. Je t'invite à dîner ce soir pour vider l'abcès. Je prends tous les torts mais je veux que tu entendes ma défense. Tu verras que j'ai des excuses, beaucoup d'excuses. Quand je te les aurai données, je suis sûr que tu m'en voudras moins. De grâce, ne fais pas la sourde oreille, essayons de repartir à zéro. Sinon, tu le regretteras toute ta vie. »

Elle entendit des reniflements, accompagnés de grattements au pied de la porte. Aucune dignité. On aurait dit les bruits d'un chien qui veut rentrer chez son maître.

L'amour réussit mieux aux femmes qu'aux hommes, qu'il rend souvent bêtes et ridicules, se dit Amina qui imaginait *il professore* Navigato à genoux derrière la porte, en train de proférer, en sanglotant, ces propos indignes de « l'un des plus grands intellectuels de sa génération ».

Elle ne répondit pas, enfonça une boule Quiès dans chaque oreille, se déshabilla et retourna au lit. Son réveil indiquait trois heures du matin quand elle fut réveillée à nouveau par un tambourinement. Elle se rendormit peu après.

La journée suivante, Amina ne sortit pas de son studio qui donnait sur la cour dont, depuis sa fenêtre, elle ne voyait qu'une partie. En l'occurrence le local poubelle. S'il avait quitté le palier, ce que rien ne prouvait, Alberto pouvait l'attendre dans le hall d'entrée aussi bien que devant l'immeuble. Elle ne voulait pas prendre le risque de tomber sur lui.

Pour ne pas faire de bruit, elle ne quitta pas le lit où elle lut, surfa sur le Net et finit par répondre aux sept nouveaux textos d'Alberto :

« Je ne veux plus jamais te voir, ni t'entendre. Plus jamais, jamais, jamais. Amina. »

*
* *

Les jours suivants, Amina vécut un phénomène qu'elle avait déjà connu, au Mali, après l'assassinat de son mari et de son fils. Elle ne mangeait plus, ne parlait plus et se réveillait très tôt. Les trois symptômes de la dépression. Mais ça passa. Mal, mais enfin ça passa.

Amina sentait le vide que laisse le bonheur en nous après qu'il s'est retiré. Elle tenta de le combler en se faisant embaucher comme serveuse par un restaurant à la mode, le Roca, 31, rue Guillaume-Tell, dans le XVIIe arrondissement de Paris, où elle n'assurait que le service du soir.

« Vous avez tout à fait le profil qu'on recherche », lui avait dit le gérant avec un clin d'œil ambigu.

C'était un établissement « bobo » épatant où régnait un climat convivial. La musique était branchée et la clientèle très jeune.

Un soir, un jeune homme qui, apparemment, l'attendait, l'accosta à la sortie du travail :

« Je peux vous offrir un verre ? »

C'était un client qu'elle avait déjà vu plusieurs fois. Si elle accepta sa proposition sans hésiter, c'est parce qu'il y avait en elle ce creux qu'elle cherchait à combler, mais aussi parce qu'il lui semblait beau, aussi beau que peut l'être un Français.

Si l'on en croit la caricature à laquelle il tente souvent de ressembler, le Français a le visage émacié, les cheveux coupés court, une expression d'exaspération et une barbe de quelques jours. Il a aussi un mauvais goût dans la bouche, sans doute à cause des renvois qu'il ravale régulièrement. Tout lui fait bile. La météo, les bouchons, la politique, l'argent, les impôts. Les autres, surtout. Quand il ne ronchonne pas, il serre les dents. Sa vie est un long gémissement du début à la fin. Il est recommandé de ne l'approcher qu'avec d'infinies précautions. Si vous lui adressez la parole pour lui demander votre chemin ou autre chose, sachez que son premier réflexe est d'accélérer le pas, de partir en courant ou d'appeler la police.

Si le jeune homme plut tout de suite à Amina, ce fut à cause du mystère qui émanait de lui. À en juger par les expressions de son visage que fouillaient les néons, il était à la fois arrogant et timide, inquiet et insouciant, cynique et romantique. Il n'était pas fini.

Il emmena Amina dans un bar bondé de la porte de Champerret. Ils s'installèrent au comptoir. Il fallait hurler pour se faire entendre, à cause de la musique : *The Man Comes Around*, chantée par Johnny Cash.

« Johnny Cash est mon chanteur préféré, dit-il. J'aime surtout ses quatre derniers albums, *American III*, *IV*, *V* et *VI*, où il chante sa propre mort avec une incroyable économie de moyens. J'ai un gros faible pour *Ain't no Grave*, une chanson d'outre-tombe, qui semble avoir été enregistrée dans son cercueil. »

Il approcha son visage et la fixa droit dans les yeux :

« C'est quand même étrange qu'on prenne notre premier verre avec du Johnny Cash. Pour un type superstitieux comme moi, voilà ce qui s'appelle un bon présage. Et vous, quel est celui que vous mettez par-dessus tout ?

— Luciano Pavarotti. »

Ses lèvres esquissèrent une moue étonnée qui, à peine apparue, s'évanouit.

« Je ne suis pas trop classique, observa-t-il.

— J'ai aussi une passion pour Beyoncé.

— Vous me rassurez. »

Il avait trente-quatre ans, s'appelait Marc Pigeon et travaillait au service des égouts de la Ville de Paris. Il n'avait encore jamais été marié mais sortait d'une histoire compliquée dont il était en train de se remettre. Pendant qu'elle lui faisait raconter son passé et décliner des éléments d'identité, il ne la regardait presque jamais dans les yeux.

C'était à cause de l'amour qui le submergeait, elle en était sûre. Quand l'interrogatoire fut terminé, Amina laissa tomber :

« Autant vous prévenir tout de suite, si vous pensez que vous allez tirer un coup ce soir, sachez que vous tomberez sur un os.

— Je ne suis pas comme ça, protesta Marc Pigeon. En plus, je ne sais pas pourquoi, mais je suis quelqu'un qui prend souvent des râteaux. C'est pour ça que je mets toujours du temps à me déclarer, mais là, c'est vrai, je... »

La suite se perdit dans le brouhaha du bar et la chanson de Marvin Gaye, *Sexual Healing*. Armé d'un regard langoureux, Marc Pigeon passa à l'offensive en posant sa main sur celle d'Amina qui la retira en baissant les yeux, avec un air effarouché.

Pour se faire pardonner, il lui tendit un paquet de fraises Tagada et ils le finirent ensemble.

9

Une musique à leur lèvre se sent

PARIS. Le deuxième soir, Marc Pigeon attendait de nouveau Amina à la fin de son service, devant le restaurant de la rue Guillaume-Tell. Dans l'après-midi, la canicule était tombée sur Paris : on aurait dit que l'on marchait dans de la mélasse bouillante.

Le jeune homme transpirait. Sans doute souffrait-il de rétention d'eau : son visage en sueur s'était subitement bouffi, notamment au niveau de la lèvre inférieure, ce qui lui donnait un petit air veule dont on ne pouvait, la veille, soupçonner la trace.

La beauté est un attrape-gogo : c'est toujours quand on croit l'avoir qu'on la perd. Telle fut la pensée qui vint à l'esprit d'Amina quand elle tendit avec ostentation sa joue à Marc Pigeon, comme pour lui signifier que le temps des baisers sur les lèvres n'était pas encore venu.

Alors qu'il s'épongeait la bouche avec sa manche de chemise, elle songea qu'en vingt-quatre heures il était devenu vraiment moche : les grandes chaleurs ne lui réussissaient pas.

Marc Pigeon emmena Amina dans le même bar que la veille et quand ils eurent terminé leur première bière, il lui proposa de venir prendre un verre chez lui, rue de Turenne, dans le Marais. Elle refusa ; elle était fatiguée : les clients avaient été irascibles toute la soirée, renvoyant les plats, protestant contre la lenteur du service, laissant des pourboires minables.

« Rien de plus normal, cria Marc Pigeon pour couvrir la voix de Lionel Ritchie qui chantait *Three Times a Lady*, son grand succès du temps des Commodores. Plus la température monte, plus les gens deviennent irritables. Des études menées à Berkeley et Princeton l'ont montré : par temps chaud, il y a une recrudescence des viols et des violences domestiques. C'est pourquoi le réchauffement climatique est un danger majeur pour l'humanité : il creusera sa tombe en provoquant des guerres.

— Il y a toujours eu des guerres.

— Il y en aura encore plus. C'est comme les nuits de pleine lune. Savez-vous que les standards de la police sont submergés, ces nuits-là ? Il y a beaucoup plus de stress, de meurtres, de tentatives de suicide, de morsures de chien…

— J'ai entendu dire le contraire.

— Détrompez-vous. Nous sommes des animaux qu'on peut contrôler et manipuler en changeant la météo. Donnez-nous du ciel bleu ainsi qu'un climat tempéré, et vous verrez, nous serons doux comme des moutons. Déclenchez la tempête et nous nous transformerons en tou-

tous craintifs, pressés de rentrer à la niche. Une grosse chaleur et nous deviendrons des chiens méchants. Ce sont des choses que le gouvernement nous cache pour des raisons évidentes. »

Amina n'insista pas ; il semblait sûr de son affaire. Après deux bières, quand il entendit les premières notes de *The One that Got Away* de Katy Perry, Marc se leva et l'invita à danser.

« J'adore Katy Perry, dit-il. La vulgarité à ce point, c'est du génie à l'état pur. »

Ils exécutèrent une sorte de slow langoureux, leur verre à la main, et le prolongèrent avec *Summer Son* de Texas, au rythme pourtant plus effréné. Une bière plus tard, elle accepta qu'il la raccompagne jusque chez elle. Devant la porte de l'immeuble, elle détourna les lèvres au moment précis où il lançait un nouvel assaut. Mais pour lui indiquer qu'il ne devait pas se décourager, elle lui caressa l'épaule avec un sourire sans équivoque avant de lui adresser, de loin, un baiser virtuel qu'elle posa sur sa paume puis souffla dans sa direction...

Le troisième soir fut, comme elle l'avait prévu, le bon : après trois verres dans leur bar habituel, elle consentit à le suivre dans son deux-pièces de la rue de Turenne où, avant même de reprendre son souffle, elle se retrouva sur un lit, les jambes écartées, devant Marc, hagard et trempé comme une soupe, qui se déshabillait péniblement, son slip et ses chaussettes lui collant à la peau.

Sous la lumière de la chambre, elle put enfin le voir vraiment : les yeux marron, les lèvres fines, le poil noir et le ventre plat, il était tentant. Même en nage.

Pas de préambule, ni même un baiser : c'eût été une perte de temps. Comme Mohamed, comme Alberto, Marc alla droit au but, à croire qu'il n'avait pas fait l'amour depuis des mois. En la fourgonnant, il transpirait des cordes et ahanait comme un vieux cheval sur un chemin pentu. Mais jamais Amina n'avait éprouvé le sentiment d'être aussi proche de l'extase.

Dire qu'elle était au septième ciel eût été inapproprié. Il aurait fallu parler du quinzième, du seizième ciel, tant elle se sentait au-dessus du monde.

Comment ne pas croire en Dieu quand on vit un plaisir pareil ? Elle se mit à prier machinalement : « Merci, mon Dieu, merci. »

La canicule ayant fait suer Paris jusqu'au dernier jus, l'air lui-même était mouillé. Amina eut le sentiment de faire l'amour dans une mer du Sud, en plein cagnard, au milieu des vagues.

Quand elle ressortit de l'eau, il lui sembla qu'elle sentait le sel marin et elle fila dans la salle de bain prendre une douche froide.

« J'étais bien ? demanda-t-il avant qu'elle tourne le robinet.

— Oui. Pourquoi me poses-tu cette question ?

— Parce que tu ne me l'as pas dit. Je m'interrogeais…

— Si tu veux savoir, je t'ai senti un peu tendu. Je ne sais pas pour le reste, mais pour le sexe, tu es du niveau de Pavarotti.

— Mozart, je préfère. »

Maintenant qu'elle s'aspergeait d'eau, Amina ne pouvait rien entendre, mais Marc lui dit quand même d'une voix sonore :

« Je crois en effet que je me débrouille assez bien. »

Quand elle se fut essuyée puis rhabillée, elle demanda à Marc de lui montrer son appartement. Ce fut vite fait. « Montre-moi ta maison, je te dirai qui tu es », écrivait Angelus Merindolus, un abbé provençal du XVIe siècle.

Le petit deux-pièces de Marc Pigeon suintait l'ennui et le conformisme : tout était blanc, les murs et les meubles ; pas une seule touche personnelle, excepté un portrait de Che Guevara et six livres en tout et pour tout. Il n'avait même pas d'eBook.

« Tu n'aimes pas lire ? s'étonna Amina.

— À quoi bon lire, répondit-il, quand il n'y a plus de littérature.

— En es-tu si sûr ? »

Il regarda Amina avec un air de deux airs, puis :

« Peux-tu me citer un seul écrivain contemporain important ? »

Il enchaîna la réponse :

« Non ? Eh bien, tu vois ! »

Il était une heure et quart. Trop tard pour commencer un débat, même si beaucoup de noms venaient à l'esprit d'Amina.

Elle aurait bien passé le reste de la nuit entre les bras de Marc, mais il lui demanda de rentrer chez elle ; il lui fallait préparer un dossier pour une réunion de travail prévue le matin suivant. C'est sur un ton abrupt, pas romantique du tout, qu'il lui avait donné son congé, mais qu'importe : même si tout portait à le croire, elle refusait d'admettre que son nouvel amant n'était qu'un égocentrique de bas étage, comme toutes ces petites frappes cyniques, dragueurs de moquettes ou prédateurs d'escaliers, qui rechignent à s'engager et qui, à la fin de leur existence, continuent de vivre au jour le jour comme des bêtes sauvages, toujours en quête d'une nouvelle proie et jamais rassasiés de plaisir.

Avant de partir, Amina répéta avec un air pénétré les mots qu'elle avait dits jadis à Mohamed :

« Je ne pourrais pas vivre sans toi, fleur de ma vie. »

Après un seul coït et quelques paroles échangées, c'était quand même un peu disproportionné. Marc ne sembla pas apprécier. C'est du moins ainsi qu'elle interpréta le silence qui s'ensuivit.

« J'ai passé un bon moment avec toi, finit-il par concéder.

— Moi, un moment génial. »

Ce dialogue résumait bien la relation qu'ils allaient avoir : toujours en demande, Amina s'était mise, d'emblée, en position d'infériorité.

Cette nuit-là, en rentrant à pied chez elle, de l'autre côté de la Seine, Amina parlait toute seule, à voix basse :

« C'est mon Sauveur, j'en suis sûre. Mon Unique. Mon Désiré. Mon Sanctifié. Mon Vivant. Mon Majestueux. Mon Subtil. Mon Vengeur. Ma Lumière. Ma Vérité. Il mérite bien les quatre-vingt-dix-neuf noms d'Allah, il ne faut pas que je le rate. »

L'amour était en marche ; rien ne l'arrêterait. Il la rendait plus légère, une plume dans l'air.

10

L'homme qui n'aimait pas l'amour

PARIS. Au bout de quelque temps, Amina constata que Marc ne lui proposait de venir la chercher que les soirs où il avait envie d'elle. Sinon, il restait chez lui, prétendant qu'il avait du travail ou du sommeil à rattraper.

De plus, Marc lui demandait toujours d'évacuer les lieux dès qu'ils avaient fait l'amour et ne lui accordait que des bouts de dimanche pour une séance de cinéma ou une promenade dans Paris, jamais un week-end entier.

Ils ne se voyaient vraiment que le samedi matin quand elle venait faire le ménage et le linge de monsieur. Parfois, après qu'elle se fut acquittée de ses tâches domestiques, il l'invitait à déjeuner au restaurant vietnamien du quartier.

La vérité était que Marc ne voulait pas s'engager. Jusqu'à présent, il n'avait jamais su dire non à une femme. Trop sentimental, malgré les apparences. Incapable de rompre, il avait mis longtemps pour quitter sa dernière compagne, une pharmacienne divorcée. Pendant des semaines, il déménagea une à une ses affaires de leur appartement commun vers celui qu'il avait loué en secret pour vivre seul. Un jour, un costume. Le lendemain, une paire de chaussures.

Jusqu'à ce qu'à ce que la pharmacienne lui demande un jour :

« Que se passe-t-il ? Je ne comprends pas. Tu n'as plus de vêtements dans ton placard !

— Tout est au pressing, avait-il bredouillé.

— Et les chaussures ?

— Chez le cordonnier. »

Commença une conversation qui se termina quarante minutes et quelques hurlements plus tard, quand Marc se retrouva sur le palier avec une valise, après que la pharmacienne en colère eut claqué la porte derrière lui. Il pleurait. Il n'aimait pas pleurer.

Les amours d'aujourd'hui sont les désamours de demain. Sans parler des rivières de larmes afférentes. C'est pourquoi Marc tenait tant à garder ses distances avec Amina. Elle n'insistait pas. Elle supportait à peu près tout de lui, l'absence de préliminaires et la grossièreté dont il faisait preuve, comme cette nuit où il lui avait murmuré à l'oreille, après l'avoir honorée :

« T'es la première Black que j'ai connue. Eh bien, si je ne t'avais pas rencontrée, j'aurais vraiment raté quelque chose.

— Quoi ?

— Une espèce de naïveté, d'innocence. Tu ne fais pas les choses à moitié, tu t'engages à fond la caisse.

— Mais encore ?

— C'est tout, mais c'est déjà beaucoup. »

Il y avait là-dedans quelque chose de méprisant, sans doute de l'impensé raciste. Mais Amina avait laissé passer. Avec lui, elle laissait toujours tout passer. Il fallait le comprendre : les femmes l'avaient toujours déçu. Trop angoissées, trop possessives.

Quand il avait des sautes d'humeur, Amina lui trouvait encore des excuses. La vie n'avait pas été facile pour lui. Il avait honte de ses parents, d'anciens petits commerçants ruinés avec lesquels il s'était fâché. Souvent il lui avait parlé de son « enfance compliquée » et plusieurs demi-aveux l'amenèrent à penser que son père le battait plus que de raison. En outre, il était français, ce qui ne prédisposait pas à la joie de vivre.

Comme beaucoup de ses compatriotes, Marc se levait et se couchait ronchon. Selon les jours, il se disait anarchiste, souverainiste, décroissant, marxiste, centriste, nationaliste, trotskiste, écologiste ou antimondialiste, mais il tenait toujours à peu près les mêmes propos, du genre :

« Il faudrait que ça pète un bon coup et ça ira mieux après. Nous, les gens d'en bas, on est trop gentils. Il y a des siècles qu'on se fait avoir. Un jour, on leur réglera leur compte, à tous ces enculés. »

Il semblait appartenir à une confrérie, moitié société secrète, moitié ligue bien-pensante, et en avait après la terre entière, particulièrement les Chinois, les Indiens, les Coréens, les Brésiliens, les Russes, les Américains ou les Allemands.

« Et les Africains ? demanda un jour Amina. Pourquoi ne les mets-tu pas sur ta liste ? Dans quelques décennies, ils seront un tiers de la population de la planète. Ce seront eux qui vous tailleront des croupières.

— J'attends de le voir pour le croire.

— Ouvre les yeux !

— Vous autres, les Africains, n'êtes pas assez retors pour réussir : vous deviendrez, comme nous, la chair à pâté du libéralisme. Les idiots utiles du capitalisme. »

Il souffrait sans arrêt de rhumes, d'angines et de constipations chroniques, ainsi que de migraines qui pouvaient lui prendre la tête plusieurs jours de suite et qu'il imputait à l'état du pays autant qu'à son travail de sous-chef au service des égouts de la Ville de Paris, où il ne se sentait pas reconnu à sa juste valeur.

Un soir, après avoir vidé la moitié d'une bouteille de whisky, Marc avait dit :

« J'ai beau me gaver de médocs, je reste toujours aussi déprimé parce que je fais un boulot de con avec des chefs à la con dans un pays de cons.

— Tu ne peux pas dire ça ! protesta Amina. Il te restera toujours l'amour.

— Moi, l'amour ne m'aime pas.

— Non, s'insurgea Amina, l'amour t'aime tellement que tu seras bientôt obligé de l'aimer. Il faut simplement que tu cesses d'en avoir peur. »

Marc avait souri d'un sourire souffrant.

« Tu as l'air de croire que l'amour nous prend quelque chose, reprit Amina. Eh bien non, figure-toi, il nous donne tout, la vie, la joie, le bonheur. Laisse-le monter en toi et tu verras : tu seras un homme comblé. »

Amina menait un combat de tous les instants pour faire sauter ses défenses et réconcilier Marc avec l'amour. Elle ne cessait de marquer des points. Ainsi observait-elle sans déplaisir qu'il était fier d'elle ou, pour être plus précis, du regard que les autres portaient sur lui quand il l'avait à son bras, un regard plein d'envie et de lubricité.

La plupart des hommes se retournaient sur le popotin d'Amina qui dansait tout le temps le wolosso sous sa robe. Cette femme était une incitation au désir, à la joie et à l'amour.

*

* *

Une fois, alors qu'ils venaient de faire l'amour, Amina avait demandé à Marc :

« Tu pourras me dire un jour ce que tu fabriques les samedis après-midi ? »

Marc l'avait fusillée du regard :

« De quoi je me mêle ? Ta question est très indiscrète, je ne vois pas en quoi ça te concerne.

— Je suis ta femme, merde !

— Ma compagne, si tu permets. Ne confonds pas.

— J'ai quand même le droit de savoir ce que tu fais !

— Non. C'est mon jardin secret. »

Un samedi après-midi, Amina décida donc de suivre Marc. Il pleuvait : le temps idéal pour ne pas se faire repérer. De plus, pour s'assurer qu'il ne la reconnaisse pas, elle avait revêtu un ciré bleu marine à capuche acheté pour l'occasion.

Marc sortit de chez lui vers 14 heures et se rendit dans un immeuble proche, rue Chapon. Le bâtiment de quatre étages était si biscornu qu'on se demandait, en l'observant, par quel miracle de la physique il pouvait encore tenir debout.

Quand Amina entra à son tour dans l'immeuble, peu après Marc, l'ascenseur était arrêté au deuxième étage. Elle monta par l'escalier.

Arrivée sur le palier du deuxième, elle écouta aux portes de droite puis de gauche. Derrière cette dernière, Amina entendit la voix de Marc et celle d'une femme qui minaudait de la gorge, avec un son de clarinette, avant d'émettre des roucoulements entrecoupés de petits râles suffoqués.

Sur la porte blindée vert bouteille, il y avait une grande plaque qui en jetait : « Mme Verdon-Soupault, expert-comptable. »

Quand la clarinette monta en puissance à l'intérieur de l'appartement, Amina descendit et se morfondit en guettant Marc sur le trottoir, près de l'immeuble, en buvant ses larmes de rage mélangées aux gouttes de pluie.

Le lendemain, en fouillant dans le portable de Marc, Amina tomba sur des échanges entre Marc et une certaine Élodie. Des échanges graveleux qui lui brisèrent le cœur. S'agissait-il de Mme Verdon-Soupault ?

Quand elle tapa ce nom sur Google, Amina ne trouva pas grand-chose. Pas de photo, quelques indications sur ses activités professionnelles et une biographie sommaire qui indiquait qu'Élodie Verdon-Soupault était âgée de trente-neuf ans.

Le surlendemain, pour en avoir le cœur net, Amina se présenta au deuxième étage porte gauche de l'immeuble de la rue Chapon avec un bouquet de fleurs qu'elle était censée remettre à Mme Verdon-Soupault. Elle voulait voir de près la chose qui avait fait perdre la raison à Marc.

Une femme d'au moins deux cents kilos apparut dans l'embrasure. Grosse mais belle. Lourde mais joyeuse.

« Élodie Verdon-Soupault ?

— Oui, c'est moi. Oh, quel beau bouquet ! »

Amina reconnut la voix de clarinette. Les lèvres délicates, le nez frémissant, les sourcils bien dessinés, Élodie Verdon-Soupault avait un visage fin sous des cheveux frisés, le tout fiché sur un corps abondant qui tremblotait dans un ample peignoir de soie dorée, répandant autour d'elle les effluves d'un exquis parfum poivré.

Son double menton lui donnait un air autoritaire que corrigeait une expression de grande générosité. C'était une femme qui s'habillait large et pensait grand.

« Il n'y a pas un mot pour accompagner le bouquet ? demanda-t-elle.

— Non, madame. Mais j'ai cru comprendre que c'était professionnel… »

Elle laissa un pourboire de dix euros à Amina.

*

* *

Le samedi après-midi où Amina l'avait suivi, Marc prit le métro en sortant de chez Élodie Verdon-Soupault, et descendit à la station Trocadéro pour passer une heure dans une institution proche du cimetière de Passy, Les Saintes de Normandie.

En attendant Marc sous un abribus, Amina n'avait cessé de l'insulter intérieurement mais, quelques jours plus tard, quand elle se rendit à l'institution, elle fut soulagée d'apprendre, après enquête, par le service d'accueil qu'il venait y voir sa sœur chaque semaine.

Une jeune fille, abandonnée par ses parents quelques années plus tôt, après avoir subi une ablation d'une grosse tumeur au cerveau. Depuis, elle n'était plus bonne à rien, sauf à sourire, un sourire d'une douceur infinie, qui fendait le cœur.

Marc participait financièrement à l'hébergement de sa sœur dont il était la seule famille, le seul soutien, la seule visite. Il n'avait jamais rien dit à personne : c'était un homme qui ne savait pas se vanter. Ni du mal ni du bien qu'il faisait, notamment le samedi après-midi.

Son enquête terminée, Amina s'était sentie à la fois bluffée et dégoûtée. Comme tout le monde, Marc était un petit tas de secrets qu'il aurait mieux valu ne pas remuer. Il lui avait dit un jour : « L'homme que je suis, c'est quelqu'un que personne ne connaît, sauf moi. Heureusement. »

Autant le soutien de famille des Saintes de Normandie émouvait Amina, autant l'amant furtif d'Élodie Verdon-Soupault, sa seule maîtresse connue, lui soulevait le cœur. Même si elle retardait l'heure de la grande explication, il ne paierait pas pour attendre.

Mais elle comprenait mieux Marc, désormais. Ses fatigues, ses absences. Il avait ses testicules dans le cerveau et, si petit que fût son engin, qu'elle surnommait « Mini-Marc », il fallait qu'il coure derrière, comme les cerfs à la saison des amours.

Marc était insatiable. En lavant son linge, Amina avait pu observer qu'il se masturbait aussi beaucoup. Il y avait des traces partout. Sur les draps, les slips, mais aussi les chaussettes avec lesquelles il essuyait souvent la sainte crème.

Il lui fallait au moins une quinzaine d'éjaculations par semaine et une seule femme ne pouvait y suffire. C'est pourquoi il avait si souvent recours à la masturbation, en plus du reste et notamment d'Élodie Verdon-Soupault.

À chaque éjaculation nouvelle, l'homme rajeunit son sperme. Même s'il a moins de spermatozoïdes la fois suivante, il s'y trouve proportionnellement moins de bloqueurs et plus de tueurs ou de chercheurs d'œuf pour inséminer la femme. Sur le plan de la fécondation, Marc était ainsi un danger public. Une épée de Damoclès.

11

La fille de la porte d'à côté

PARIS. Un soir, alors qu'il montait chez lui, Marc Pigeon se retrouva dans l'ascenseur avec une jeune fille au visage enfantin et en tenue d'écolière : débardeur, short, baskets et socquettes. Avec ça, des fossettes, des taches de rousseur et des yeux légèrement bridés. Elle portait un sac de courses à la main.

Au premier regard, Marc Pigeon ressentit tous les symptômes du coup de foudre : d'abord, les battements de son cœur s'accélérèrent, chose rare dans son cas, puis ses pupilles se dilatèrent, tandis que plusieurs gouttelettes de transpiration suintèrent sous ses tempes, avant de couler le long des pattes, jusqu'au cou.

Il n'avait encore jamais connu ça. Certes, il lui était souvent arrivé d'avoir plusieurs petits coups de foudre dans la même journée, ça ne prêtait jamais à conséquence. Il les oubliait à peu près aussi vite qu'ils lui étaient tombés dessus. Mais là, c'était différent, il ne s'agissait pas d'un éclair furtif dans le métro ou dans la rue. Non, ça relevait du vertige.

La jeune fille descendit au même étage que lui : le quatrième. C'était sa nouvelle voisine, celle de la porte d'à côté. Il avait entendu des bruits d'emménagement la veille au soir.

Alors qu'elle tournait sa clé dans la serrure, il se dirigea vers elle et se présenta.

« Je m'appelle Maria Ibaniez, répondit-elle en lui tendant la main. Enchantée. Je suis arrivée hier.

— Si vous avez besoin de quelque chose, n'hésitez pas. »

Marc l'invita à prendre un verre chez lui. Elle accepta avec un sourire enfantin : ça l'excita autant que ses genoux, peu après, quand elle s'assit dans son salon, en face de lui. Des genoux potelés de bébé.

« Désolé, dit-il. Le rangement laisse à désirer, mais je suis célibataire.

— Moi aussi, » murmura-t-elle en regardant son sac de courses à ses pieds.

Après qu'il eut ouvert une bouteille de vin de pays, ils commencèrent à parler du quartier, de la vie en général, de la leur en particulier et, de fil en aiguille, un verre appelant l'autre, les baisers entrant peu après dans la danse, tout s'enchaîna pour se terminer là où se concluent le plus souvent les amours : sur le lit qui n'était pas fait.

Pendant l'amour, Maria Ibaniez poussa des cris de toutes sortes qui donnèrent à Marc un sentiment exquis de puissance. On aurait dit une ménagerie. Il y avait des hennissements, des barrissements, des couinements, jusqu'au hurlement final, quand les yeux de la jeune femme se voilèrent, signe qu'elle avait eu son content de plaisir.

C'était étrange, ces yeux vitreux de morte. À l'instant suprême, ils étaient devenus inexpressifs, comme si son âme avait disparu avant de réapparaître quelques secondes plus tard.

« Tu es vraiment un champion, soupira-t-elle. Je n'avais encore jamais ressenti ce que je viens de ressentir. »

Il ferma les yeux pour mieux savourer ces paroles. S'il avait pu, il les aurait enregistrées pour se les repasser, les soirs de cafard, jusqu'à la fin de ses jours.

« Je crois, reprit-elle, que nous sommes en train de vivre le début de quelque chose d'important. »

S'il avait été un instrument de contrôle dans un poste de pilotage, on aurait dit qu'un voyant rouge venait de s'allumer. Après avoir posé un baiser sur le front mouillé de Maria Ibaniez, il se leva du lit :

« Veux-tu une bière ?

— Plutôt un Coca, si tu as. »

Quand il revint avec ses cannettes, il la trouva laide. C'est ainsi que lui semblaient souvent les femmes après l'amour, et celle-là ne faisait pas exception.

Ils restèrent un long moment sans rien dire.

*
* *

Que faire d'Amina, maintenant que Maria était entrée dans sa vie ? C'était un problème, mais, comme le disait Henri Queuille, une sommité du radical-socialisme, « il n'est pas de problème dont une absence de solution ne finisse par venir à bout ».

Trop pleutres, les hommes ne quittent pas ; ils empilent. Ce sont toujours les femmes qui rompent ; elles ont en elles les couilles que les mâles portent à l'extérieur.

Marc n'avait pas envie de régler le problème. Il laisserait le temps le faire à sa place. La vieille tactique masculine. Elle marche depuis des millénaires.

En conséquence, Amina continuerait à venir faire le ménage et s'occuper du linge le samedi matin : c'était gratuit, il ne crachait pas sur les économies et, de surcroît, elle excellait dans les travaux domestiques, elle avait ça dans le sang. Quant à leurs copulations nocturnes, rien ne les empêchait de les pratiquer chez elle. C'était certes peu confortable, au septième étage sans ascenseur et sous les toits, qui plus est, ce qui transformait son studio en fournaise par temps de canicule. Mais bon, un lit reste toujours un lit : on y fait les mêmes choses, plus ou moins bien.

Le lendemain soir, alors que Marc s'apprêtait à lui annoncer la nouvelle organisation, Amina lui annonça qu'elle était enceinte avec une espèce d'exubérance dans la voix, comme si c'était une bonne nouvelle.

« Mais c'est impossible, s'étouffa-t-il. Tu ne prends pas tes précautions ?

— Bien sûr que si. Je me suis fait poser un stérilet.

— Un stérilet ! Ma pauvre fille ! Mais pourquoi ne me l'as-tu pas dit ? C'est une vraie passoire, un stérilet !

— Ce n'est pas ce que m'a dit mon gynéco.

— Écoute-moi, Amina. Je suis la preuve vivante que ça ne marche pas. Quand j'ai été conçu, ma mère portait un stérilet, figure-toi. C'est un truc de Mathusalem, le meilleur ami des spermatozoïdes, une machine à faire des bébés sans le vouloir. Tu m'aurais demandé, je te l'aurais dit. »

Le regard d'Amina s'embruma et sa voix trembla de colère, une petite colère froide :

« Marc, éclaire-moi : tu n'es pas content d'avoir un enfant avec moi ?

— Mais comment le pourrais-je ? Personnellement, moi-même, je ne me sens ni l'envie ni l'énergie d'avoir un enfant. Ce n'est pas le moment à tous points de vue, professionnellement et psychologiquement.

— À trente-quatre ans, tu as l'âge d'être père. Est-ce que ça ne t'émeut pas ? »

En guise de réponse, il prit la main d'Amina et posa un baiser sur ses lèvres.

« On va se débarrasser de cet enfant, murmura-t-il sans la regarder. Mais il faut qu'on fasse ça bien. Je connais une clinique... »

Après l'avoir observé froidement, Amina ébaucha un bras d'honneur qu'elle n'eut pas le cran de terminer.

« Tu peux toujours courir. C'est décidé, je garderai cet enfant.

— Mais moi, je n'en veux pas, protesta Marc.

— Moi, si.

— Nous sommes deux.

— Oui. Moi et lui.

— Et moi ? »

Après qu'Amina eut poussé un soupir, Marc lui caressa la joue avec un mélange de gêne et d'affection :

« C'est moi ou l'enfant, tu as compris ? »

Elle poussa un nouveau soupir.

« Si tu décides de garder cet enfant, dit-il, il faut que tu saches que toi et moi, c'est fini. Fini, fini. »

Amina hocha la tête en fermant les yeux. Depuis qu'il avait parlé de « se débarrasser » de leur enfant, elle n'éprouvait plus rien pour lui : leur amour s'était dégonflé comme une montgolfière.

« Comme ça, tu pourras t'envoyer plus souvent en l'air avec ta grosse du samedi, siffla-t-elle entre ses dents. De toute façon, je n'aurais pas pu accepter ça très longtemps.

— De quoi parles-tu ?

— De ta grosse ! Élodie Machintruc ! La reine du peignoir ! Celle qui roucoule comme une tourterelle ! »

Il haussa les épaules avec un air méprisant.

« Malgré son surpoids, elle a quelque chose, je le concède, grinça-t-elle, mais tu aurais pu trouver mieux. Des grosses, y en a de bien plus belles au Mali. On est même les spécialistes mondiales. »

Elle tenta de réprimer un bâillement en se demandant ce qui, excepté le désir d'effacer le souvenir d'Alberto Navigato, avait pu lui plaire chez ce personnage aigri et infatué.

« Il faut que je te prévienne, reprit-il. Si tu gardes l'enfant, je n'aurais pas les moyens de t'aider. Financièrement, je suis très juste.

— T'inquiète. Je me débrouillerai. Es-tu au moins prêt à le reconnaître ?

— Il faut que je réfléchisse mais je ne crois pas que ce soit une bonne idée. Moi, j'ai toujours pensé qu'il valait mieux ne pas reconnaître les enfants qu'on n'a pas voulus. »

Il parlait avec la condescendance de quelqu'un qui aurait beaucoup vécu.

« Comme tu veux », dit-elle.

Rentrée chez elle, Amina se coucha et s'endormit aussitôt. Le matin suivant, après un long sommeil réparateur, elle s'assit à son bureau et écrivit une lettre à Marc. Les phrases vengeresses lui venaient sans effort, comme si elles avaient mûri toute la nuit.

> Connard d'Homme blanc,
>
> Comme tes ancêtres l'ont fait avec mon continent, tu m'as exploitée, piétinée, bafouée mais je sais maintenant qu'il me fallait ce coup de pied au cul pour acquérir mon indépendance et repartir de l'avant. Merci de me l'avoir donné. Grâce à toi, même si j'ai mal au derrière, je vais pouvoir renaître en donnant la vie à un bébé café-au-lait dont j'espère bien qu'il n'aura ni ta petite bite, ni ton esprit étriqué, ni ta lamentable avarice. Une mise au point : contrairement à ce que j'ai pu te dire certaines nuits, par pitié ou par politesse, je n'ai jamais éprouvé un seul orgasme avec toi. Pas une seule fois. Comment peux-tu croire que tu fais jouir les femmes avec ton pénis de chihuahua dont, en plus, tu ne sais pas te servir ? Qu'est-ce qui te permet de penser que ton corps donne du plaisir alors qu'il laisse toujours un senti-

ment de malheur, avec toute cette bile qui coule à la place de ton sang ? Tu la dégueulerais plus souvent, tu aurais meilleure haleine, couille molle ! C'est votre problème, à vous autres, Français : vous êtes trop pessimistes et trop méchants pour vous donner vraiment. Nous les Africains, on partage tout, même quand on n'a rien. Tu gagnerais beaucoup à prendre des leçons auprès des mâles africains. Ils ont tout plus gros. La bite, le cœur, l'amour.

Adieu.

Ton ancienne Négresse

Après avoir relu la lettre, Amina la glissa dans une enveloppe qu'elle laissa sur son bureau où elle resta plusieurs semaines avant de finir dans la poubelle.

Si, avant de la jeter, Amina avait su que Maria venait de s'installer chez Marc avec son chat, son hamster et ses deux lapins nains, elle aurait sans doute envoyé la lettre : pour elle, c'eût été la preuve de l'impensé raciste qui travaillait son ancien amant, la Blanche arrachant en deux mois ce que la Noire n'avait pu obtenir en quatre.

Mais cette décision de faire appartement commun, Marc l'avait prise avant tout pour des raisons financières. Maria avait trouvé le bon argument en lui proposant de payer la moitié du loyer.

12

Narcisse est fatigué

PARIS. Travailler fatigue, se reposer aussi. Se reposant beaucoup, Marc était toujours très fatigué. Dormir plus de dix heures par nuit ne lui suffisait pas.

Sa mère disait naguère qu'il avait été, dans son ventre, un bébé de rêve. Jamais un coup de tête ni de coude ni de genou : déjà, pendant la grossesse, il n'avait cessé de buller.

Quand il rentrait à la maison, Marc avait toujours l'air pressé. Généralement, il allait directement aux toilettes, tirait la chasse d'eau, disait bonjour à Maria, filait dans la chambre, allumait la télé et s'allongeait sur le lit. Dans l'ordre.

Au début de leur histoire, quand Maria Ibaniez le rejoignait sur le lit et lui demandait comment sa journée s'était passée, il lui répondait sans la regarder :

« Je suis fatigué.

— Défatigue-toi », lui avait-elle dit un jour avant de cesser de poser la question.

Les premières semaines de leur histoire, Maria avait été émue par l'espèce de lassitude mélancolique qui, dès le lever, accablait Marc, mais ça ne dura pas longtemps : elle la supportait de moins en moins.

Elle ne supportait pas non plus son nom. Elle le trouvait même ridicule : Pigeon, on n'a pas idée de s'appeler ainsi. Quand elle l'avait entendu la première fois, le jour où il s'était présenté, elle n'avait pu s'empêcher d'esquisser un sourire qu'il lui avait aussitôt renvoyé :

« Pigeon est un nom plein d'avenir. Nous sommes déjà quarante-huit à Paris. Il y en a de plus en plus, comme il y a de plus en plus de Moineau : on en compte dix-huit dans la capitale et deux mille trente-cinq dans le pays. En revanche, espèces en voie de disparition, les Aigle ne sont que quatre et il n'y a plus que deux Buse. »

Elle avait ri, avec un alignement de dents adorables qui semblaient de lait.

« Vous voyez, avait ajouté Marc, il en va des patronymes comme des espèces. J'ai un nom prometteur.

— Où avez-vous trouvé ces chiffres ?

— Ce sont des travaux très sérieux du Collège de Pataphysique. J'ai vérifié leurs résultats dans l'annuaire. »

Craignant de passer pour une idiote, elle ne lui avait pas demandé ce qu'était le Collège de Pataphysique. À l'époque, elle était sous son charme.

« Un Narcisse, avait tout de suite prévenu Joséphine, la meilleure amie de Maria, une grande gigue à tête de cheval, qui tenait une boutique de prêt-à-porter dans le IXe arrondissement. Il s'aime trop pour pouvoir t'aimer un peu. »

C'était au point qu'il semblait ne s'intéresser à rien, sauf à lui-même et à son métier. Marc Pigeon était bien noté par ses supérieurs qui se reposaient sur lui dès qu'un incident survenait en dehors des heures de travail, la nuit ou en fin de semaine notamment. C'étaient les seuls moments où il travaillait. Il ne traînait jamais les pieds quand il était appelé en urgence. Il aimait se sentir utile.

Fasciné par le monde des égouts, il était incollable sur les blattes, les moustiques et les matières fécales. Quand il parlait des rats, il devenait lyrique. C'étaient sans doute les seuls animaux de la Création qui trouvaient grâce à ses yeux. Depuis plusieurs années, il prétendait préparer un livre sur eux, qu'il appellerait *Les Gaspards*, mais il n'en avait pas encore écrit une seule ligne. Ils mangent de tout, racontait-il, des câbles comme des fils téléphoniques, avec un gros faible pour l'huile des voitures. Ils sont très solidaires. Si vous en attaquez un, les autres risquent de débouler. Si vous en brûlez un pour l'exemple, comme le font certains marins, alors ses petits camarades sautent à l'eau. D'où l'expression : quitter le navire. Ils ont aussi un flair sans pareil et leur absence est toujours mauvais signe. Quand on n'en voit plus courir ou nager sous les voûtes suantes des égouts, mieux vaut filer tout de suite, c'est qu'on est dans une poche de gaz toxique, d'hydrogène sulfuré ou de dioxyde de carbone.

Une société qui ne respecte pas ses égouts ne se respecte pas. Marc aimait rappeler qu'un égoutier parisien a une espérance de vie inférieure de dix-sept ans à celle d'un cadre. Ce qui est normal quand on songe à tout ce que l'on trouve dans les deux mille quatre cent cinquante kilomètres d'égouts de la capitale. Les cyanures ou les liquides radioactifs des hôpitaux, la soude caustique des particuliers, le perchloroéthylène des pressings. Sans oublier les éthoxylates de nonylphénol que contiennent certains vêtements H & M, Calvin Klein ou Ralph Lauren, qui se décomposent peu à peu en sous-produits très toxiques. Sans parler des milliards de mégots de cigarettes.

*

* *

Ce jour-là, en rentrant du travail, Maria semblait dévastée. Secrétaire de direction et chargée des ressources humaines auprès d'un patron de syndic véreux, échangiste et collectionneur de montres, elle venait de passer l'une des pires journées de sa vie dans les locaux d'une boîte spécialisée dans les plans sociaux.

Son patron touchait des commissions sur tout, jusque sur les ampoules qu'il faisait remplacer dans les escaliers des immeubles qu'il était censé gérer. Les copropriétaires avaient fini par s'en rendre compte et, sa mauvaise gestion aidant, l'entreprise était en train de sombrer. Il fallait licencier un tiers du personnel, soit onze personnes.

Un coach avait aidé Maria et son boss à préparer la stratégie pour mettre en œuvre le plan social. C'était un petit chauve avec une grosse tête luisante, confite dans la graisse. Il avait au poignet une montre Bell & Ross que le patron du syndic, qui portait pourtant une Piaget, n'avait cessé de reluquer pendant leur stage.

« Règle numéro un, avait dit le coach, ne jamais regarder dans les yeux les gens que vous allez licencier. C'est une règle de base chez les bourreaux, les soldats ou les tueurs à gages. Sinon, ça culpabilise, ça déconcentre. Règle numéro deux, ne pas s'affoler : le salarié va entrer dans ce qu'on appelle la courbe de deuil, qu'on appelle aussi la "courbe de Kübler", du nom de la psychiatre qui l'a inventée, la pionnière des soins palliatifs. C'est comme quand on divorce ou que l'on vous annonce votre mort prochaine, il y a cinq phases. Premièrement, le déni. Deuxièmement, la colère. Troisièmement, le marchandage. Quatrièmement, la dépression. Cinquièmement, l'acceptation. »

Maria s'allongea sur le canapé du salon et écouta *Pharaon* de Chico & the Gypsies, un instrumental gitan qui était un hymne à la joie, avec des accents de mélancolie. Au bout d'un moment, Marc s'écria :

« Si c'est cette courbe de Kübler qui régente l'humanité, il n'y a plus rien à espérer. Je ne crois pas que nous sommes programmés pour tout accepter.

— Le coach nous en a aussi raconté une bien bonne. C'est une institutrice qui demande à ses élèves de leur raconter une histoire qui vient de leur arriver. Vient le tour de Ninon, qui dit que sa chatte a mis au monde, la veille, six chatons socialistes. "Très bien, coupe l'instit', tu nous rediras ça la semaine prochaine, quand l'inspecteur d'académie nous rendra visite." Le jour venu, quand elle l'interroge à nouveau, Ninon répond que sa chatte a eu, la semaine précédente, trois chatons socialistes. "Je ne comprends pas, corrige l'instit', je croyais que c'étaient six chatons socialistes. – Non, parce que depuis, il y en a trois qui ont ouvert les yeux !" »

Marc sourit et Maria demanda :

« Que veux-tu qu'on fasse ce week-end ?

— Moi, rien. »

Il commençait souvent ses phrases par moi. Moi, je pense que. Moi, je voudrais que. Moi, moi, moi. C'est Joséphine qui, la première, avait remarqué ce tic de langage.

« Tu n'as pas des projets, des envies ? insista Maria.

— Moi, non. Et toi ?

— J'aimerais qu'on aille chez Ikea à Parly 2.

— Le matin, alors. Parce que samedi après-midi, j'ai plein de trucs. Je suis hyper-booké. »

Marc regretta de n'avoir pas dit qu'il avait du travail le samedi matin. Il inventerait une urgence d'ici à demain. Une « complication » dans un égout, une fuite, un débordement, n'importe quoi pourvu qu'il échappe à la virée chez Ikea.

« Il faut que tu saches que le fondateur d'Ikea était nazi, dit-il, un vrai militant nazi.

— Je ne trouve pas ça bien mais on a besoin de meubles, chéri. Où veux-tu qu'on aille en acheter ? Chez Hermès ?

— Il y a d'autres marchands de meubles qu'Ikea.

— Moi, je veux aller chez Ikea.

— Pourquoi ?

— Pour acheter des choses.

— Mais encore ?

— Des choses dont on a besoin, tu sais bien. Par exemple, un lampadaire pour le salon. As-tu remarqué qu'on n'en a même pas ?

— Si je n'ai pas remarqué, ce que je reconnais bien volontiers, ça signifie qu'on peut très bien s'en passer.

— Tu ne peux pas dire ça ! »

Elle avait haussé le ton. Il détestait ça et songea un instant à quitter le lit pour changer de pièce avant de se raviser et d'augmenter le son de la télévision.

« C'est *House of Cards*, ma série préférée, dit-il. Laisse-moi la regarder.

— Je sais que ça ne t'intéresse pas, reprit-elle, mais il me faut aussi un petit placard pour ranger mes habits. Depuis le temps qu'on vit ensemble, il n'est pas normal que je continue à mettre mes affaires dans un carton comme une romanichelle. »

Quelques semaines auparavant, Maria l'avait traîné dans la région parisienne, à Vélizy, et ils avaient exploré une matinée entière, sous des néons aveuglants, plusieurs magasins d'ameublement et de décoration, à la recherche d'un petit placard blanc de la bonne taille, ni trop grand ni trop petit. Ils étaient revenus bredouilles. Il avait passé la journée à regretter Amina. À elle au moins n'avait pas été inoculé l'affreux poison de la consommation.

Marc abhorrait toutes ces grandes surfaces qui couvrent la planète de leurs immondes déjections. Certes, leur merde sent la rose et elle est enveloppée dans des bas de soie, mais ça reste toujours de la merde. « Une merde totalitaire, disait-il avec son sens habituel de la nuance. C'est le nouveau fascisme. »

Il est vrai que la grande distribution uniformise tout. Les sacs plastiques. Les habits des vendeurs. Les sourires de convenance. Les musiques d'ambiance. Les marques des produits qu'elles effacent au profit de la leur, avec une rage destructrice. Sans parler de l'architecture hideuse et des affreux panneaux publicitaires. C'est à cause de ces sectes que toutes les banlieues du monde se ressemblent.

En plus, comble du cynisme, elles maquillent de bons sentiments leur course effrénée à l'augmentation du taux de profit, vendant au nom du développement durable, du commerce équitable, de la baisse des prix, de la lutte contre la misère et de la paix dans le monde.

S'il avait été chrétien, Marc aurait dit que c'était bien la peine d'avoir décrété la mort de Dieu pour le remplacer par ces lieux de culte affreux, les sommets étant atteints par les Apple Stores où, avec ses tenues et son langage formaté, le personnel ressemble aux figurants d'un navet de science-fiction des années 1960. À chaque civilisation, ses églises. Les nôtres relèvent de la cacographie, la nouvelle religion du siècle.

Quand il était dans les grandes surfaces, Marc adorait endommager les articles et les produits. À l'abri des regards et à l'insu des caméras de surveillance, il tordait les lampadaires, cassait les ampoules ou forçait les mécanismes. Dans les rayons alimentaires, il ouvrait les yaourts, desserrait les couvercles des confitures ou dévissait les bouchons de bouteilles de Coca.

« C'est la dernière façon qui reste de préparer la révolution, avait-il dit un jour à Maria, effarée. Maintenant que toutes les voies de la subversion ont été épuisées, il n'y en a plus d'autres. »

Maria s'approcha de Marc et le caressa là où les hommes aiment, entre les jambes, avant d'entrer la main dans son slip. Puis elle le supplia de venir. Il n'a pas résisté. Il a dit oui à Parly 2 et au reste.

13

Un week-end au Paradis

PARIS. Le lendemain, Marc, qui s'était réveillé dans un « état de liquéfaction totale », selon ses propres paroles, ne tenta pas de se soustraire à sa promesse.

Maria était très excitée, comme l'attestait le tic qui agitait sa paupière gauche.

« Si je vais au Paradis, plaisanta-t-elle en préparant le café, je demanderai à saint Pierre de pouvoir faire tout le temps des courses. »

Après le petit déjeuner, quand Maria consulta son portable pour vérifier que personne ne l'avait appelée dans la nuit, elle fut étonnée d'y trouver la photo d'une femme prise de dos, qui entrait dans un restaurant. Une grosse dondon bombée comme un cul de bouteille.

Impossible de savoir qui avait envoyé la photo. Le numéro était masqué. Quelques minutes plus tard, alors que Maria sortait de la douche, l'écran de son portable lui annonçait qu'elle avait reçu une nouvelle photo. C'était un gros plan du visage de la même femme, épais en bas mais gracieux en haut, avec le regard de quelqu'un qui échafaude des plans pour dominer le monde.

Elle montra les deux photos à Marc qui laissa tomber, impassible, sans qu'un cil ne bouge :

« Ce doit être une erreur. »

Après quoi, il alla aux toilettes et envoya un texto à Amina :

« J'ignore comment tu as trouvé le numéro de portable de Maria, mais arrête de lui envoyer des photos. Sinon, je vais me fâcher. »

Il tira la chasse, ferma sa braguette, puis se ravisa ; c'était trop mou. Il envoya un autre texto dans la foulée :

« Fais attention à toi. »

Peu après 9 heures du matin, alors qu'ils étaient sur la route de Parly 2, Maria reçut une troisième photo : cette fois, Marc figurait dessus, la main sur l'épaule de la grosse femme qu'il regardait tendrement. Il y avait une légende : « Petite Bite et Gros Cul s'affichent ensemble. »

Un autre texto suivit avec une photo du visage de la femme, légendée avec son nom, son adresse, son numéro de téléphone et son curriculum vitae. Maria se sentait trop accablée pour montrer les nouveaux textos à Marc et lui demander des explications. Ce serait pour un autre jour. Jusqu'à leur arrivée à destination, elle s'enferma dans un mélange de mutisme et de mélancolie qui disparut dès qu'elle sortit de voiture.

*

* *

À Parly 2, c'était l'époque des Soldes Privilèges. Il y avait beaucoup de monde, sur les parkings et dans les boutiques, avec des sacs et des paquets. En passant devant un magasin Madura qui affichait des démarques à 70 %, Maria se mit en tête d'acheter des draps. Marc protesta :

« Mais enfin, on a tout ce qu'il faut !

— Deux paires de draps avec des taches de sang et moi, pour ce qui me concerne, j'en ai marre de dormir au milieu des taches de sang ! »

Elle avait dit ça avec un air si mélodramatique que c'en était ridicule.

« Ce n'est quand même pas la fin du monde », fit-il.

Elle ne daigna pas répondre, trop occupée à palper les draps et regarder les prix. Sans oublier de jeter régulièrement en œil sur l'application maRéduc.com qu'elle avait téléchargée, la veille, sur son portable.

Marc la suivait avec la nonchalance boudeuse des hommes qui accompagnent les femmes dans les magasins, quand les secondes leur semblent des heures.

Chez Habitat, avant d'aller au rayon luminaires, elle l'entraîna du côté des canapés. Il eût été stupide d'en acheter un, celui de Marc suffisait, ils invitaient si peu. Et puis il n'y avait pas la place pour un second, ce qu'il fit remarquer à Maria qui répondit sans lever les yeux :

« T'occupe.

— Mais on n'en aura pas l'usage !

— À moins qu'on déménage.

— Préviens-moi avant ! »

Marc sentit trois douleurs concomitantes, au sinus, aux yeux et dans une dent, lui monter à la tête ou en descendre, il n'aurait pu dire, tandis que sa cervelle semblait en proie à des convulsions. C'était une migraine comme il n'en avait encore pas eu depuis longtemps. Elle le retrancha du monde.

Marc chercha un siège et s'assit pendant qu'elle essayait les canapés. Il commença à transpirer. Il est vrai qu'il faisait chaud, mais pas assez pour qu'il sue de la sorte, la chemise et le caleçon trempés comme des éponges.

Au bout de dix minutes, alors que les remous dans sa cervelle commençaient à s'apaiser, Maria vint le délivrer avec un grand sourire :

« Je viens d'avoir une idée. Et si on allait acheter un chien chez Truffaut ?

— Franchement, tu ne crois pas qu'on a assez d'animaux comme ça ? Dans la cuisine, ça sent déjà tellement la merde et la pisse que ça me gâche tous les repas.

— Un chien, ça ne fait pas ses besoins dans la maison.

— Mais c'est pour quoi faire ?

— Pour avoir un projet, mon chéri.

— Parce qu'un chien, c'est un projet ?

— Oui, un projet à deux. Comme un enfant.

— Alors, un enfant très con, observa Marc. Un chien, c'est un handicapé mental qui aboie tout le temps et qu'il faut sortir régulièrement pour faire ses besoins. Moi, je ne comprends pas pourquoi les gens veulent s'acheter des mongoliens à poils courts ou longs. Sans doute pour se sentir plus intelligents.

— Tu n'as pas le droit de parler comme ça !

— Mais ce sont des mongoliens, les chiens. Les vrais sont moins remuants et plus faciles à vivre. On n'a qu'à en adopter un, je préférerais. »

Ils avaient déjà eu cette discussion et, depuis, Marc avait affûté ses arguments. Il était content de lui, ce qui se traduisit par un sourire souffrant de migraineux auquel Maria répondit par un haussement d'épaules.

« Bon, d'accord, on ne va pas recommencer à s'engueuler là-dessus. Mais je ne désespère pas de te convaincre un jour.

— Y a peu de chances. Je ne me sens pas une vocation de garde-malade.

— Allez, viens, on va voir les lampadaires », dit-elle avec un air faussement enjoué, en le tirant par la manche de la veste.

Il se leva à contrecœur et porta la main à son front.

« J'ai mal au crâne, soupira-t-il. J'ai envie de rentrer et de me coucher.

— On a prévu d'aller ce soir au cirque Pinder, je te rappelle.

— Je t'avais dit que je ne pourrais pas.

— Mais j'ai pris deux places, Marc. On ne va quand même pas les gâcher.

— T'as qu'à y aller avec ta copine. »

Marc resta encore une heure à la suivre dans Parly 2, en maugréant et en portant les sacs. Quand elle décida d'aller chez Nature & Découvertes, il se révolta :

« C'est un attrape-bobos.

— Moi, il me fait rêver, ce magasin-là.

— Si encore on avait des enfants…

— Justement, il faut qu'on en parle. »

Elle avait dit ça avec un sourire mystérieux qu'il avait détesté, comme si elle préparait un mauvais coup. Il la laissa le distancer, prit son téléphone, se le vissa sur l'oreille, tourna en rond un moment, puis laissa tomber en la rejoignant :

« OK, j'arrive. Mais je ne serai pas là avant un certain temps. Je suis en banlieue. »

Maria poussa un soupir :

« C'était qui ?

— Le bureau. Il faut que j'y aille.

— Qu'est-ce qui se passe ?

— Un crocodile dans les égouts, place de la République.

— Un gros ?

— Un moyen.

— Sois prudent. »

Elle semblait inquiète et ça l'embellissait. Elle n'était jamais plus jolie, songea-t-il, que lorsqu'elle se faisait du mauvais sang pour lui.

« Tu veux la voiture ? demanda-t-elle.

— Non, je vais prendre un taxi. C'est une urgence, la mairie me le remboursera. Mais je te laisse les sacs.

— Oh, j'oubliais, dit-elle d'une voix tremblante. Quand je rentrerai, j'aimerais qu'on fasse le point. Je voudrais te parler de la fille de la photo... »

Après avoir posé un baiser furtif sur le front de Maria, Marc partit très vite, sans se retourner, de peur de se trahir. Il était si crevé qu'il s'endormit dans le taxi.

14

Coup de foudre au cirque Pinder

PARIS. Quand Maria était rentrée avec tous ses sacs à l'appartement, Marc n'était pas là. Avec elle comme avec Amina, il prenait toujours son samedi après-midi. Peu auparavant, il lui avait donné par texto des nouvelles de sa prétendue « urgence » de la place de la République :

« C'est réglé. On a attrapé le crocodile. Il faisait vingt-cinq centimètres de long. Je rentrerai tard ce soir, ne t'inquiète pas. Ton Marc qui t'aime. »

Si seulement Marc lui avait envoyé une photo du crocodile, elle aurait pu le croire, mais non : le doute était là et il finirait de bouffer leur amour comme le ver, la pomme. Jusqu'au trognon. En plus, elle était hantée par des images qu'elle n'arrivait pas à chasser de sa tête. Son homme grimpant la grosse femme. Ou bien noyé au fond d'un océan de bourrelets. Ou encore cherchant son chemin entre les bouffissures.

« Connard d'obsédé de saloperie de merde », murmurait-elle. C'en serait bientôt fini de Marc

Pigeon et le cirque tombait à pic, ça lui changerait les idées.

Quand elle arriva sur la pelouse de Reuilly avec son amie Joséphine, Maria vit un attroupement d'une dizaine de personnes du collectif « Libérez les animaux ».

Des originaux avec des têtes de l'autre monde. Le visage déformé par une sorte de tristesse métaphysique, le regard de bon chien des Témoins de Jéhovah et des habits de clochards endimanchés. Ils répétaient comme une psalmodie leurs slogans loufoques :

« Libérez les éléphants ! » « Laissez vivre les lions ! » « Sortez les ours des cages ! » « Délivrez les otaries ! »

Quand elle eut récupéré les billets, Maria alla apostropher leur chef, un petit moustachu au crâne rasé, avec une expression d'abruti de première :

« Si vous n'aimez pas le cirque, ce n'est pas une raison pour en dégoûter les autres !

— On a de la peine pour les bêtes.

— Vous mangez de la viande ?

— Oui, mais je ne vois pas le rapport.

— Vous, les prétendus amis des bêtes, ne pensez-vous pas que vous devriez manifester devant les abattoirs, où elles sont vraiment très maltraitées ? »

En guise de réponse, le minus hurla avec un air méchant :

« Interdisons les bêtes dans les cirques ! Interdisons les bêtes dans les cirques ! »

C'est quand même une drôle d'époque que la nôtre, songea-t-elle : les gens condamnent le dressage des bêtes de cirque tout en mangeant leur viande rouge, les lèvres luisantes de sang et la panse pleine de chairs mortes.

Mais Maria n'était pas objective. Elle était transportée par les odeurs, l'excitation et le sentiment de puissance que dégageait le cirque Pinder, usine à spectacles avec son million et demi de fidèles annuels, ses cent soixante ans d'histoire et ses quatre kilomètres et demi de convoi quand il était sur les routes pour assurer ses six cent cinquante représentations par tout temps, de janvier à décembre.

*

* *

Maria Ibaniez ressentait des emballements du cœur, entrecoupés, parfois, de coups de boutoir dans la poitrine. Les symptômes de la tachycardie. Mais ce n'était pas la tachycardie. C'était le cirque.

Ce qu'elle aimait surtout, au cirque, c'étaient les spectacles d'animaux. Les fauves qui ruminent leur haine de l'homme. Les chèvres qui cabotinent. Les chameaux qui nous prennent de haut. Les chiens ou les chevaux qui se pavanent comme des paons.

Assise au premier rang avec Joséphine, Maria était déjà dans un état proche de l'extase quand le spectacle commença avec la grande attraction du cirque Pinder : le dompteur Willy Balthazar et ses douze fauves, quatre tigres et huit lions, qui entrèrent un à un sur la piste, l'humeur massacrante, la gueule dégoulinante de bave.

Willy Balthazar semblait les énerver. Il est vrai qu'il était tout sourire. La quarantaine avancée, les cheveux grisonnants, un torse d'athlète barré au-dessous du cou par une cicatrice que laissait voir son costume pailleté et entrouvert, il exsudait un mélange d'innocence et de bienveillance. Une espèce de joie naïve aussi.

Quand Maria vit le dompteur, sa tachycardie redoubla et, dans sa poitrine, les coups de boutoir devinrent plus violents encore. Là, ce n'était plus seulement le cirque ; c'était l'amour.

Pendant quelques secondes, il lui sembla qu'elle suffoquait et il lui fallut se concentrer pour retrouver sa respiration. Elle ouvrit la bouche pour chercher l'air, avec l'expression stupide du poisson sorti de l'eau.

Elle venait de tomber amoureuse de Willy Balthazar. C'était d'une grande banalité : la plupart des femmes craquaient pour lui. Ce qui fut moins normal, c'est que Maria tapa aussi dans l'œil du dompteur, peu après son entrée sur la piste, et que, jusqu'à la fin du spectacle, ses yeux revinrent sans cesse sur elle quand ils n'étaient pas occupés à surveiller les fauves.

Qu'est-ce qu'un coup de foudre ? Une excitabilité neuromusculaire anormalement élevée, ce qui correspond à la définition de la tétanie par le Robert. Certains diront une sorte d'épilepsie. D'autres, une espèce d'apoplexie. En tout cas, même assise, Maria ne pouvait plus tenir debout…

*

* *

Soudain, Joséphine la ramena sur terre en lui soufflant à l'oreille :

« Je me trompe ou il nous regarde ?

— C'est possible, répondit Maria sur un ton faussement dégagé.

— Il ferait mieux de faire attention à ses tigres. Ils n'ont pas l'air sympathique. Encore que les lions ne m'inspirent pas confiance non plus.

— Y a jamais trop à craindre des lions, des gros feignants qui se la pètent comme nos mecs à nous. Ils arrivent pour se bâfrer quand le travail est fini. Le reste du temps, ils dorment ou se battent entre eux. Ce sont les lionnes qui font tout le boulot... »

Maria s'arrêta net, le souffle coupé, comme si ses ventricules avaient explosé. Elle venait de croiser le regard de Willy Balthazar. Ce fut comme un choc entre deux lumières. Un big bang. La création d'un nouvel univers.

« Nous, les femmes, observa Joséphine, on se paye aussi tout le boulot. »

Le dompteur embrassait ses fauves, leur tirait les poils des moustaches, entrait sa tête dans leur gueule, les montait à cheval ou se lovait contre eux, et ils poussaient dans sa direction des gros soupirs affreux, les mâchoires grandes ouvertes, les crocs prêts à l'attaque, en donnant, dès qu'il avait le dos tourné, des coups de patte dans sa direction. Ils n'osaient pas le chercher de face, les sournois, mais ce n'était pas l'envie qui leur manquait. Il serait tombé, ils se seraient jetés sur lui pour l'éventrer et le mettre en pièces.

« C'est quand même des sales bêtes, observa Joséphine. Mais en même temps, on a l'impression qu'il les aime. Bizarre, non ?

— C'est le cirque. »

Pendant l'entracte, Willy Balthazar vint les saluer et offrit un bouquet de marguerites à Maria. Elle les prit en fermant les yeux avant de les serrer très fort contre sa poitrine.

« Alors, mon numéro vous a plu ? demanda-t-il.

— Le mot est faible », répondit Maria, rougissante.

Il avait la bouche trop sèche pour parler plus longtemps et, de surcroît, ne savait pas trop quoi dire de plus. Avant de prendre congé, il proposa aux deux jeunes femmes de venir voir ses fauves dans la ménagerie à la fin du spectacle, ce que Maria accepta avec joie. Quand elles se furent rassises dans leur loge pour voir la deuxième partie du spectacle, Joséphine bougonna :

« Je vois bien que c'est toi qui as le ticket avec lui mais il aurait quand même pu m'offrir aussi des fleurs, ç'aurait été plus élégant de sa part. Il me prend pour qui, ce monsieur ? Un thon ? Un pot à yaourt ? Une plante verte ? En tout cas, lui, c'est un goujat !

— Il a le béguin, répondit fièrement Maria, et quand on a le béguin, on perd souvent le sens des convenances parce qu'on a autre chose à penser.

— Je n'irai pas à la ménagerie avec toi. Au début d'une idylle, tu sais bien, il faut toujours laisser les amoureux ensemble, sans interférence. Sinon, ça peut tout gâcher.

— Je t'en supplie, implora Maria. J'ai besoin que tu sois là. Viens.

— Allez, tu t'en sortiras très bien sans moi. »

Maria appréhendait de se retrouver seule avec le dompteur. Dans la vie, il y a des perspectives qui font souvent si peur qu'on se dit qu'on n'y survivra pas. La mort des parents, par exemple, ou celle du conjoint malade. Elle redoutait de mourir quand les lèvres de Willy Balthazar s'approcheraient des siennes pour leur premier baiser.

Maria était transportée par ce qui allait se passer dans quelques minutes, c'était écrit, entre le dompteur et elle. Pour supporter le choc, il lui faudrait un soutien. À défaut d'une cellule psychologique, Joséphine faisait très bien l'affaire.

« Tu me rassureras, insista Maria.

— Impossible, objecta Joséphine. L'amour, c'est toujours la panique. »

C'était vrai. Déjà, avant même qu'ils s'embrassent, il semblait à Maria que jamais son cœur n'avait éprouvé de telles émotions. Il était même sur le point de lâcher alors que rien n'avait encore commencé.

« Je vais en mourir, de cette histoire, se disait-elle en son for intérieur pendant un numéro de trapézistes cubains. Ne vaudrait-il pas mieux arrêter avant de commencer ? Partir en courant, me bourrer de somnifères et dormir un bon coup, qu'on n'en parle plus ? »

*
* *

Le spectacle terminé, le dompteur vint les chercher. Sous le regard noir de Maria, Joséphine s'excusa de ne pouvoir se joindre à eux sous prétexte qu'elle recevait des amis le soir même et qu'il lui fallait rentrer pour préparer le dîner. Willy Balthazar dissimula son soulagement. L'absence de la copine était un cadeau des dieux, elle lui permettrait de brûler les étapes.

En se rendant à la ménagerie avec Willy Balthazar, Maria ressentit un frisson qui grandissait à chaque pas. Elle tremblait comme une feuille et il lui semblait qu'elle allait s'écrouler. Sa démarche était lente et rétive, pour ainsi dire à reculons, comme celle des bêtes à l'abattoir.

Une syncope eût été la bienvenue. C'était encore la meilleure façon de régler le problème. Il y avait trop d'amour en Maria pour supporter plus longtemps la vie et le monde. Elle ne se jugeait pas à la hauteur de l'histoire qui l'attendait. Trop belle.

Parmi les amoureux qui, partout dans le monde, se suicident du haut des ponts ou des falaises, tous ne sont pas malheureux, contrairement à la légende. Il y en a aussi beaucoup qui se sentent dépassés par le bonheur qui leur est tombé dessus. Il est si grand qu'il les terrorise et ils ne songent qu'à éradiquer cette joie qui, après un coup de foudre, les a fait sortir d'eux-mêmes pour les transformer en fantômes pantelants.

Ceux qui vivent un très grand amour ressentent souvent, dans les premiers temps, cette envie folle de mettre fin à leurs jours pour se retrouver tels qu'en eux-mêmes dans la tranquillité de la mort. C'était ce qu'éprouvait Maria à cet instant.

15

Tout semble prêt au venir des vertiges

PARIS. Willy Balthazar n'était pas dans le même état que Maria Ibaniez. Il lui semblait qu'il n'avait plus rien dans la tête. Il ruisselait de sueur, une sueur blanche, un peu mousseuse.

« L'amour rend con, disait son père. C'est même à ça qu'on le reconnaît. » Willy n'était pas du tout pris de panique, comme Maria. L'amour l'avait simplement rendu idiot. Une sorte de ravi de la crèche, au regard émerveillé.

« Depuis quand faites-vous ce métier ? demanda Maria.

— J'ai commencé à quatorze ans.

— Votre famille était dans le cirque ?

— Oui.

— Que faisaient vos parents ?

— Mon père était clown. Le clown Zappato, ça vous dit peut-être quelque chose. »

Elle hocha la tête.

« Et votre mère ? demanda-t-elle.

— Elle était la patronne de la cantine du cirque. Elle faisait une excellente choucroute de poulet aux crevettes, façon paella. Mes parents sont morts. »

L'amour le rendait de plus en plus aphasique et il se limitait à des réponses courtes. Il fallait le relancer tout le temps. C'était épuisant. Comment un homme que n'effrayaient pas des fauves à la gueule pleine de crocs pouvait-il être à ce point intimidé par une jeune femme aux airs de petite fille ?

Il lui montra ses bêtes une à une. Elles étaient en train de manger des poulets et des lapins qui n'avaient pas été déplumés ou dépouillés.

« Les fauves ont souvent mal au ventre, expliqua-t-il. C'est pourquoi je leur donne de la volaille à manger deux fois par semaine. De la volaille brute, ni déplumée ni dépiautée. C'est très bon pour leur transit, les plumes et les poils : ça nettoie les intestins.

— Je ne comprends pas, dit-elle, je croyais que les fauves mangeaient avant le spectacle.

— Non, c'est souvent après. Sinon, quand ils ont le ventre plein, ça les ramollit. On a plus de mal à les faire bouger. »

Dans une cage, un lion tenait un lapin dans sa gueule tout en prenant sa femelle. Il semblait épuisé et n'avoir plus vraiment le goût de manger ni de forniquer.

« Je n'aimerais pas être un lion, dit Willy, ça doit être tuant. Les lionnes sont des chiennes. Elles ont des besoins dingues : en soixante heures, elles peuvent s'accoupler cent soixante-dix fois. »

Il s'interrompit d'un coup, comme si sa langue collait au palais.

Dans la cage suivante, un lion allongé sur ses copeaux de bois se tripotait le sexe avec ses deux pattes arrière.

« Il s'entraîne, commenta Willy. Comme quoi, les chiens et nous ne sommes pas les seules créatures à nous masturber. Il y a aussi les singes, les porcs, les rats, les écureuils...

— Les baleines aussi. »

Ils rirent.

*

* *

Ils déambulèrent devant les cages suivantes en se lançant des regards furtifs. Pour détendre l'atmosphère, Willy invita Maria à boire une bière à la cantine. L'alcool aidant, Maria évoqua sa nostalgie de l'Espagne où elle avait passé son enfance et il lui raconta le monde des fauves parce qu'il ne savait pas parler d'autre chose. La dureté des mères qui abandonnent leurs petits quand ils ont une tare. La cruauté des autres, qui à la première occasion s'en prennent à leurs congénères plus gentils : ceux-là ne font jamais de vieux os, telle Sophie, sa petite tigresse, la reine des câlins, qu'il avait élevée au biberon, qui se nourrissait d'abricots secs, et qu'un mâle a blessée à mort, un jour, en quittant la piste après le numéro. Le dompteur l'a mise sous perfusion et veillée plusieurs nuits, jusqu'à ce qu'elle expire dans ses bras.

« Avec ces bêtes-là, dit-il, il n'est pas question d'avoir une seconde d'inattention. La pire des choses pour un dompteur, c'est d'avoir trop confiance en soi ou dans certains fauves. On a beau avoir de l'affection pour eux, si on leur laisse une chance, ils la saisissent sans hésiter. Il suffit de voir comment ça se passe sur la piste. Un coup de patte par-ci, un autre par-là, ils me testent sans arrêt.

— Quel courage vous avez ! »

Maria eut honte d'avoir été aussi banale.

Les yeux admiratifs de Willy la rassurèrent. Dieu merci, l'amour rend sourd.

« Dompteur, c'est simplement un métier, reprit-il, et il faut l'exercer en restant toujours en alerte permanente. Chaque fois que je ne me sens pas dans mon assiette, je sais que je suis en danger. À la première défaillance, ils attaquent tous ensemble ou c'est la bagarre générale, les lionnes ne songeant qu'à se faire les jeunes tigresses. »

Il évoqua ses modèles. Frédéric Edelstein, le dompteur vedette du cirque Pinder, alors en tournée américaine, un beau gosse intrépide, couvert de blessures, qui adorait pourtant ses bêtes. Gunther Gebel-Williams, un autre casse-cou, qui fit les grandes heures du cirque Barnum aux États-Unis. Wolfgang Holzmaier, l'homme qui provoquait sans cesse ses vingt lions dans les tournées du cirque Amar. Les frères Chipperfield, enfin, dont le cadet, Richard, fut très gravement blessé par un tigre du Bengale, ce qui mit fin à sa carrière.

« C'est une belle école de la vie, le domptage, continua Willy. Elle nous apprend qu'il faut toujours faire face. Ne jamais rien lâcher... »

Il poussa un grand soupir :

« Mais, voyez-vous, je crains plus les humains que les fauves. Nous sommes persécutés par les bureaucrates pinailleurs de la Direction des services vétérinaires ou de l'Office national de la chasse et de la faune qui viennent sans cesse procéder à des vérifications. Sans parler des prétendues ligues de défense des animaux, comme celle qui manifeste aujourd'hui devant le cirque. Je ne crois pas que ce métier pourra durer encore très longtemps. »

Maria Ibaniez opina.

L'homme cherchant à rompre avec tout ce qui lui rappelle sa nature, il se trouve de plus en plus d'imbéciles pour prétendre qu'il faut arrêter le cirque, pour le bien des bêtes, afin que chacun retourne à sa place. L'éléphant dans sa réserve braconnée. L'âne dans son saucisson pimenté. Le cheval dans son box d'abattoir.

Les imbéciles ne supportent pas la promiscuité entre les bêtes et les humains qui, sur la piste, se retrouvent sur un pied d'égalité. Observez comme les uns et les autres sont aussi cabots et ramenards quand ils font leur numéro : ce sont exactement les mêmes, aux poils près. Il y a là, sur la piste, quelque chose d'obscène qui trouble la digestion des fats et des butors.

Un jour viendra où les humains et les animaux ne se rencontreront plus nulle part après avoir vécu si longtemps ensemble, dans les forêts puis à la ferme. Ce jour-là, les animaux ne seront plus que des images à la télévision, des objets de compagnie formatés ou des produits conditionnés, couleur fraise, au rayon des surgelés.

L'animalité étant désormais standardisée, le cirque n'aura plus sa place dans un monde auquel manqueront les crottes, les rugissements, les feulements, la puanteur chaude et mielleuse des fauves. Un monde sans les bruits et les odeurs de la vie.

« Nous sommes comme les curés et les écrivains, conclut Willy Balthazar. Une espèce en voie de disparition. »

Il emmena Maria se promener, loin de l'enclos du cirque, sur la pelouse de Reuilly. Le soir tombait et de petites volutes commençaient à rougeoyer à l'horizon. Près d'un arbre, Willy respira un bon coup, lui prit le bras, puis l'embrassa. Un baiser, surtout s'il est volé, ça ne se raconte pas ; ça se déguste. C'est un ébranlement, une exploration, un fruit qu'on mange à deux.

Le baiser dura deux minutes et quatorze secondes, dans une sorte d'affolement convulsif. S'il s'était prolongé, Maria serait sans doute morte d'amour. Le regard fixe et les jambes flageolantes, elle défaillait de plus en plus, quelque chose coulait au tréfonds d'elle-même, à gros bouillons. Quand Willy se dégagea, elle poussa un petit râle qui semblait d'agonie.

Maria se sentait rassurée : elle avait passé l'épreuve du premier baiser, la plus importante dans une histoire d'amour. Après, tout s'enchaîne. C'est la routine, et puis l'ennui.

Ils marchèrent quelques pas, le temps de reprendre leurs esprits, puis Maria bredouilla, pour briser le silence qu'elle trouvait insoutenable :

« Est-ce que les fauves s'embrassent ?

— Oui, quand je les embrasse, moi, répondit Willy avec un sourire. Sinon, au moment des amours, le mâle et la femelle peuvent poser leur museau l'un sur l'autre, mais je ne sais pas s'il faut appeler ça un baiser.

— En revanche, enchaîna Maria, fière de sa science, les pigeons s'embrassent. Comme les perroquets et beaucoup d'autres oiseaux.

— Comme les escargots et les grenouilles, ajouta Willy. C'est pour ça que je n'en mange pas.

— Comme les écureuils aussi. Leurs baisers sont tellement délicats...

— Dites-moi, vous en savez, des choses », dit-il en approchant ses lèvres pour leur deuxième baiser.

Il fut interrompu, à la neuvième seconde, par la sonnerie du portable de Willy.

16

Un rêve américain

PARIS. Sur le portable, un prénom s'affichait : Deborah. C'était celui de sa compagne, une hôtesse de l'air américaine de trente-six ans, qui travaillait sur Delta Airlines et devait arriver le lendemain en provenance de Buenos Aires.

Les yeux gris océan, les cheveux noirs et courts, elle semblait toujours vouloir rattraper les dix minutes de retard prises à sa naissance qui fut, disait la légende familiale, particulièrement laborieuse. Avec ça, beaucoup de brio, une grande culture et les plus belles jambes de Dennis, Massachusetts.

Le genre de femme avec qui on est fier de vivre, notamment à cause de ce sens de la civilité si propre à la Nouvelle-Angleterre, une sorte de grâce qui tempérait son impatience naturelle et l'amenait, quand elle faisait les courses, à toujours laisser sa place ou, en voiture, à donner la priorité à tout le monde dans les carrefours. La classe.

Ce n'était certes pas du tout le moment de répondre à Deborah, mais Willy vivait en symbiose avec son portable aussi bien qu'avec ses fauves et, dans les deux cas, ils s'imposaient à lui avant toute chose. Sans réfléchir, il prit l'appel en faisant à Maria un signe qu'elle ne comprit pas mais qui signifiait qu'il allait s'éloigner un moment parce qu'il allait avoir une conversation de la plus haute importance.

Déversant sur lui un tombereau d'insultes, Deborah hurlait tellement qu'il éloigna l'appareil de son oreille :

« Alors, ma couille, tout va bien pour toi, connard de *son of a bitch* de mes deux ?

— Oui, ça va, dit-il. Qu'est-ce qu'il y a ? Un problème ?

— C'est toi, le problème, saloperie d'enfoiré de bouffon !

— Je ne comprends pas.

— Tu vas bientôt comprendre, l'affolé du *dick* !

— Tu as pris de la coke ou quoi ?

— C'est toi qui en prends. Et ça te fait même des trous dans la tête. Mais ça ne t'excuse pas, ducon !

— Mais qu'est-ce que j'ai fait ?

— Essuie-toi les lèvres. Tu viens d'embrasser une pouffiasse.

— Moi ? Tu rêves !

— Menteur, en plus. J'ai tout vu !

— Tu es folle, déclara Willy.

— Folle si tu veux mais aveugle, non.

— Enfin, Deb, je te jure…

— Ne parjure pas, chiotte ! Je suis arrivée une journée plus tôt pour te faire une surprise et voilà comment tu me remercies : en embrassant sous mes yeux la première chaudasse venue, une vraie mocheté en plus.

— Excuse-moi, Deb, mais là, tu exagères !

— J'exagère ? Une tête comme la sienne, ça se recouvre par respect pour les autres. Avec une nuisette, une petite culotte, quelque chose de ce genre. Sinon c'est obscène, pauvre taré ! »

Willy laissa tomber, après un rire jaune :

« N'importe comment, si j'avais embrassé quelqu'un, tu n'aurais pas pu me voir. Je ne sais pas où tu es, mais à Paris, figure-toi, il fait presque nuit.

— Retourne-toi. »

Il s'exécuta et aperçut Deborah à une trentaine de mètres. Son cœur fit des bonds. Il baissa la voix :

« Il faut que je te parle.

— Inutile. On n'a plus rien à se dire, tête de nœud.

— Laisse-moi te »...

Elle l'interrompit en s'époumonant :

« Arrête ton baratin, minus. Je ne veux plus entendre parler de toi, ni sur terre ni au ciel.

— Je veux t'expliquer.

— Il n'y a rien à expliquer, vociféra-t-elle. Ne me prends pas pour une conne, merde ! »

Pur produit de l'aristocratie de la Nouvelle-Angleterre, Deborah Lowell avait gardé de ses origines un caractère assez psychorigide et un puritanisme sexuel qui l'amenait à refuser toute autre position que celle du missionnaire. Pour le reste, elle adorait les gros mots français et en abusait, ce qui avait toujours plu à Willy mais se retournait à présent contre lui.

« Ne pourrait-on pas se parler au moins une dernière fois ?

— D'accord, bouffon, mais à condition qu'on n'évoque pas ce qui vient de se passer : c'est un flagrant délit, ne perds pas ton temps à essayer de m'enfumer, t'es cuit.

— Deb, je te supplie d'accepter mes excuses.

— Dis au revoir à ta connasse et rejoins-moi. Je t'attends à la roulotte. »

Quelques minutes plus tard, Willy retrouva Deborah assise sur le divan du salon, une valise à ses pieds. Il y a longtemps qu'il ne l'avait trouvée aussi belle. Une brunette avec des yeux dilatés et des dents américaines. Un bonbon.

« Si tu as vraiment quelque chose à me dire, marmonna-t-elle sans le regarder, sors-le vite. Je n'ai pas l'intention de m'éterniser.

— Pardonne-moi.

— Ça, je peux le faire. Mais ne me demande pas de rester après ce que je viens de voir. Je ne pourrai pas. »

Les traits tendus et les lèvres comprimées, Deborah avait l'expression du petit enfant qui contient son chagrin. Willy en conclut qu'elle faisait un gros effort pour ne pas éclater en sanglots : ça l'émut. Comment avait-il pu être aussi stupide et faire exploser leur couple en embrassant une gourdasse, certes ravissante, mais qu'il connaissait à peine ? Il se sentit très fatigué, tout d'un coup, et ses yeux se mouillèrent.

C'est tellement bête, un homme. S'il avait la queue derrière lui, comme tous les autres animaux de la Création, au lieu de l'avoir devant, il ferait moins de sottises. Il ne serait pas non plus ridicule à en chialer, comme Willy, qui commençait au demeurant à verser quelques larmes. Il se frotta vigoureusement les yeux.

« Qu'est-ce que tu as ? demanda Deborah, qui adorait jouer les pharmaciennes.

— Rien. Juste une poussière dans l'œil.

— Tu veux du collyre ? Je crois que j'en ai. »

Elle commença à fouiller dans son sac, mais il lui demanda de ne pas insister avant de soupirer :

« On pourrait se donner une seconde chance.

— Ça, c'est dans les films. Dans la vie, il n'y a jamais de seconde chance. »

17
L'unique

PARIS. Six ans de bonheur venaient de partir en fumée. Leurs métiers les mettant toujours sur les routes ou dans les airs, ils n'arrivaient pas à se voir beaucoup, mais l'éloignement attisait leurs sentiments, au point qu'ils avaient formé un couple presque parfait depuis leur coup de foudre dans un avion entre Miami et Rio de Janeiro. Il s'en souvenait avec précision. Ses palpitations dès le premier regard échangé avec l'hôtesse de l'air qui était elle-même si tourneboulée qu'elle renversa, peu après, un verre de Coca sur le pantalon de Willy.

Le sourire de Deborah était délicieusement équivoque quand, ensuite, elle essuya son pantalon. La friction tourna vite en bandaison. À peine l'appareil avait-il atterri qu'ils se retrouvaient dans une chambre d'hôtel, avec vue sur l'océan, à Copacabana. Du jour au lendemain, ils avaient changé de vie, chacun mettant la sienne dans celle de l'autre.

Le matin suivant, Willy était sorti sur le balcon de leur chambre et avait poussé un hurlement de joie, une sorte de cri primal et mystique qui effraya autant Deborah que les mouettes. Jusqu'à ce jour-là, il n'avait jamais éprouvé cette sensation de plénitude qui, par la suite, ne devait plus le quitter.

« J'ai merdé, dit-il d'une voix d'outre-tombe.

— Ah oui, pour merder, tu as bien merdé. »

Willy s'assit à côté de Deborah et posa sa main sur son genou. Elle se leva d'un bond puis, rajustant sa coiffure :

« C'est tout ce que tu avais à me dire ?

— J'ai eu envie de cette fille, c'est vrai, mais c'était rien, une petite passade, un amuse-gueule, je n'ai même pas été jusqu'au bout. Y a que toi que j'aime, Deb. Tu es la femme de ma vie.

— *Bullshit* ! C'est pour débiter des conneries de ce genre que tu m'as demandé de t'attendre ?

— C'est rien que la vérité, Deb : malgré nos boulots qui auraient dû distendre nos relations, y a eu que des hauts entre nous, jamais de bas. Chaque fois qu'on se retrouvait, rappelle-toi, ça a toujours été tellement bien, tellement intense. On est vraiment faits l'un pour l'autre.

— C'est ce que je pensais aussi jusqu'à aujourd'hui », dit-elle d'une voix incertaine en se mangeant les lèvres.

Il lui sembla que Deborah était en train de flancher. C'était le moment de frapper un grand coup :

« Je crains de ne pouvoir te faire changer d'avis mais il faut que je te le dise avant que tu t'en ailles : de toutes les femmes que j'ai connues, tu es la seule que j'ai eue à ce point dans la peau. La seule. L'unique.

— Pourquoi m'as-tu trompée, alors ? s'indigna Deborah.

— Je ne t'ai pas trompée. Embrasser n'est pas tromper.

— Alors, ça, c'est la meilleure ! Je la ressortirai. »

Elle murmura :

« *"Heaven might be defined as the place which men avoid."*

— Pardon ?

— Ah, j'oubliais : ton anglais laisse toujours à désirer. Ce qui en dit long sur notre relation où j'ai dû faire tous les pas, tous les efforts, jusqu'à me mettre au français. C'est une phrase célèbre de Henry David Thoreau, mon pape personnel, le grand penseur du Massachusetts dont je t'ai si souvent parlé. Tu te souviens peut-être : pour notre premier Noël, je t'ai offert un de ses livres, *La Désobéissance civile*, que tu n'as toujours pas ouvert, j'en suis sûre.

— Peux-tu me redire la phrase ? demanda Willy qui cherchait à gagner du temps.

— En français, ça donne : "On pourrait définir le Paradis comme l'endroit que les hommes évitent." Mais ils ne peuvent pas faire autrement, les pauvres cons. Ils sont à la remorque de leur pénis, ce seront toujours des mabouls du rut, de la reproduction ou de l'essaimage qu'ils préfèrent au bonheur. *Gosh*, ce que je n'aimerais pas être un homme ! Je te plains, je te jure. »

Deborah prit sa valise et fit un pas en direction de la porte.

« Y a des problèmes matériels à régler, dit Willy en se levant à son tour. Qu'est-ce que je fais de tes affaires ? Tu ne les emportes pas ?

— Tu me les envoies par la poste à Dennis. Tu sais bien que je voyage léger... »

Quand elle posa la main sur la poignée de la porte, Willy se planta devant elle et dit sur un ton mélodramatique :

« Réfléchis encore.

— C'est tout réfléchi. J'ai un taxi qui m'attend. »

C'était une belle nuit pour se quitter, une nuit bleue qu'éclairait une lune légèrement embrumée. Avant d'entrer dans le taxi, Deborah refusa, en détournant la tête, le baiser d'adieu que Willy voulait poser sur sa joue. Ainsi ne saurait-il jamais qu'elle avait, en le quittant, le visage inondé de larmes.

*

* *

Quand il rentra dans sa caravane, Willy Balthazar s'affala sur son canapé et écouta plusieurs fois de suite le morceau de musique qui le transportait toujours au-delà de lui-même, un cri à Dieu d'amour et de souffrance, celui que le Christ aurait pu pousser sur sa croix, l'hérétique Giordano Bruno sur son bûcher ou la philosophe Simone Weil sur son lit de mort : le grand air de *Tosca* de Puccini, qui l'avait tant fait pleurer et cette fois plus encore que d'habitude pendant qu'il chantait, emmené par le *vibrato* de Pavarotti, les paroles qu'il connaissait par cœur :

> *O ! dolci baci, o languide carezze,*
> *mentr'io fremente le belle forme discogliea*
> *dai veli !*
> *Svani per sempre il sogno mio d'amore*
> *L'ora è fuggita e muoio disperato !*
> *E non ho amato mai tanto la vita !*

Willy Balthazar se redressa, comme s'il avait des fourmis dans les jambes, alla chercher une bière dans son réfrigérateur et la but très vite, en quatre grosses rasades. Après que Deborah Lowell eut quitté sa vie, il lui fallait une victime expiatoire. Il décida que ce serait Maria Ibaniez, à qui il écrivit ce texto :

« Chère Maria, il me semble préférable que nous ne donnions pas suite à cette histoire. Willy. »

Après l'avoir relu, il le supprima. Même si ce mode de rupture était utilisé naguère par un ancien président de République, Willy le jugeait indigne de lui. Trop minable, trop pleutre pour un dompteur, l'un des deux ou trois meilleurs du monde. Il appela Maria qui ne répondit pas mais qui lui envoya un texto peu après. N'étant pas seule, elle lui téléphonerait plus tard. « Si je le peux », précisait-elle.

Elle ne rappela Willy que le lendemain matin, sur fond de bruits de rue. Apparemment, elle se rendait à son travail, du pas martial des femmes volontaires.

« Merci, dit-elle. Mille mercis.

— Pourquoi ?

— Pour tout ce que vous m'avez donné. Je souris encore de bonheur, figurez-vous. Quand se revoit-on ? »

Il lui sembla qu'il avait sursauté. Il était comme tous les hommes ou presque. Il savait prendre mais pas quitter.

« Aujourd'hui, je ne peux pas, bredouilla-t-il, mais demain peut-être...

— Demain pour moi ça colle. On peut même souper après le spectacle, si vous voulez. Je n'ai pas encore annoncé à mon mec que c'était fini entre nous. Eh bien, comme ça, ce sera l'occasion.

— Il faudra quand même qu'on confirme. Je ne suis pas sûr de pouvoir me libérer. »

Maria appela plusieurs fois dans la journée et le lendemain davantage. Willy ne répondit pas et n'écouta aucun de ses messages. Mais il passa pas mal de temps au téléphone avec Deborah, qui, de retour aux États-Unis, se sentait apparemment coupable de l'avoir quitté et cherchait à lui arracher une sorte de blanc-seing. Un comble.

« Il faut me comprendre, disait-elle. Si je n'avais rien vu, j'aurais pu passer ce baiser par profits et pertes. Mais là, comme j'ai tout observé, aux premières loges, il y aurait toujours eu cette vision affreuse entre toi et moi. Berk ! Berk ! Berk ! Elle serait tout le temps revenue, même dans les meilleurs moments. Et on aurait fini par se quitter. Alors autant casser illico. »

Il ne répondait pas. Il la laissait mariner dans son jus. Il aimait l'idée qu'elle souffrît aussi. Au cours de leurs interminables conversations,

Willy finit par trouver la formule qui résumait bien, à ses yeux, le dernier épisode de leur histoire. Au silence qui s'ensuivit, il sentit qu'elle avait fait mouche :

« Tu étais mon rêve américain, Deb. Maintenant, tu vas être mon cauchemar. »

18

Il ne faut jamais oublier son passeport

DENNIS, CAPE COD, ÉTATS-UNIS. Deborah Lowell possédait une maison grise à bardeaux en bois à Dennis, dans le comté de Barnstable, à Cape Cod. Depuis le début de son idylle avec Willy Balthazar, elle ne retournait plus chez elle qu'une ou deux fois par an.

Deborah ne s'entendait guère avec sa mère, qu'elle hébergeait chez elle. Mme Lowell senior était née Brewster, ce qui n'est pas rien : elle descendait de William et Mary Brewster, passagers de la première traversée du *Mayflower* qui, en 1620, déversa sur le Nouveau Monde cent deux colons et deux chiens. Grande et desséchée, des cheveux noir corbeau aux racines blanches, faute de teinture régulière, elle avait un air de princesse en exil, que soulignait la proéminence de sa lèvre inférieure.

Ses rides, profondes autour de la bouche et des orbites, étaient moins la conséquence de l'âge que celle d'une amertume qui la travaillait tout le temps, comme l'attestaient ses rots ou renvois fréquents, vite réprimés ou ravalés, y compris quand elle souriait, d'un sourire à l'envers qui ressemblait à la grimace de Jacques Chirac à la fin de sa vie ou à celle des bébés quand ils ne sont pas contents.

Elle avait certes bien commencé en épousant un Lowell, famille dont on dit, aux États-Unis, qu'elle ne parle qu'à Dieu, mais ensuite, tout s'était dégradé. Elle répétait volontiers qu'elle avait raté sa vie et on ne pouvait lui donner tort.

Son mariage avait rapidement pris l'eau : Thomas P. Lowell, un superbe courtier en assurances, l'élégance incarnée, était parti avec sa maîtresse, par ailleurs son assistante, moins d'un an après la naissance de leur fille Deborah.

En plus, sa carrière universitaire avait été un fiasco : accusée de plagiat et mal notée par ses étudiants, elle s'était retrouvée dans l'enseignement secondaire où elle exerça trente-neuf ans, enfilant les aventures avec un plombier, un jardinier, un garagiste.

Sa fille lui semblait la synthèse de tous ses échecs, sentimentaux, professionnels ou financiers. Mme Lowell mère avait pourtant fondé de grands espoirs sur Deborah dont les études furent brillantes. Mais pourquoi, alors, avoir choisi le métier d'hôtesse de l'air après être tombée amoureuse d'un commandant de bord marié et père de sept enfants ?

« L'amour, avait répondu Deborah, un jour qu'elle lui posait la question.

— Mais l'amour, c'est comme l'air, ma pauvre chérie. Ça va, ça vient, ça ne reste jamais en place.

— Oui, maman, tu as raison : c'est tout à fait comme l'air qu'on respire, on ne peut pas vivre sans lui. »

Quand Deborah l'appela de Paris pour lui annoncer sa visite le lendemain, Mme Lowell mère avait semblé heureuse. À son arrivée, au lieu d'accueillir froidement sa fille comme à son habitude, elle la serra longuement dans ses bras :

« Je suis tellement contente de te revoir, ça fait si longtemps. »

Deborah se dit que, pour faire preuve d'autant d'affection, sa mère devinait peut-être qu'elle avait rompu avec Willy Balthazar, personnage qu'elle jugeait indigne de sa lignée et qu'elle n'avait jamais voulu rencontrer. « Ma fille avec un dompteur ! se disait-elle souvent à elle-même. Qu'ai-je fait à Dieu pour qu'Il me punisse ainsi ? Même dans mes pires cauchemars, je n'aurais jamais pensé que notre famille pût descendre aussi bas. »

Ce jour-là, un air attendri éclairait le visage, d'ordinaire si fermé, de Mme Lowell mère. De surcroît, pour le dîner, elle avait préparé du *strawberry shortcacke*, le dessert préféré de Deborah, avec de la crème fouettée à la vanille et au whisky. Une attention dont sa mère eût été bien incapable auparavant.

Deborah décida de la laisser venir. Le dessert terminé, Mme Lowell mère dit, en respirant très fort, avec des phrases entrecoupées de longs silences :

« Il faut que je te parle de quelque chose qui me fait beaucoup de peine... C'est ce pauvre Neil... Il a des problèmes en ce moment... »

Sur la liste des amours de Deborah, Neil avait été numéro cinq, après un banquier de New York et avant un antiquaire de Boston. Le seul qui avait eu la faveur de sa mère, qui l'adopta sur-le-champ. Son patronyme y était pour quelque chose : Sullivan. C'était un vague descendant de l'architecte du même nom, concepteur de la première génération de gratte-ciel, l'un des grands maîtres de l'école de Chicago.

« Je sais ce qu'il représente pour toi, dit-elle. De tous tes ex, c'est le seul que tu m'as présenté.

— C'était difficile de ne pas le faire, maman. Il habite à côté.

— De tous, c'était aussi le seul que tu envisageais d'épouser, reconnais-le.

— Non, j'ai aussi envisagé d'épouser Willy.

— Ne me parle pas de celui-là ! J'espère que tu l'as plaqué, depuis le temps… »

Elle regarda Deborah qui détourna les yeux.

« C'est de Neil que je voudrais te parler, poursuivit-elle. Il ne va pas bien… du tout… »

Elle se gratta la gorge, puis :

« En fait… il a un cancer. »

Elle laissa passer quelques secondes qu'elle mit à profit pour tousser, d'une toux sèche et diplomatique :

« C'est un cancer très compliqué… »

Soudain, elle se leva et prit la direction de la cuisine :

« Un cancer du pancréas… Il n'en a plus que pour une semaine ou deux.

— Comment le sais-tu ?

— C'est lui qui me l'a dit. Il m'a appelée hier... Je croyais que c'était pour me demander des nouvelles de toi. Mais non, c'était pour que je te transmette ses adieux... Il fait le tour de ses amis pour leur dire au revoir...

— Je vais aller le voir, dit Deborah.

— Tu devrais. Il a quitté l'hôpital.

— Il habite toujours Harwich ?

— Toujours. Devant la rivière des harengs. »

Chaque année, en avril et mai, deux espèces rares de harengs quittent l'océan pour frayer en eau douce, dans les rivières de Cape Cod. Une migration qui fut longtemps l'occasion d'une pêche miraculeuse pour des humains aussi avides que stupides et qui, ne sachant plus quoi faire des poissons, finissaient par s'en servir comme engrais.

Ces deux espèces de harengs ont failli disparaître. Aujourd'hui, les ligues de protection de la nature étant passées par là, les pauvres poissons ne sont plus persécutés que par les mouettes qui ont la même mentalité débile que les humains naguère, le sens de l'organisation en moins.

Vivant des revenus conséquents que lui assurait un immeuble de Manhattan, Neil était un artiste spécialisé dans les grandes toiles hyperréalistes représentant des poissons, notamment des harengs. Un marchand d'art avait misé sur lui et il était assez coté à Boston et à New York. C'est à ce moment-là que Deborah l'avait connu.

« J'aimais tellement Neil, dit sa mère en revenant de la cuisine avec des cerises à l'eau-de-vie.

— Figure-toi que ça ne m'avait pas échappé.

— Cet homme, ce n'était pas un bœuf du Midwest, ni un porc texan, ni une linotte californienne, ni un petit coq new-yorkais. C'était un homme, un vrai. Avec la classe bostonienne. »

Elle tendit le bol de cerises à sa fille qui en prit trois d'un coup.

« Quel beau couple vous auriez fait ! insista-t-elle. Tout le monde dit qu'après votre séparation il est devenu l'ombre de lui-même.

— J'irai le voir demain. »

Mme Lowell mère ne connaissait pas l'histoire de leur rupture. Deborah ne la lui avait pas racontée et ne la lui raconterait jamais. C'était un souvenir qui tournait dans sa tête où il arrivait qu'il bouchât tout, comme un caillot de sang.

Apparemment, Neil et Deborah étaient faits pour vivre ensemble. Ils avaient les mêmes passions. Franz Schubert, les romans d'Henry James, l'école impressionniste, Neil Young, les produits bios, les plantes médicinales, le cheddar au lait cru, l'ail, les livres d'Henry David Thoreau, l'Old Farmers Almanac, les homards du Swan River Restaurant de Dennis, la nature, l'Atlantique et le ciel étoilé. Deborah habita longtemps chez Neil, devant la rivière. Chaque fois qu'ils le pouvaient, ils regardaient sur des chaises longues le coucher du soleil. La montée du soir, quand le rose est mis, et puis ce grand vacillement qui finit en éclaboussures d'abattoirs avant l'évanouissement final.

Debbie, comme il l'appelait, serait bien restée toute sa vie avec Neil si, un jour qu'elle se rendait à l'aéroport de Boston pour reprendre le travail, elle ne s'était pas aperçue, au bout d'une quarantaine de minutes, qu'elle avait oublié son passeport. Sans lui, impossible d'assurer son service : elle était sur des vols internationaux. Même si elle craignait de ne pas arriver à temps au travail, elle prit le risque de faire demi-tour.

Quand Deborah entra dans la chambre où elle avait laissé son passeport, elle tomba sur le genre de scène dont on voudrait qu'elle n'eût jamais existé et qui vous incline à remonter continuellement le temps, avant qu'elle vienne changer votre vie.

C'était comme la mort d'un proche. Elle avait éprouvé la même sensation en apprenant, à trois semaines d'intervalle, que ses grands-parents maternels étaient partis pour l'autre monde. Cette envie d'arrêter toutes les horloges à la seconde précédant la nouvelle ou l'événement.

Neil ne l'avait pas entendue arriver. Il était à genoux sur le lit et lutinait un joli corps doré, les deux mains arrimées sur ses épaules. Deborah resta coite un moment, dans l'embrasure de la porte, avant de pousser ce cri primal et rauque qui annonce la fin des convenances :

« Aaaaaaaaaaaahhh... »

Neil se retourna avec une expression d'effroi et de désolation.

« Mon amour, dit-il en se dégageant. Qu'est-ce que tu fais là ?

— Et toi ? ... Oooooooooooh, mon Dieu... »

La voix de Deborah s'étrangla et aucun des mots qui se bousculaient à ses lèvres ne parvint à en sortir. Elle restait bouche bée, l'air ahuri.

Le joli corps doré se retourna à son tour, montrant son minois. C'était un garçon au visage d'angelot, avec des cheveux noirs et bouclés. Michel-Ange en eût fait une statue, et autre chose aussi. Il n'avait pas dix-huit ans. Ses lèvres esquissèrent un sourire douloureux.

Deborah poussa un nouveau cri primal et partit en courant jusqu'à sa voiture, poursuivie jusqu'à la portière par Neil nu, cachant son sexe derrière une chemise en boule.

« Debbie, reviens, il faut que je t'explique, Debbiiiiiiie ! »

Alors qu'elle entrait dans sa Malibu beurre frais, Neil lâcha sa chemise et lui prit le bras avec tant de force qu'il le tordit :

« C'est la première fois que je fais ça, je te jure.

— Ce n'est pas une excuse », cria-t-elle en se débattant.

Les larmes aux yeux, Neil tenait très fort la poignée de la portière de Deborah, pour l'empêcher de la fermer. Elle hurlait mais il refusait de lâcher prise.

Après que la Malibu eut démarré et traversé le portail, Deborah donna un coup d'accélérateur qui envoya Neil nu comme un ver valdinguer sur le macadam où il se brisa un genou.

Ils ne s'étaient plus jamais parlé.

19

Les quatre filles Boit

CÔTE EST DES ÉTATS-UNIS. Le lendemain matin, Neil Sullivan attendait devant sa maison, sur un fauteuil roulant, l'arrivée de Deborah, qui, un quart d'heure plus tôt, lui avait annoncé sa visite. Il avait beaucoup changé depuis leur rupture, sept ans auparavant, mais les traitements médicaux n'avaient pas eu raison de ses longs cils qu'elle aimait tant. Ni de ses cheveux, toujours coiffés à la diable, qui avaient simplement viré au gris.

Son cancer lui avait laissé de beaux restes. Quand, après être descendue de sa voiture, toujours la Malibu beurre frais, elle courut en direction de Neil, il sembla à Deborah que son visage rougeoyait comme celui d'une midinette devant son prince charmant et elle espéra qu'il ne s'en rendrait pas compte. Elle l'embrassa longtemps, sans rien dire. L'éducation maternelle lui avait appris qu'il y a des circonstances où il vaut mieux se taire. La mort. Les maladies.

Le visage de Neil avait la gravité tranquille des grands malades quand la mort commence à les serrer de près et qu'ils semblent arrivés au sommet de leur intelligence.

« Je te dois des explications », dit-il.

Sa voix n'était plus qu'un mince filet qui venait d'outre-tombe.

« C'est le passé, souffla-t-elle en caressant ses cheveux puis ses épaules.

— C'était la première fois, je te jure.

— Je te crois.

— Je n'ai pas compris ce qui m'arrivait. Une pulsion incroyable. C'était un étudiant à l'Art Institute de Chicago. Il avait pris rendez-vous pour me voir travailler dans mon atelier. Dès que je lui ai ouvert la porte, il m'a rendu dingue. Il a mis sa main sur mon sexe et j'ai perdu le contrôle de moi-même. On s'est embrassé et tout s'est enchaîné.

— Tu l'as revu ?

— Pas sur le moment. Je le considérais comme le responsable de notre rupture et je lui en voulais énormément. Mais, une fois mon travail de deuil terminé, j'ai vécu plusieurs années avec lui. Les plus belles années de ma vie... »

Son sourire découvrit ses dents grises :

« Les plus belles années, oui, avec celles que j'ai passées avec toi.

— J'ai eu très peur, s'amusa-t-elle. Mais, bravo à toi, tu es bien retombé sur tes pattes.

— Je me suis contenté de dire la vérité, Debbie, et je vais continuer. Quand Spencer, c'est son nom, m'a quitté, il y a deux ans, j'étais plus fracassé encore qu'après notre rupture. C'est comme ça que j'ai attrapé mon cancer. »

Il ferma les yeux et respira très fort, comme pour signifier qu'il allait dire des choses importantes.

« Je suis heureux que tu sois venue, reprit-il. Il y a longtemps que je voulais t'appeler pour m'excuser auprès de toi mais tu connais mon vieux penchant pour la procrastination : chaque jour, je reportais cette démarche. Et les années ont passé... »

Il se racla la gorge :

« Quand nous étions ensemble, toi et moi, je ne le savais pas mais j'étais déjà homosexuel jusqu'à la moelle. J'aurais pu rester comme tous ces gens qui ignorent leur vraie nature jusqu'à leur mort et ne s'en portent pas plus mal. Mais c'est venu comme une révélation, une évidence, grâce à Spencer. Voilà pourquoi je n'ai pas su t'aimer comme il le fallait, Debbie. Je t'ai fait perdre ton temps et je te demande pardon. Pardon pour tout.

— Je sais ce que je te dois, Neil. Ton amour qui m'a donné confiance en moi. Et toute la culture que tu m'as transmise. Je ne t'en ai jamais voulu pour ce qui s'est passé. J'étais triste, c'est différent.

— Moi aussi j'étais triste, mais on ne peut jamais rien contre sa vraie nature. Mon grand tort, ce fut de cacher la mienne avant qu'elle s'impose à moi. »

Il proposa à Deborah d'aller derrière la maison. Ils s'installèrent sur la véranda, devant la rivière aux harengs. Elle dévalait au milieu des joncs avant de se jeter dans l'océan que polissait un soleil mou. Au-dessus d'eux, un petit vent allait et venait, sur un fond de rumeurs qui semblaient venir de très loin.

C'était beau et pourtant une vague tristesse les envahissait peu à peu. Deborah murmura en regardant l'horizon embrumé :

« Qu'a donc fait Dieu, avant de nous jeter dans la vie, pour que nous nous sentions amputés d'une partie de nous-mêmes ? N'est-ce pas la raison de cette nostalgie dont on n'arrive jamais à se débarrasser, même devant un paysage comme celui-là ?

— Je vois que tu es toujours aussi mélancolique, Debbie.

— Non, nostalgique. Nuance.

— Souvent, dit Neil, je me demande moi aussi ce que nous avons bien pu laisser derrière nous et qui nous manque tant aujourd'hui. »

Il leva son index avec un sourire crispé :

« Oh, il faut que je te dise. J'ai relu récemment *Walden ou la vie dans les bois* de Thoreau, notre livre fétiche, tu te souviens… J'y ai trouvé une phrase qui me sert de devise, ces temps-ci : "Aimez votre vie, si pauvre qu'elle soit." Si douloureuse qu'elle soit, ajouterai-je. »

Neil changea de sujet en faisant l'article pour son fauteuil roulant électrique à quatre roues motrices qui pouvait aller jusqu'à 10 kilomètres/heure et monter des pentes à 30 %.

« Un vrai bijou, commenta-t-il. Si j'ai la chance de tenir jusqu'aux premières neiges, je pourrai même fixer à l'arrière un module hivernal avec une grosse roue. J'ai une infirmière à demeure, mais, grâce à lui, je serai autonome jusqu'à mon dernier souffle. »

Quelque chose les emmenait à la dérive. C'était le passé qu'ils n'arrivaient pas à chasser de leur esprit.

« Te souviens-tu, dit-il après un soupir, des heures qu'on a passées ici ? La différence, c'est qu'aujourd'hui on n'entend plus chanter les oiseaux. Tu te rappelles les merveilleux concerts qu'ils nous donnaient le matin et le soir ? Eh bien, c'est fini. Ils ont tous été bouffés ! Les militants écologistes n'ont toujours qu'une seule obsession, parfois deux, au détriment de toutes les autres. Ces temps-ci, ils ne songent qu'à protéger les faucons pèlerins et les aigles à tête blanche qui ont même droit à des poteaux spéciaux pour nidifier. Tout ça part d'un bon sentiment, mais le résultat, c'est que ces connards de rapaces ont becqueté tous les autres. Maintenant, dans les bois, on n'entend plus que leurs cris affreux : ça n'a rien de romantique. »

Neil proposa à Deborah de boire un verre, puis, quand elle eut accepté une Miller Lite, de rester déjeuner.

« Je ne veux pas te déranger, dit-elle.

— Tu ne me déranges pas. Mon infirmière fait très bien la cuisine. À midi, elle a prévu une salade de raviolis aux artichauts avec de la roquette, des pignons, des radis et des petits pois. C'est sa spécialité. »

Pendant le déjeuner, la conversation roula sur toutes sortes de sujets avant de tourner autour d'un peintre qu'ils adoraient tous les deux et dont, au temps de leur amour, ils allaient voir rituellement les chefs-d'œuvre au Museum of Fine Arts de Boston : John Singer

Sargent (1856-1925), dont son ami l'écrivain Henry James avait écrit, non sans raison, que « l'insolence de son talent était à tomber par terre ».

C'était un Américain d'Europe, probablement homosexuel, qui naquit en Italie, vécut beaucoup en France et mourut en Grande-Bretagne. L'enfant de Vélasquez, le frère de Renoir et le copain de Monet. Un génie. Neil Sullivan proclama que la célèbre toile de Sargent *Les Filles d'Edward Darley Boit* était, « de loin », le plus grand tableau de tous les temps.

« De loin ? Tu n'exagères pas un peu ? objecta Deborah.

— Non. Il y a tout dans cette toile. Du grandiose à cause de la taille du tableau, de la virtuosité, du scabreux, de l'inspiration et puis aussi une certaine modestie, si l'on s'en tient au sujet ou au décor : la grande antichambre sans intérêt d'un appartement parisien. Pour moi, Debbie, Sargent est l'égal des plus grands, Rembrandt ou Titien. Quelle honte qu'il ne soit pas reconnu à sa juste valeur !

— C'est une conversation que nous avons déjà eue, je me souviens.

— Oui, et nous avions conclu que Sargent ne payait pas la suspicion d'homosexualité mais sa nationalité américaine. Les peintres sont toujours italiens ou français, de même que les musiciens sont toujours allemands ou italiens. Il n'entrait pas dans les tiroirs.

— Bonne mémoire. »

Connaissant le tableau par cœur, Neil parla des filles Boit comme s'il les avait fréquentées : au premier plan, la petite Julia, assise par terre avec sa poupée, qui incarnait l'innocence ; sur le côté, Mary Louisa, la rebelle, cependant prête à s'offrir au monde ; au fond, légèrement dans la pénombre, Florence et Jane, aux formes à peine naissantes mais déjà en plein éveil de la sexualité.

« Veux-tu qu'on aille revoir *Les Filles* ? demanda Deborah.

— Avec toi, oui, bien sûr. Mais, ces temps-ci, je sens que je décline un peu plus chaque minute. Il faudrait faire ça très vite, avant que je ne sois plus transportable.

— Eh bien, disons aujourd'hui. Dès qu'on aura fini de déjeuner. »

C'est ainsi que Deborah embarqua dans sa Malibu Neil et son infirmière avec une mallette pleine de seringues et de médicaments.

*

* *

Quand ils entrèrent dans la salle du musée de Boston où trônaient *Les Filles d'Edward Darley Boit,* Neil Sullivan arrêta son fauteuil roulant et fit signe à Deborah d'approcher.

« Merci, murmura-t-il. Il fallait que je le voie une dernière fois. »

L'infirmière avait tout entendu. Levant les yeux au ciel, elle protesta sur le ton attristé du professeur qui s'adresse au débile de la classe :

« Vous n'avez pas le droit de parler comme ça, monsieur.

— C'est la vérité. il vous faudra bientôt chercher du travail : je ne passerai pas le mois.

— Qu'est-ce que vous en savez ? »

C'est à cet instant qu'arriva Virginia, la sœur de Neil. Il l'avait appelée pendant le trajet pour l'inviter à les rejoindre. Une blonde châtain tout en muscles, d'une beauté telle que Deborah se sentit chavirer, sensation qu'elle attribua, du moins dans un premier temps, à sa troublante ressemblance avec son frère.

Autant Deborah était *roots* et courte sur pattes, autant Virginia était élancée, conquérante et citoyenne du monde. La première était volcanique, la seconde très posée.

Elles ne s'étaient jamais rencontrées. Au temps des amours de Deborah avec Neil, Virginia était avocate d'affaires à Hong-Kong, qu'elle ne quittait qu'une fois par an, en coup de vent, pour aller embrasser ses parents. Trois enfants et un divorce plus tard, elle était revenue à Boston, où elle travaillait à la Fondation Baümer pour la préservation de la faune d'Amérique du Nord.

Neil lui présenta Deborah d'une voix larmoyante :

« Debbie est l'une des personnes que j'aurai le plus aimées dans ma vie avec maman, toi et Spencer.

— C'est vrai, confirma Virginia en serrant la main de Deborah. Il m'a souvent parlé de vous. »

La langue de Virginia semblait à l'étroit dans sa bouche et faisait souvent d'exquises incursions aux commissures de ses lèvres. Neil s'approcha du tableau. Il s'attarda sur la robe blanche de Mary Louisa, puis sur la poupée désarticulée de Julia, que John Singer Sargent avait installées sur la toile en quelques coups de brosse. Plus il regardait *Les Filles*, plus ses traits se détendaient. Quelque chose d'exalté éclairait son visage gris.

« Ce Sargent, c'était vraiment le roi de la brosse ! » s'exclama-t-il.

Neil se dirigea vers Deborah et Virginia, puis laissa tomber :

« Je suis tellement heureux de me retrouver avec vous devant les quatre filles Boit. Je resterais bien là jusqu'à ma mort. »

Ses yeux papillotaient. Il luttait contre le sommeil.

20

L'art du cunnilingus

BOSTON. Neil Sullivan décéda chez lui, quelques jours plus tard, alors que Deborah Lowell était dans les airs, en tenue Delta, sur le vol Atlanta-Madrid. Ses dernières paroles furent pour sa sœur qui veillait sur lui : elles étaient imprégnées de cet humour en demi-teinte dont, ces derniers temps, son cancer avait eu raison :

« J'espère que c'est aussi bien là-haut qu'ici. »

Son travail empêcha Deborah de se rendre à l'enterrement, mais elle dîna la semaine suivante à Boston, chez Virginia, qui lui remit une statuette égyptienne en stéatite, de vingt-cinq centimètres et du XVIIIe siècle avant Jésus-Christ, que Neil lui avait léguée.

« C'est une offrande à Osiris, le dieu des morts et de la résurrection, dit Virginia. Elle ressemble beaucoup à celle du musée de Manchester qui effectuait une rotation complète en trois jours. Neil prétendait que la sienne bougeait aussi, mais je n'ai pas pu vérifier.

— Qu'est-ce qui la fait pivoter ?

— Les vibrations, je pense. »

Elle sourit.

« À moins que ce soit l'âme qui la bouge. L'âme du défunt qui reposait dans le tombeau où on l'a trouvée.

— J'essaierai de résoudre l'énigme », dit Deborah en regardant intensément Virginia.

La brune Deborah était de plus en plus frappée par les ressemblances de Virginia avec son frère. Les yeux en amande, légèrement bridés. Un nez délicatement retroussé. Les jambes longues et souples. Les taches de son sur les joues. Les cheveux clairs avec des mèches blondes.

« J'ai l'impression que Neil est toujours là, à travers vous », dit Deborah en caressant la taille de Virginia, qui lui prit la main et la serra très fort.

« Vous me plaisez, murmura Virginia. Je dois dire que les femmes me plaisent de plus en plus. »

Elle caressa les cheveux de Deborah qui émit une espèce de ronronnement.

« Les femmes, reprit Virginia, sont l'avenir du monde. Vous verrez, il arrivera un jour où nous n'aurons plus besoin des hommes pour nous reproduire. Quand apparaîtra la première femelle parthénogénétique, la forme asexuée se développera plus vite que l'autre et prendra rapidement le contrôle de l'espèce. C'est ce qui s'est produit chez les requins, les lézards, des tas d'insectes ou de plantes. Nous serons entre nous et le monde deviendra bien plus vivable. »

Elle approcha ses lèvres de la bouche entrouverte de Deborah. Ce fut un baiser effrayé, puis un second, plus assuré, et, enfin, un troisième, puissant en bouche, qui aurait pu durer des années.

Virginia était une experte et Deborah s'abandonna. Il lui avait fallu entrer dans sa trente-septième année pour découvrir l'art du baiser.

Depuis son retour de Hong-Kong, quatre ans plus tôt, Virginia vivait avec ses trois enfants qui, ce vendredi-là, étaient chez leur père, à Toronto, où il travaillait dans le négoce des céréales. Ils ne rentreraient que le dimanche soir. Le baiser aurait pu durer tout le week-end mais elle avait prévu de le passer à Martha's Vineyard avec son amant. Ils devaient partir le lendemain matin en avion privé.

Les deux femmes se dirigèrent, comme deux somnambules, vers la chambre à coucher de Virginia, où tout se passa très vite.

Deborah transpirait d'amour ou de chaleur, sa vue se brouillait, son esprit aussi, pendant qu'elles se déshabillaient toutes deux avec fébrilité.

Virginia se laissa tomber sur le lit, l'entraînant dans sa chute, retira sa petite culotte avec ses pieds, prit la tête de Deborah entre ses deux mains et la plaça entre ses cuisses.

C'était le premier cunnilingus de Deborah. Artiste de la chose, Willy Balthazar l'en gratifiait souvent, mais elle-même n'avait jamais connu de femme. Elle ne savait trop quoi faire de sa langue, il lui fallut un moment pour se mettre en route.

Le cunnilingus est pourtant une chose naturelle, pratiquée par les chiens, les chèvres, les orangs-outangs ou les chauves-souris à petit nez. Il est même conseillé par le taoïsme qui recommande aux hommes comme aux femmes de s'abreuver du jus de la grotte du tigre blanc sur la crête du champignon pourpre. Virginia était revenue de Hong-Kong taoïste et adepte du cunnilingus.

« C'est toi qui commences, murmura Virginia. Tu auras ta récompense après. »

*

* *

Deborah resta un moment pétrifiée devant la petite forêt sombre qui attendait sa visite. Quelques semaines auparavant, elle avait lu sur un site que le cunnilingus était le premier déclencheur du cancer de la bouche et de la gorge, plus encore que la consommation de tabac ou d'alcool : outre des mycoses, il peut en effet transmettre le HPV-16, un papillomavirus humain qui, selon les spécialistes médicaux, prédispose les amateurs de sexe oral à un risque de cancer oropharyngé trente-deux fois supérieur au reste de la population.

C'est au demeurant la pratique du cunnilingus, et non son alcoolisme, qui avait provoqué le cancer de l'acteur Michael Douglas.

Quand elle était tombée, quelques semaines plus tôt, la nouvelle avait semé la consternation chez les dévots de l'amour bucco-génital auxquels il était conseillé, désormais, de s'adonner à leur passion avec un préservatif ou un morceau de latex. En attendant le scaphandre qu'il faudra sans doute enfiler pour toutes les formes de rapports sexuels, dans quelques décennies…

Mais quand le désir est en marche, rien ne l'arrête plus, et Deborah oublia peu à peu ses préventions, tandis que sa langue explorait *piano piano* les petites lèvres de Virginia, cheminait *mezzo forte* dans le vestibule vaginal et en fouillait les parois *fortissimo* avant de tourner de plus en plus vite autour du clitoris jusqu'à ce qu'éclate le *crescendo* : un râle, un tangage du bassin et un affolement des jambes, comme si elle cherchait à repousser des bêtes qui la dérangeaient.

« C'était la première fois que tu faisais ça avec une femme ? » demanda Virginia quand elle se fut remise de ses émotions.

Deborah n'avait pas envie de répondre. Elle hésita un moment, puis :

« L'amour, c'est toujours la première fois.

— Maintenant que tu y as goûté, tu ne pourras plus t'en passer. »

Un silence passa. Deborah ne répondit pas qu'elle avait eu le sentiment de faire l'amour avec Neil dont elle avait retrouvé l'odeur dans la petite forêt de sa sœur. Un mélange exquis d'humus, de foin frais, d'eau de mer et de vieil ananas.

« Si tu permets, c'est à mon tour », dit Virginia avant d'écarter les cuisses de Deborah.

Quand la langue de Virginia s'insinua entre elles, il sembla à Deborah qu'un animal était au-dedans d'elle et lui retournait sa terre. Un animal avec des bras très puissants qui la bêchaient et la piochaient, mais doucement, sans violence : tous les coups semblaient amortis.

« Je viens », gémit-elle au bout de trois minutes.

Elle reniflait. On aurait pu croire qu'elle pleurait de bonheur, mais non, elle coulait simplement de partout, du nez, des yeux, des lèvres et du reste. Deborah soupira :

« De ma vie, je n'avais encore jamais éprouvé quelque chose comme ça. »

Virginia ne lui dit pas qu'elle s'entraînait à la manière d'une sportive de haut niveau. Souvent, après sa gym du matin, elle suspendait un pamplemousse dans sa salle de bain et s'en servait comme d'un punching-ball en lui donnant des coups de langue pendant plusieurs minutes.

Avant le départ de Deborah, Virginia alla chercher dans sa bibliothèque le *Tao-tö king*, la bible de Lao-Tseu, dont la lecture avait changé sa vie, et lui lut l'un de ses passages préférés :

Tout le monde tient le beau pour le beau
c'est en cela que réside sa laideur
Tout le monde tient le bien pour le bien
c'est en cela que réside son mal

Elle dit à Deborah que c'était sa devise. Un hymne à l'esprit critique et une invitation à dire merde à tout le monde. Selon elle, il n'y avait pas, ici-bas, d'autre recette du bonheur que celle qui consiste, comme le prescrivait Lao-Tseu au VIe siècle avant Jésus-Christ, à se mettre en retrait.

Elle ajouta qu'elle lisait le *Tao-tö king* chaque fois qu'elle était confrontée à un doute ou à une question :

« Tu verras, il y a toujours une réponse. »

Après leur dernier baiser, devant la porte de l'ascenseur, elle donna le livre à Deborah. Elle en avait plusieurs dizaines chez elle. C'était un cadeau qu'elle faisait souvent.

« C'est comme les antidouleurs, dit-elle. Il faut toujours en avoir à portée de main. »

21

La théorie du nuage de moustiques

MARTHA'S VINEYARD, MASSACHUSETTS. Tout son visage semblait tourner autour de sa bouche grande et souple : ça lui avait toujours donné un air conquérant, très américain.

Pourtant, quelque chose n'allait plus chez Cyrus Englebart. Il lui manquait cette lueur salace qui éclairait son regard chaque fois qu'il retrouvait Virginia, sa maîtresse. Il lui manquait aussi ce petit sourire en coin, coquin et prometteur, qui la ravissait depuis leur première rencontre. Il était vidé de l'intérieur.

La première fois que Cyrus et Virginia s'étaient embrassés, c'était à la tombée du soir, à Newport. Ils s'étaient retrouvés à une fête de mariage et avaient décidé de marcher dans le parc pour dessoûler. Dans un sous-bois, ils étaient tombés sur un gros nuage de moustiques. Un million de mâles surexcités. Leur chant nuptial, une sorte de doux sifflement harmonieux, attirait les femelles. Dès qu'elles s'approchaient, plusieurs d'entre eux sortaient du rang pour leur faire la cour avant d'aller s'accoupler sous elles, à l'ombre d'un buisson.

C'est là que Cyrus expliqua à Virginia sa théorie du nuage de moustiques, qui avait fait sa fortune. Comme Denis Kessler, l'enfant terrible du patronat français, qui, à la tête de la SCOR, une société de réassurance, allait obtenir des résultats foudroyants, il s'était inspiré des travaux du mathématicien français Pierre Rosenstiehl, démontrant que, pour bien fonctionner, une société n'a nul besoin d'être hiérarchisée.

Dans un article paru en 1974 dans la revue *Communications* et signé avec Jean Petitot, son collègue de la prestigieuse École des hautes études en sciences sociales, Pierre Rosenstiehl notait que les sociétés animales étaient souvent acentrées, tel le nuage de moustiques où « chaque individu règle sa marche sur de nombreux "voisins" occasionnels qui sont tous ses alter ego ». À cela s'ajoute une relation de voisinage « fluide », aucun réseau ne préexistant aux individus, tous « interchangeables ».

Le mythe de l'entreprise sans patron était né, qui allait porter si haut Horus 2020, son fonds d'investissement. Depuis peu, ses affaires marchaient moins bien. Rien de catastrophique, mais le taux de croissance de son affaire n'était plus à deux chiffres. Après avoir redressé toutes les sociétés qu'il avait rachetées, il venait d'essuyer deux échecs coup sur coup, l'un dans la grande distribution, l'autre dans le fromage à pâte molle. Les premiers de sa vie. Il avait du mal à s'en remettre.

Quelques semaines plus tôt, Cyrus avait dit à Virginia :

« Je crois que j'ai perdu la main.

— Mais non.

— Quand on a perdu la main, il faut la passer. Je me donne un an pour organiser ma succession. »

Depuis, il avait pris un coup de vieux. Il se tenait moins droit, au point que Virginia se demandait s'il n'avait pas raccourci de quelques centimètres. Ce matin-là, il avait l'expression ahurie de quelqu'un qui vient de sortir du lit et ne songe qu'à y retourner.

Désormais, tout en lui faisait horreur à Virginia. Son odeur acide, vinaigrée, si caractéristique des personnes âgées qui souffrent d'urémie. Son incapacité bostonienne à exprimer ses émotions. Ses chemises Dior et ses costumes Brioni, qui, avec son brushing et son sourire commercial, en faisaient un personnage plutôt conventionnel alors qu'il était double, triple ou davantage. Il n'était jamais celui que l'on croyait. Il était meilleur et pire, bien pire. Un grand schizophrène.

C'était un homme faux, comme il y a des hommes vrais. Avec lui, il ne fallait se fier à rien, surtout pas à son apparence, celle d'une caricature de patron américain qui, à soixante-cinq ans, luttait pied à pied, non sans succès, contre les dégâts de l'âge. Un mètre quatre-vingt-douze, un physique de vieux beau de téléfilm, les cheveux argentés, le visage botoxé et décoré d'un sourire en céramique flambant neuve, il s'était fait tirer plusieurs fois la peau du visage, comme en attestaient les cicatrices roses derrière ses oreilles. Sa hanche en titane ne l'empêchait pas de danser quand il sortait en boîte de nuit. Pour le sexe, il continuait à assurer grâce à des petites pilules, bleues ou orange selon les jours.

*

* *

C'étaient les premiers jours de septembre et Martha's Vineyard se pâmait sous un soleil voilé, les herbes et les feuilles luisant comme si elles venaient d'être passées à la peinture fraîche.

Après avoir atterri à Vineyard Haven, Cyrus et Virginia s'étaient engouffrés dans un taxi qui les emmena à Edgartown où, après avoir fait provision de *fudge* chez Murdick's, ils se rendirent au port et montèrent sur son voilier de soixante-douze mètres, *The Engelbart*, qui prit aussitôt la direction du grand large.

L'arrêt *fudge* chez Murdick's, sur Water Street, était un rituel auquel Cyrus ne dérogeait pas. Il prenait toujours les mêmes parfums : chocolat-noix et pécan-beurre, son préféré. Assez pour tenir la semaine, et même plus. Sur le plan alimentaire, c'était son seul accroc aux règles diététiques qu'il se fixait, un accroc hypercalorique. Tout ce qu'il s'interdisait le reste du temps : du sucre, du beurre et de la crème.

Quand on aime à ce point un dessert ou une confiserie, c'est parce qu'il vous permet de retourner en enfance. C'était le cas de Cyrus : le *fudge* lui rappelait sa mère qui en était la reine et le prouvait régulièrement, à l'occasion des fêtes ou des anniversaires. Au début de leur relation, Virginia avait été émue par cette passion enfantine. Depuis quelque temps, elle la trouvait affligeante.

Le désamour vous fait toujours détester les petits travers qui vous attendrissaient. Désormais, elle n'aimait plus voir Cyrus se gaver de *fudge* avant de sucer goulûment ses doigts gluants pour ne rien en perdre. Elle le trouvait ridicule et dégoûtant.

Sur le pont de *The Engelbart*, tandis que l'équipage s'agitait, Virginia observait son amant en sirotant sur sa chaise longue le Daïquiri, cocktail au rhum et citron vert, que venait de lui apporter Scott, le serveur noir de dix-huit ans qui la faisait tant fantasmer quand il jetait sur elle son regard juvénile.

Depuis des semaines, elle avait envie de lui et lui d'elle, mais ils savaient bien que leur histoire n'irait jamais plus loin. C'était un rêve, un fruit vivant et juteux auquel ils n'avaient pas le droit de toucher. Une pomme.

Virginia avait un mauvais goût dans la bouche et une grosse boule dans le ventre.

22

« Il faut qu'on parle »

MARTHA'S VINEYARD. Scott excitait Virginia. Elle aurait bien aimé vivre avec lui, loin de tout. Le beau-père idéal pour les enfants. Un copain à peine plus âgé, expert en tablettes et smartphones.

Mais, tout compte fait, c'était quand même avec Deborah qu'elle aurait préféré vivre. Une complice pour la vie. Les enfants comprendraient, il suffirait de leur expliquer : les femmes sont des hommes comme les autres, et inversement. Virginia se sentait enfin prête à suivre les belles paroles de Ralph Waldo Emerson, son poète préféré, qui, au XIXe siècle, habitait tout près de chez elle, à Beacon Hill :

> Fais toujours ce que tu as peur de faire !

Une injonction qu'elle s'était bien gardée de suivre, jusqu'à présent. Au contraire, elle n'avait jamais pris de risque, quitte à laisser traîner des amours mortes, comme cette lamentable relation avec Cyrus.

Elle avait une théorie. À force de se gaver de laitages sucrés, de glaces, de yaourts, de *cheesecakes*, sans parler des *fudges* au beurre, les Américains étaient en train de se transformer, physiquement et psychologiquement. Ils avaient du fromage blanc dans la tête et du lait leur coulait dans les veines. Tous des enfants, elle comprise.

Elle pesta mentalement contre elle-même en gigotant sur sa chaise longue, comme si elle cherchait la bonne position.

« As-tu toujours mal au dos ? demanda Cyrus.

— C'est en train de s'arranger, je sais d'où ça venait, dit Virginia alors que Scott s'éloignait avec son plateau. À ce propos, il faut qu'on parle. »

Elle semblait au bord de l'asphyxie et Cyrus l'observa avec lassitude avant de se concentrer sur les bulles grumeleuses de son Bloody Mary. Il savait de quoi il allait être question. Depuis trois ans qu'ils étaient amants, ils avaient toujours la même conversation. Elle ne supportait pas de rester *back street*. La dernière roue du carrosse Englebart. Celle qu'il n'avait osé présenter qu'à quelques amis.

« Je crois, murmura-t-elle, qu'on ne peut plus rester comme ça.

— Il me semble qu'on s'est déjà tout dit, ma douce.

— Non.

— Je te le répète, insista Cyrus en fronçant les sourcils, je me sens incapable de lancer une procédure de divorce tant que Mildred ne s'est pas remise de son cancer. »

Après l'ablation de ses deux seins, deux ans auparavant, sa femme venait d'apprendre qu'elle avait une tumeur au poumon droit. L'argument du cancer étant l'un des mensonges les plus éculés des maris adultérins quand ils demandent à leurs maîtresses de leur donner du temps pour divorcer, Virginia avait tenté de vérifier l'information auprès du service du Massachusetts General Hospital, qui, d'après Cyrus, la traitait, mais sans succès.

« Je ne peux pas la quitter maintenant, poursuivit Cyrus. Par rapport aux enfants qui m'en voudraient jusqu'à la fin de leurs jours, mais aussi par rapport à moi, à ma conscience...

— Je comprends parfaitement. C'est tout à ton honneur. Mais je ne t'ai jamais demandé de divorcer, Cyrus. Je veux simplement vivre avec toi.

— C'est déjà ce qu'on fait.

— Non. Un soir ou un week-end volés de temps en temps, ce n'est pas vivre ensemble.

— Reconnais que l'on se voit de plus en plus.

— C'est vrai.

— Quel est le problème, alors ? »

Après un silence censé donner de la solennité à son propos, Virginia dit très vite, les yeux baissés :

« C'est d'autre chose que je voulais te parler. C'est dur à dire, mais voilà : j'ai l'impression que je ne t'aime plus. »

Apparemment, Cyrus encaissa bien le choc. Les yeux relevés, Virginia nota qu'il ne passait rien sur son visage. Pas un pli, ni même une ombre dans le regard.

« Ce n'est qu'une impression, ma douce, dit-il. Tu verras, ça passera.

— Il y a de plus en plus de choses qui m'agacent chez toi. Ta façon de m'appeler ma douce, par exemple.

— Ah oui. Eh bien, je vais arrêter.

— Tes pyjamas.

— Écoute, si ça ne tient qu'à ça, je ne t'appelle plus ma douce et je ne mets plus de pyjamas.

— C'est beaucoup plus grave, Cyrus.

— Je vais faire des efforts.

— C'est trop tard. »

Elle détourna les yeux :

« Il faut qu'on se quitte. »

L'océan s'étirait mollement sous les caresses du soleil. Cyrus demanda d'une voix blanche :

« Qu'est-ce que c'est encore que cette histoire ?

— Tu as bien entendu. Je veux qu'on en finisse.

— Je ne comprends pas. La semaine dernière, tu me disais qu'on était faits l'un pour l'autre.

— J'essayais de conjurer le sort, mais je n'en peux plus, je n'en peux plus... »

Virginia avait haussé la voix. Redoutant qu'elle n'éveille l'attention de l'équipage, Cyrus se leva et lui fit signe de le suivre avec les verres, dans la chambre.

« Le pire chez toi, dit-elle, c'est quand même l'hypocrisie, la schizophrénie, le double langage, je ne sais comment appeler ça, mais à la fin, on ne sait jamais à qui on a affaire. »

*

* *

Quand il lançait une O.P.A., Cyrus Engelbart était sans pitié. Il commandait toujours, avant d'attaquer, des enquêtes détaillées à l'agence Kroll sur les points faibles des principaux dirigeants de l'entreprise qu'il avait en ligne de mire. Les vices, les coucheries, les petits secrets de famille, tout était passé au crible, puis utilisé comme arme de chantage ou bien donné en pâture aux médias.

C'était sa technique et elle lui avait valu, dans les années 1990, le surnom d'« Attila des familles » décerné par le *Wall Street Journal*. Là où Cyrus passait, le bonheur conjugal trépassait. Le sien étant mort depuis longtemps, il se moquait pas mal des représailles, c'était sa force, tout comme l'était la complaisance dont faisaient preuve à son égard plusieurs grands noms du journalisme, qu'il savait soigner.

Longtemps, il avait été très proche de George Soros, l'un des inventeurs des *hedge funds*, prédateur compulsif et incarnation fébrile de la cupidité, qui ruine des pays ou des entreprises pour remplir son tiroir-caisse, mais qui a toujours su donner le change en versant dans la philanthropie, les grands sentiments et les droits de l'homme. Il cherche à se faire passer pour un petit saint et il y a même des gogos pour le croire.

Saint George Soros, priez pour nous. Depuis peu, Cyrus s'était éloigné de lui pour faire plus fort encore. Il finançait en sous-main des sites et des revues ultra-gauchistes. Noam Chomsky était même devenu son dieu vivant. En petit comité, il tenait volontiers des propos du genre : « Le capitalisme est arrivé au stade terminal. La preuve, la finance internationale est désormais entre les mains de gredins éhontés. Goldman Sachs, JP Morgan, tous ces enfoirés nous conduisent tout droit au cataclysme ! Ils sont juste bons à faire des bulles qui pètent à la figure des pauvres couillons qui, bien sûr, payent ensuite l'addition. Depuis des années, ces connards qui ne pensent qu'à se remplir la panse et les poches ont entassé assez d'explosifs pour faire sauter la planète. Des dettes ou des produits financiers vérolés. Il ne reste plus qu'à allumer la mèche. »

Partisan des théories du philosophe américain Felix Adler (1851-1933), un utopiste social, inventeur de l'idée du revenu maximal, Cyrus Engelbart avait une bête noire : son ancien ami Jamie Dimon, le patron tout-puissant de JP Morgan. Après que sa banque eut payé à l'État fédéral près de 20 milliards de dollars d'amendes diverses, notamment pour avoir fermé les yeux sur les trafics de Bernard Madoff, cet homme allait repousser encore les limites de la goinfrerie, quelques mois plus tard, en faisant augmenter ses revenus annuels de 74 % à 20 millions.

Quel crime avait commis l'humanité pour que son destin se retrouve entre les mains de personnages comme Jamie Dimon ? Le roi de Wall Street était aussi le roi des empaffés. Avec ça, grand donateur du Parti démocrate et du dernier bien avec Barack Obama.

« Quand je vois comment s'empiffrent tous ces fils de pute, on se dit que la révolution est proche, répétait Cyrus. L'heure viendra où les damnés de la terre leur feront rendre gorges et boyaux. »

Un jour que Virginia lui disait qu'elle ne comprenait pas sa détestation d'un système qui l'avait tant enrichi, Cyrus répondit en caressant sa montre Richard Mille à 300 000 dollars :

« Je hais le capitalisme !

— Tu pourrais avoir la gratitude du ventre.

— La gratitude, c'est un truc de croyant. Comme la rédemption. Quand arrivera le grand soir, il y a des tas de têtes que je me ferai plaisir de couper moi-même. À la hache, au couteau ou à la scie, comme on voudra. C'est dans le sang des riches qu'on lavera le sang des pauvres ! »

Elle ne se rappelait pas quel grand cru de Bordeaux il savourait en disant cela, mais chaque verre valait certainement le salaire mensuel d'un cadre d'Horus 2020. Virginia arriva dans la chambre avec un mélange de nausée et de dégoût.

23

Il va germer ce que les cieux semèrent

AU LARGE DE MARTHA'S VINEYARD. C'était une grande chambre avec des boiseries et des lambris. Ils s'assirent sur les bergères Louis XV, autour d'un petit guéridon Empire. Les meubles n'allaient pas ensemble, mais Cyrus était coutumier des fautes de goût. Il disait : « Si ça me plaît... »

« Je n'en peux plus de mentir, dit Virginia après une rasade de Daïquiri. De faire semblant. Chaque fois que je te retrouve, une grande fatigue me tombe dessus. C'est un signe qui ne trompe pas. Il est temps d'arrêter. »

Cyrus n'avait plus de salive, sa langue était engluée dans son palais ; il lui demanda :

« Crois-tu que tu pourrais me donner une deuxième chance ?

— Non.

— Tu veux repartir tout de suite pour Boston ?

— Rassure-toi, tu ne perdras pas la face devant ton personnel : je ne vais pas faire d'histoires.

On se quittera dimanche après-midi comme d'habitude.

— On pourra faire l'amour d'ici là ?

— Bien sûr. Une dernière fois.

— Quand ?

— Pas tout de suite, Cyrus. Un peu plus tard, ce soir ou demain, quand tu voudras. Maintenant, je voudrais me reposer un peu. »

Après qu'elle se fut allongée sur le lit, Cyrus monta sur le pont et s'affala sur une chaise longue avec le dernier roman de John Irving qu'il ne réussit pas à lire, bien qu'il lui semblât drôle et enlevé, comme d'habitude. Il comprenait les mots mais pas les phrases : elles se décomposaient dans son esprit.

Les deux heures qui suivirent lui semblèrent des siècles : toutes sortes de pensées volaient dans sa tête, un magma où se mélangeaient ressentiment, culpabilité, nostalgie, autocritique, chagrin et haine de soi.

Qu'est-ce qui avait cloché ? Sur le plan privé, Cyrus Engelbart ne disait jamais rien, et surtout pas « Je t'aime » à sa femme, à ses enfants ni même à sa maîtresse, qui, elle, au moins, ne lui devait rien.

Une sainte, Virginia. Totalement désintéressée. Pour son anniversaire, la première année, Cyrus lui avait acheté un diamant qui valait une fortune. Un cinq carats rond, d'une pureté VS1. Elle l'avait refusé :

« Mais pour qui me prends-tu ? Je ne suis pas ta poule ! Tu n'as qu'à l'offrir à ta femme ! »

Ce qu'il avait fait le Noël suivant, sans vergogne. Depuis, son épouse portait le diamant comme un trophée.

À la perspective de vivre sans Virginia, Cyrus sentait quelque chose qui mourait en lui. Sa force, son énergie, son sourire du lever. Il se dit qu'il faudrait reprendre la psychanalyse, qu'il avait arrêtée longtemps auparavant.

Quand elle se réveilla, Virginia envoya un texto à Deborah, dont l'avion devait être arrivé à La Paz :

« Je frissonne encore de notre bonheur d'hier. Je t'aime. V. »

« Mon amour, répondit aussitôt Deborah, Je voudrais passer le reste de ma vie comme un petit oiseau sous ton aile. D. »

Après plusieurs échanges de ce genre, Virginia monta sur le pont. Cyrus somnolait.

Il ouvrit les yeux. Il allait lui dire qu'il l'aimait mais elle rirait. Il fallait du concret. C'est donc autre chose qui sortit de sa bouche :

« J'ai bien réfléchi. Je suis prêt à divorcer.

— C'est trop tard.

— Je suis prêt à divorcer, répéta-t-il sur un ton où perçait une sorte d'indignation.

— Divorce si tu veux, mais c'est fini entre nous. »

Il chaussa ses lunettes noires, puis tourna légèrement la tête. Il ne voulait pas que Virginia s'aperçoive qu'il pleurait. Il lui proposa de boire du champagne, pour mettre du bonheur dans leur malheur.

C'était un grand spécialiste du champagne. Le Dom Pérignon, le Grand Siècle et le Salon, notamment le millésime 1995, étaient ses préférés.

Convaincu des vertus réconciliatrices du champagne, il avait décidé de frapper un grand coup en faisant servir un Moët et Chandon 1921 qu'il gardait depuis longtemps sur le bateau, dans un coffre réfrigéré, pour une grande occasion. Après en avoir bu quelques gorgées, Cyrus laissa tomber :

« C'est un vin terrien, doux et sécurisant. Il y a de la truffe dedans, mais aussi quelque chose de brioché, du beurré. Il en a sous le pied.

— C'est très bon, approuva Virginia.

— Des décennies après, le fruit est toujours là. Des notes d'abricot cristallisé. Tu les sens ? »

Elle opina et Cyrus nota qu'elle avait subitement retrouvé son regard amoureux. Mais il ne dura pas. Une heure après, quand le champagne eut cessé de faire son effet, elle se renfrogna à nouveau.

Le reste de la journée fut un supplice. La nuit aussi, même si, après le dîner, Virginia consentit à faire l'amour une dernière fois. Ce fut beaucoup plus facile qu'elle l'avait cru. Pendant la copulation, elle s'imagina que Cyrus était Deborah ou Scott, le serveur noir au regard d'ange, et elle se surprit même à embrasser avec fougue son futur ancien amant.

Pour une fois, Cyrus se donna du mal. Il ne disait rien, mais il semblait bien plus à son écoute que d'ordinaire. Il se démenait là où il avait la sensation d'exciter son plaisir.

Leur rapport ne dura pas plus d'une douzaine de minutes. Elle eut un orgasme très long, presque deux minutes, et il lui envoya plus de jets de sperme que d'habitude dans le vagin, six exactement.

Le lendemain, ils décidèrent de rentrer plus tôt à Boston. Jusqu'à ce qu'il la dépose devant son domicile, en fin de matinée, Cyrus Engelbart ne quitta pas Virginia des yeux. Il la fixait intensément, avec un regard d'agonisant qui s'accroche à la vie.

Elle respirait à si petites goulées qu'un point de côté commença à l'oppresser pendant leur retour en avion avant de disparaître, quand elle arriva à destination. Après un dernier baiser, elle resta sur le trottoir et regarda s'éloigner la Jaguar vert bouteille de Cyrus.

Elle esquissa un salut de la main.

24

L'invitation à la cave

Boston. À peine arrivée chez elle, Virginia se sentit à nouveau oppressée. Elle avait envie de sortir, de marcher, de boire, de rire. De revivre. Elle était comme une morte qui aurait décidé de ressusciter.

Elle avait souvent ressenti cette sensation depuis que son ex-mari l'avait plaquée du jour au lendemain en lui donnant une seule explication : « Chérie, je suis amoureux.

— Et moi ? avait-elle répondu. Et les enfants ?

— C'est de moi que je te parle. »

La violence de la rupture avait fait l'effet d'une bombe à fragmentation. Il lui avait fallu des mois pour ramasser ses morceaux et se reconstituer. Ce fut comme un *burn out* dont elle ne s'était jamais remise.

Pendant trop longtemps, elle avait fait fausse route avec Cyrus ; maintenant, il lui fallait se rattraper. Ressentant des bouffées d'amour pour Deborah, elle prit son portable pour l'appeler.

Elle sourit. Deborah lui avait envoyé des rafales de photos par MMS, notamment des images des *fajitas* et des *molcajetes* qu'elle avait mangés au Calabasas, un restaurant branché de La Paz.

« Tout ça m'a l'air succulent, répondit Virginia. Mais je ne connais rien de plus appétissant que toi. V. »

« Mange-moi quand tu veux. D. »

« J'ai faim rien que de penser à toi. V. »

Virginia se rendit dans la salle de bain, lava son visage à grande eau, s'essuya énergiquement, enfila un blouson noir et quitta la maison. Une brise fraîche courait dans les rues de Beacon Hill, le vieux quartier de Boston, répandant de la joie partout. L'air était comme une boisson et ses poumons le buvaient à grands traits.

Virginia savait où elle allait et ce qu'elle voulait : des pancakes aux pommes et des gaufres belges au malt avec beaucoup de myrtilles dessus. Elle prit la direction de Charles Street et, au 44, rejoignit la queue qui attendait devant le Paramount, son restaurant préféré, l'une des meilleures adresses de Boston. À peine était-elle arrivée qu'une grosse main se posait sur son épaule.

C'était Jed, un Indien d'une vingtaine d'années qui travaillait dans le quartier : plombier, jardinier, électricien, maçon, vitrier, garde d'enfants ou de vieillards, c'était un homme à tout faire, virtuose du petit boulot et, en plus, pour pas cher. Un Adonis baraqué et nonchalant.

Il avait une bouche sensuelle. Sans doute devait-elle son aspect pulpeux à sa mère qui l'autorisa à téter le sein jusqu'à l'âge de sept ans, alors qu'elle n'avait plus de lait. Le père ayant quitté le domicile conjugal à sa naissance, elle lui permit aussi de se substituer à son géniteur en dormant dans son lit. Mais quand elle se mit à ronfler chaque nuit comme une sourde, il décida de faire chambre à part dans le salon, devant la télévision. Il avait alors treize ans.

Si on s'approchait de lui, on pouvait sentir des relents de vieux cheddar et de pommes blettes, mais ça restait acceptable, comme l'était sa longue chevelure grasse qui tombait sur le front à la hauteur des sourcils, façon griffon, la coiffure ado traditionnelle.

Mais de tout cela Virginia n'avait cure. Il n'y avait qu'une chose qu'elle regardait et qui l'excitait follement : le double menton naissant de Jed.

Pourquoi l'excitait-il à ce point ? Virginia aurait été bien incapable de répondre : ce n'était pas la première fois qu'elle remarquait ce double menton. Sans doute émanait-il du visage de Jed une mollesse, une douceur et une bienveillance dont elle avait besoin à ce moment-là. Il lui fallait un regard pour la calmer et une épaule pour reposer sa tête. L'odeur était simplement une habitude à prendre.

C'était un homme vrai, sans botox ni dents en céramique, qui ne tramait pas de plans pour dominer la finance, son quartier ou même sa vie, qu'il prenait comme elle venait, au petit bonheur des rencontres. Le contraire de Cyrus

Engelbart. Avec les personnages de ce genre, tout était simple.

Partir, dire merde à la société des ramenards de Beacon Hill, qui se croient tous sortis de la cuisse de Jupiter... Soudain, Virginia avait envie de tout quitter, son travail, ses amis, pour se jeter, pantelante, entre ses bras puissants, avant de retrouver ceux de Deborah qui lui manquaient tant, à cet instant.

Virginia paya le repas de Jed et quand la commande arriva sur le comptoir, ils s'étaient installés à la même table. Ce fut à elle de faire la conversation. Il semblait trop endormi pour comprendre les questions. Il luttait contre le sommeil ou autre chose, on lui voyait souvent le blanc des yeux, comme s'il allait tomber dans les pommes.

Elle se lança dans une tirade en faveur de Barack Obama, son homme politique modèle, ce qui laissa Jed de marbre, jusqu'à ce qu'il l'interrompe :

« Je veux que tu viennes chez moi. »

L'invitation était formulée si étrangement et sur un ton tellement impératif qu'elle préféra continuer sa célébration de Barack Obama.

« Je veux qu'on aille chez moi », répéta-t-il.

*

* *

Ils prirent un taxi pour se rendre chez lui, dans le quartier du port, près de New Northern Avenue. Jed habitait une cave dans un immeuble qui paraissait avoir été construit en suie. Aussi noir à l'extérieur qu'à l'intérieur, il sentait la houille grasse. Quand on entrait, c'était comme si on descendait à la mine.

Dans la salle de séjour de la taille d'un réduit, ils enjambèrent les corps de deux hommes endormis sur des sacs de couchage. L'un d'eux semblait mesurer deux mètres.

Dans la chambre trônait, au-dessus du lit, un grand poster du chef sioux Sitting Bull, son héros. Jed dit à Virginia :

« C'est mon petit frère et un vieux pote. Ils crèchent chez moi depuis un mois, ils sont tout le temps défoncés. Je leur ai interdit d'entrer dans ma chambre, je veux pas qu'ils la dégueulassent. J'ai tort ?

— Non », souffla Virginia.

Même si traînaient des bouffées de son odeur, la chambre de Jed était propre et bien rangée, ce qui ne pouvait manquer d'étonner de la part de quelqu'un d'assez peu soigné. Les murs, les meubles, le parquet, le couvre-lit, tout était blanc.

« C'est comme chez ma mère, dit-il en enlevant son tee-shirt. Elle me répétait : "Quand on vit dans la merde, il faut l'empêcher de rentrer chez soi. Sinon, on devient aussi de la merde, on ne se respecte plus." J'essaie de me respecter. Si j'avais une douche ou un lavabo, ça serait encore mieux.

— Comment te laves-tu ?

— Chez des amis, n'importe où, quand je peux. Pareil pour les besoins. »

Son pantalon défait, Jed s'approcha d'elle. Son caleçon était si pointu qu'on aurait dit une proue à l'avant d'un navire. Virginia sourit.

Son sourire se crispa quand elle aperçut, sur la boîte qui faisait office de table de chevet, deux blattes rutilantes comme des BMW, en train de copuler, la femelle dessus, le mâle dessous, dans la position du missionnaire à l'envers. Le cafard peut rester deux à trois heures comme ça, à faire durer le plaisir. Elle préféra ne rien dire, pour ne pas gâcher l'instant, mais Jed mit les choses au point :

« Rassure-toi, elles sont mortes. Je leur ai mis un coup d'insecticide. Elles restent là, comme une œuvre d'art. »

Le désir de Jed était intense et si violent que Virginia n'eut pas le temps de lui demander de se protéger. Il la poussa dans le lit et la déshabilla en émettant des petits grognements avant de plonger dans son corps qu'elle lui offrait, les bras et les jambes écartées, dans l'une des positions de *L'Homme de Vitruve* de Léonard de Vinci.

« Mords-moi », murmura-t-elle alors qu'il entrait en action.

Il planta ses dents là où elle lui demanda, au bas du cou, près de la nuque.

« Plus fort », supplia-t-elle.

La deuxième fois, il lui sembla qu'il avait du sang dans la bouche. La chair était en effet rougie.

Virginia lui demanda de lui donner un nouveau coup de dents sur l'épaule droite. Là encore, il lui fallut s'y reprendre à deux fois : elle ne fut satisfaite que quand il alla au sang.

« T'es quand même bizarre, souffla-t-il.

— J'aime qu'on me fasse mal.

— Moi, j'aime pas faire mal.

— Force-toi. C'est mon plaisir. »

Jed éjacula trop vite en elle, alors qu'elle n'était même pas encore au seuil de l'orgasme, mais il dégagea sa responsabilité sur un ton plein de reproche :

« Pardonne-moi. Les choses spéciales, je sais pas faire, ça me perturbe.

— Ce n'est pas grave. »

Sur quoi, Virginia se mit à pleurer doucement, les lèvres serrées, avec une expression de petite fille contrariée.

« Je m'excuse, dit Jed. C'est parti comme ça, je n'ai rien pu faire.

— Je ne pleure pas pour ça. Ce sont des choses qui arrivent souvent avec les hommes. Un rien les déstabilise. Je suis habituée, depuis le temps. Si je suis triste, c'est parce que je viens de rompre avec quelqu'un. »

Il se leva et enfila son caleçon, puis son jean.

« Il t'a fait du mal ?

— Du mal, mais aussi du bien.

— Si tu pleures, c'est parce que tu l'aimes encore.

— Non, c'est parce que je regrette de ne l'avoir pas quitté plus tôt. J'ai perdu beaucoup de temps avec lui. Il ne le méritait pas. »

Virginia sanglotait. Il s'assit à côté d'elle et posa sa main sur son épaule :

« Je crois que j'ai un truc pour toi », murmura Jed, l'air apitoyé.

Il se leva à nouveau, prit un Kleenex sur la table de chevet, le lui donna, puis fouilla dans la poche de son jean. Sa main en ressortit avec un comprimé rose bonbon.

« C'est quoi ? demanda Virginia.

— Du bonheur en pilule.

— Et encore ?

— Un mélange à base d'ecstasy, avec de la méphédone et du cannabis de synthèse. Personnellement, je trouve ça extra. C'est bon pour ce que tu as. »

Elle secoua la tête, mais si mollement que Jed se crut autorisé à lui enfoncer le comprimé dans la bouche.

Pour aider Virginia à l'avaler, il porta à ses lèvres le goulot d'une bouteille de *ginger ale* tiède. Bien qu'elle se fût redressée pour boire, quelques gouttes tombèrent sur les draps. Il sembla contrarié mais ne dit rien.

« C'est la première fois que je prends de l'ecstasy, avoua Virginia. Il paraît que ça flingue les neurones.

— Peut-être, mais tu en as tellement qu'il t'en restera toujours bien assez. »

Il caressa son visage et elle se lova contre lui.

25

À l'heure où les bêtes sortent

BOSTON. Ils étaient enlacés l'un contre l'autre, dans cet état de sidération qui envahit souvent les amants après l'amour quand la porte s'ouvrit, soudain, sur un géant coiffé comme un caniche, les yeux cachés par des filaments de mèches frisées.

« On peut ?

— On frappe avant d'entrer, protesta Jed.

— Excusez-moi, dit-il en baissant la tête. Je suis Tommy, le frère de Jed. »

Il se retourna. Un jeune homme râblé et aux pommettes saillantes le suivait. Une grande chaîne en or avec une croix étincelait sur son torse nu.

« Et lui, reprit Tommy, c'est Mario, notre meilleur ami. On voudrait savoir si on peut ? »

Son regard interrogatif passa de Jed à Virginia et inversement.

« On est vraiment chauds, insista Tommy. Est-ce qu'on peut, oui ou non ?

— C'est à Virginia de répondre », trancha Jed.

Tommy et Mario l'observaient avec un mélange de concupiscence et de fascination. On aurait dit des vieillards reluquant un morceau de bidoche sur un étal. Ou bien des enfants regardant un *cheesecake* derrière une vitrine. Les yeux papillotants, Virginia murmura :

« Je veux bien, mais avec des capotes. »

Tommy se tourna vers son grand frère :

« T'en as ?

— J'en ai plus.

— Tu as fini les miennes ?

— C'est ce que je viens de te dire. Désolé. Je vais en chercher. »

Jed alla acheter des préservatifs au drugstore d'à côté. En chemin, il croisa Bernie, un junkie de ses connaissances, une chose bossue sans nez ni menton, avec quelques dents et un regard de zombie. Un tas de souffrances. Le genre de personnage qui vous culpabilise rien qu'en le regardant.

Il avait des traces de piqûres partout sur les bras, sur les pieds aussi, et ce n'était pas la faute des moustiques. Il prenait depuis longtemps de l'héroïne et, à en juger par les reflets verts sur ses poignets nécrosés, venait de se mettre à la désomorphine, dite drogue « Krokodil », un dérivé de la codéine, qui ronge la chair et les os.

« Es-tu sûr que tu vas bien ? demanda Jed.

— J'ai des mouches dans les yeux, il me semble que le sol est en train de fondre sous mes pieds, j'entends sans arrêt quelqu'un qui m'appelle : "Bernie ! Bernie ! Bernie !" Parfois ils se mettent à plusieurs. Je vois le mal partout et j'ai l'impression d'avoir un tueur à gages à mes trousses. À part ça, je vais bien. »

Bernie s'approcha et mit sa main sur la bouche, pour que personne ne puisse entendre ou lire sur ses lèvres :

« Je crois que mes drogues ne me font pas du bien. Il faut que je change mon mélange. »

Il annonça à Jed que sa compagne venait de le virer. Une cuisinière portoricaine à tête de bouledogue, qui lui avait intimé de choisir entre la drogue et elle. Il n'avait pas hésité une seconde : il avait opté pour le paradis mais, depuis, ne savait pas où dormir.

« Je ne peux pas t'accueillir à la maison, dit Jed. J'ai trop de monde en ce moment.

— Je me ferai tout petit.

— C'est impossible.

— Je me rendrai utile : je peux tout faire. Les courses, la cuisine, le ménage.

— N'insiste pas, il n'y a pas de place.

— Je ne prends pas de place, tout le monde sait ça. »

Impossible de lui faire entendre raison. Bernie était, comme tous les autistes, incapable d'entendre ce qui les dérange. Finalement, avant d'entrer dans le drugstore, Jed lui donna un billet de vingt dollars. L'autre resta comme ébahi au milieu du trottoir à marmonner des remerciements.

Quand Jed ressortit du drugstore, Bernie était parti et ça le mit de si bonne humeur qu'il commença à chantonner. En plus des capotes, il avait acheté des chips, des cacahuètes, cinq bouteilles de Coca et de whisky qu'il tenait à pleines mains dans un sac en papier brun. De quoi passer une bonne journée.

*
* *

Au bloc suivant, Jed tomba sur Luis, un Latino d'une vingtaine d'années, à demi aveugle, qui prenait le soleil, assis sur le trottoir dans la position de Bouddha.

« Salut, Luis. Y a longtemps que je t'avais pas vu. Où t'étais passé ?

— Je ne m'appelle pas Luis, mais Jack. Depuis le temps qu'on se connaît, tu devrais savoir ça. »

Luis changeait tout le temps de prénom. Il en avait sept, c'était difficile à suivre. Il souffrait, pour dire les choses gentiment, de troubles de la personnalité. Chaque jour, souvent même plusieurs fois par jour, il était quelqu'un de différent. Un infirmier, un poète, un chanteur, un repris de justice, Dieu sait quoi encore. Un as de la finance, aussi, mais ça, on avait peine à le croire.

À cet instant-là, il était le trader de Goldman Sachs prénommé Jack et il était sur un très gros coup. Un labo pharmaceutique qui venait de faire une découverte phénoménale. Il allait acheter des actions de la société avant que la nouvelle tombe. Après ça, elles vaudraient une fortune : ce serait la culbute de l'année. Avec un air de conspirateur, il se proposa de transmettre le nom de l'entreprise à Jed qui l'arrêta d'un geste de la main :

« Je ne mange pas de ce pain-là. Le délit d'initié, ce n'est pas mon truc, je n'ai pas envie d'aller pourrir des années en prison. De toute façon, je n'ai pas une thune. »

Jed posa par terre le sac de bouteilles et ils discutèrent un peu de tout mais surtout de rien jusqu'à ce que Jack tente de le taper :

« File-moi un billet de cinq ou de dix, je te jure que je te le rembourserai demain.

— Pardon, mais avec ton boulot de banquier, tu dois être blindé comme type.

— Je ne suis pas banquier, mec. Je m'appelle Bret et je suis marionnettiste au chômage. Ma mère vient de mourir et elle ne m'a laissé que des dettes.

— Et le banquier, il est passé où ?

— Je l'ai tué, mec. »

C'est pour des propos de ce genre que Ricky-Luis-Jack-Bret et compagnie passait pour un psycho, dans le quartier du port. Quand il était au collège, la police l'avait soupçonné un temps d'être pour quelque chose dans la disparition d'un des élèves, mais le dossier avait finalement été classé. Après lui avoir donné un *quarter*, Jed reprit de son pas lent la direction de sa cave aménagée.

*

* *

La porte était grande ouverte. Le quartier n'étant pas sûr, il la fermait toujours, le plus souvent à clé, ce qui était rarement le cas de Tommy et de Mario, malgré ses instructions répétées.

Il régnait un silence étrange, celui d'après les catastrophes. Quand il entra dans sa chambre, Jed poussa un hurlement :

« Nooooooooooon ! »

Virginia était allongée sur le lit, le visage en sang : ils l'avaient bien amochée. Il s'approcha pour vérifier les dégâts. Un œil au beurre noir, une blessure sur la tempe, des ecchymoses sur une joue et sur le front. Quand il lui demanda ce qui était arrivé, elle glouglouta du sang puis émit quelques gargouillis humides.

N'ayant pas compris ce qu'elle avait dit, il répéta sa question avec un air si agacé qu'elle se mit à pleurer.

« C'est ma faute, dit-il en se mettant la main sur le front. Je n'aurais jamais dû les laisser seuls avec toi. Ils t'ont rien cassé au moins ? »

Elle secoua faiblement la tête.

« Qui t'a fait ça ? Tommy ou Mario ? »

Les lèvres de Virginia remuèrent un peu, puis elle émit un gros soupir qui finit en sanglot.

Il avait suffi qu'il s'absente vingt minutes à peine et les deux débiles en avaient profité pour la démolir. Quand ils étaient défoncés, ils ne se rendaient plus compte de rien.

Après leur forfait, ils avaient sans doute filé au Waterfront ou à North End : c'était là qu'ils allaient quand ils voulaient se faire oublier en attendant que la colère de Jed retombe. Comme après chacune de leurs bêtises, ils reviendraient dans plusieurs jours, la bouche en cœur, feignant de ne plus se souvenir de rien.

« Quels cons ! » s'exclama-t-il.

Il s'assit sur le lit :

« Des animaux, ce ne sont rien que des animaux, des prédateurs stupides, tout juste bons à dormir, bouffer, se piquer et cogner les autres. »

C'est à ce moment que Virginia perdit connaissance. Des gouttes de sang coulaient de son nez. Le symptôme d'une fracture du crâne. Jed fut saisi de panique.

Il prit Virginia dans ses bras, monta dans la rue, héla un taxi et l'emmena chez elle, Mount Vernon Street, à Beacon Hill. Quand ils arrivèrent à destination, elle avait repris conscience.

« Merci, marmonna-t-elle, les yeux fermés.

— Qu'est-ce qui s'est passé ? Pourquoi ils t'ont fait ça ? Il faut que je sache ! »

Elle ne répondait pas. Elle ouvrit un œil, puis l'autre.

« Ne t'inquiète pas, finit-elle par murmurer, ça va aller. »

Elle semblait en effet apaisée, comme ceux qui viennent d'échapper à la mort. Elle ne savait pas encore qu'une mauvaise surprise l'attendait.

Si l'on additionnait les quatre éjaculations auxquelles elle avait eu droit au cours des dernières vingt-quatre heures, Virginia avait en elle plus d'un milliard de spermatozoïdes. Or, parce qu'elle avait oublié de prendre la pilule, elle était fertile. Une guerre des spermes avait donc commencé au-dedans d'elle.

En principe, Cyrus, le premier à l'avoir pénétrée, aurait dû être le mieux placé. Mais, sa semence étant de mauvaise qualité, c'était le dernier, Tommy, qui avait pris l'avantage. En labourant Virginia avec son gros engin, dans un va-et-vient d'une puissance incroyable, il avait pratiquement éliminé de son vagin toutes les inséminations précédentes.

Si elle décidait de garder l'enfant, c'était donc le dernier entré qui en serait le père : Tommy, un bon gars, à qui il ne restait plus, les drogues aidant, que des bulles dans le cerveau.

Virginia ferma les yeux et Jed ressentit des bouffées d'amour qu'il chassa en fronçant les sourcils : ce n'était pas le moment de s'attendrir, il fallait débarrasser les lieux au plus vite. Il la déposa sur son lit et appela les secours.

« Mes enfants, dit-elle. Il faut les prévenir que j'ai eu un problème. Ils arrivent à l'aéroport à 20 heures. C'est l'avion de Toronto. Air Canada. »

Pour que les secours ne perdent pas de temps, il laissa la porte ouverte. Quand il fut dans la rue, il murmura en pleurant : « Mon Dieu, pourquoi m'as-tu abandonné ? »

26

Comme une rame au profond de la nuit

HARBERT, MICHIGAN, ÉTATS-UNIS. Tout était rose bonbon. La terre, le ciel, la plage et, par endroits, le lac Michigan. Dans quelques minutes, le rouge viendrait. Il passerait du vermillon au pourpre, puis au cramoisi, et la nuit étendrait son voile noir.

C'étaient les couleurs de la genèse que la planète revit chaque matin. Ce seront celles de l'apocalypse qui, en attendant la grande, la dernière, est chaque soir en répétition. Le monde finira comme il a commencé, dans un déluge d'éclaboussures rouges.

Jed avait arrêté sa Chevrolet sur un chemin bordé de pins à Harbert, un village proche de Saint-Joseph, dans le Michigan. Il avait traversé les dunes et s'était assis sur le sable, devant le lac qui sentait le poisson crevé, une odeur que balayait régulièrement le vent, comme une eau fraîche. Il regardait ce spectacle de fin du monde avec des yeux d'enfant.

Il était parti depuis deux jours. Après avoir déposé Virginia chez elle, il s'était rendu chez sa mère, dans la banlieue de Boston, pour récupérer sa voiture qu'il laissait toujours dans son garage et il avait pris, avec des provisions, la première Highway venue, sans savoir où il allait.

L'Amérique est une autoroute avec quelque chose au bout. Tantôt un rêve. Tantôt un cauchemar. Il s'était retrouvé à Baltimore avant de bifurquer en direction de Chicago, puis vers South Bend, jusqu'à Harbert.

« Qu'est-ce que tu fais là ? »

Il se retourna.

C'était une femme d'une soixantaine d'années, mais elle paraissait beaucoup plus jeune. Au premier regard, Jed lui donna quarante ans, c'est dire. Elle était menue et avenante, avec une chevelure de jeune fille et des fossettes qui lui donnaient un air mutin. Elle portait un blouson jaune citron et de grandes bottes vertes de fermière.

« Cela fait au moins trois heures que je t'attends, dit-elle.

— Moi aussi, j'attendais.

— Qu'est-ce que tu faisais ?

— Je te répète, j'attendais.

— Tu n'as pas entendu mes messages ? »

Jed sortit le portable de sa poche et vérifia :

« Non, tu ne m'as pas appelé. Je n'ai pas reçu un seul coup de fil depuis ce matin, tu peux vérifier. »

Il lui tendit son portable, mais elle refusa de le prendre.

« J'ai très faim, dit-elle. On dîne quand ?

— Tout de suite si tu veux. »

Il se leva, elle lui prit le bras et ils se dirigèrent vers une maison en bois de trois étages, qui surplombait la plage, à quelques pas de là. Une tache blanche dans une mer de pins que noircissait la montée du soir. Le genre d'immenses résidences d'été qu'habitent les riches de la région des lacs.

À l'intérieur, ça sentait le propre. Une odeur américaine, celle des grands hôtels, quand toute vie a été éradiquée et qu'il ne reste plus un seul acarien ni une bactérie. Une fois la porte fermée, la femme se jeta sur Jed et l'embrassa fougueusement. Un baiser agréable, bouche douce, verveine, silex, citron vert, avec un soupçon de pruneau et de *cottage cheese* légèrement moisi. Il se dégagea doucement.

« Je veux faire l'amour, protesta-t-elle.

— Mais je croyais que tu avais faim.

— J'ai faim de toi. »

Elle faisait partie de ces femmes qui, après s'être lancées sans retenue dans la chirurgie esthétique au cours des années 1980, n'avaient cessé, depuis, de se ravaler la façade pour empêcher les éboulements. Elle avait une certaine classe, du volume dans les cheveux et quelque chose de désespérément éthéré. Le physique de Lana Del Rey, mais une Lana Del Rey de plus de soixante ans. Avec la bouche en Botox de Meg Ryan et le nez décortiqué de Michelle Pfeiffer.

C'eût été un bonbon, Jed ne l'aurait pas regardée autrement.

Elle lui prit à nouveau le bras et l'emmena dans le salon où ils firent l'amour sur un grand divan bleu sans s'être vraiment déshabillés.

Tantôt elle était tendue comme un arc, tantôt elle devenait toute molle. C'est ce qui déstabilisa Jed pendant son labeur : les yeux de la femme, de beaux yeux vert clair, passaient sans cesse de l'affolement à l'abandon ; il redoutait qu'elle ne s'évanouisse.

Des mouches s'accouplaient sans cesse au-dessus d'eux en émettant des bourdonnements furibonds : ça mettait de l'électricité dans l'air. Ces bêtes-là ne pensent qu'à ça, au point que des chercheurs californiens ont prouvé qu'elles sombraient dans l'alcool comme souvent nous autres, humains, si on les privait de sexe. Jed en tua deux qui forniquaient sur l'accoudoir.

Après quoi il ferma les fenêtres et éteignit les lumières.

*

* *

Ils restèrent un moment dans l'obscurité, serrés l'un contre l'autre, puis elle murmura à l'oreille de Jed :

« Comme je t'aime, mon Henry !

— Je ne m'appelle pas Henry. C'est Jed.

— Oui, Henry. Je ne pourrais pas vivre sans toi. »

Jed se leva et reboutonna son pantalon.

« Moi aussi, j'ai un creux, dit-il. Tu as quelque chose à manger ?

— Des homards.

— Pas vivants, j'espère. Je tue pas les homards.

— Attends, fit-elle avec un air inspiré, l'index levé. Je crois que c'est pas des homards mais des crevettes décortiquées. »

Elle se redressa à son tour et alla ouvrir le tiroir d'une commode.

« Je ne comprends pas, dit-elle. C'est là que j'avais mis les choses à manger.

— Les crevettes ?

— Non, les homards. Ils sont partis. Je n'en peux plus, ils s'en vont tout le temps.

— Ils sont sûrement dans le frigo. »

Vérification faite, il y avait bien des gambas cuites dans le réfrigérateur, mais elles n'étaient pas décortiquées. Jed repéra un pack de bières et avala une canette en trois gorgées avant de mettre la main sur un paquet de cheddar en tranches. Il lui en offrit une et engloutit les autres deux par deux.

Elle sourit en savourant sa tranche, puis, après s'être mordu les lèvres, elle mit ses mains sur son crâne, comme si quelque chose la faisait souffrir dedans.

Elle dit, après avoir poussé un petit cri de frayeur :

« C'est bizarre, je ne sais plus qui je suis. S'il te plaît, tu peux me le dire ?

— Je n'en ai aucune idée, mais je pourrai te le dire si tu me donnes tes papiers. Où sont-ils ?

— Là. »

Elle lui montrait la porte du four. Jed haussa les épaules et partit avec elle à la recherche du sac à main qu'il finit par trouver dans la salle de bain, au premier étage. Il lut à haute voix sur la première page de son passeport :

« Klara Huntington.

— C'est pas mon nom », s'indigna-t-elle.

C'était en effet le nom de son mari. Son patronyme à elle était Gabrysiak. Elle était née le 12 janvier 1952 à Wheaton, dans l'Illinois.

« Tu as des gens pour s'occuper de toi ? demanda Jed.

— Oui, je crois.

— Es-tu sûre ?

— Il faut que je réfléchisse. »

Klara s'assit sur le siège des toilettes, les bras croisés, le front plissé. Jed descendit à la cuisine, puis remonta avec une bière et le sac de gambas. Elle était toujours dans la même position et, apparemment, avait oublié la question. Après que Jed lui eut redemandé si elle était seule, Klara finit par dire, d'une voix hésitante :

« Je me débrouille.

— Et ton mari ?

— Il est parti.

— Il va revenir ?

— Je ne sais pas. »

Quelque chose s'alluma dans ses yeux.

« Je voudrais faire l'amour avec toi.

— Mais on vient de le faire !

— Ah bon, c'est étrange, soupira-t-elle. Je ne m'en souviens plus. »

Elle prit sa main et l'entraîna dans la chambre qui jouxtait la salle de bain. Avec une vue panoramique sur le lac, la pièce était si grande qu'on aurait pu y servir des dîners d'apparat.

Jed n'était pas tenté, mais Klara, très excitée, ne lui laissa pas le choix. Elle déboutonna sa braguette, empoigna l'engin, le sortit et l'enfonça dans son entrejambe avec un sourire enfantin.

L'affaire expédiée, ils restèrent allongés à regarder le plafond, sans souffler mot, et Jed finit par céder au sommeil qui l'envahissait. Quand il se réveilla une heure plus tard, il commença par se gratter l'aîne, puis les cuisses et, enfin, le visage. Des piqûres de moustiques. Les yeux fermés, il tendit la main en direction de Klara. Personne. Il ouvrit les paupières. Il était seul sur le dessus-de-lit recouvert de têtes et de carcasses de gambas qu'il jeta dans l'une des poubelles de la chambre.

Après quoi il appela Klara puis la chercha dans toutes les pièces de la maison, jusque dans le grenier, avant de se rendre à l'évidence : elle avait disparu.

Qu'était-elle partie faire dans la nuit ? C'était bien sa chance. Il suffirait que cette folle finisse dans un ravin ou se noie dans le lac et la police, si elle tombait sur lui, ferait rapidement le rapprochement avec la tentative d'assassinat de la cave de la New Northern Avenue, à Boston, avant de lui coller deux crimes sur le dos.

Il n'y avait qu'une solution : retrouver sa voiture et s'éloigner le plus vite possible.

27

Une femme du XXe siècle

MICHIGAN. Depuis longtemps déjà, Archibald Huntington vivait chaque journée comme si c'était la dernière : il ne voulait rien perdre, rien céder, rien gâcher.

Quand il apprit que sa femme avait la maladie d'Alzheimer, Archibald avait déjà cet état d'esprit : alors âgé de soixante-quatorze ans, c'était un homme heureux qui, après avoir fait une petite fortune dans le pop-corn avec une recette à base de mélasse, gérait tranquillement son magot en se consacrant à ses deux passions : la chasse au dindon sauvage et la pêche à l'omble du Canada, deux espèces dont il était la terreur.

Depuis que Klara était entrée dans le monde d'Alzheimer, Archibald Huntington avait descendu avec sa femme chacune des marches qui la menaient à l'état de morte-vivante. Pour retarder le processus, il lui avait fait écouter beaucoup de musique, du Bach surtout, et manger beaucoup de brocoli cru, en salade ou avec des pâtes. Elle déclinait quand même.

Au fur et à mesure qu'elle dégringolait, la bonne humeur d'Archibald s'était transformée en humour noir et il tentait de faire bonne figure en citant régulièrement la célèbre formule attribuée à Ferdinand Foch, le futur maréchal : « Pressé fortement sur ma droite, mon centre cède, situation excellente, j'attaque ! »

Mais il n'attaquait plus personne, pas même les dindons ni les ombles du Canada. Il était devenu l'esclave de Klara, son aide-soignant, sa béquille, son taxi, sa dame pipi, son monsieur de compagnie, son torche-cul, aux petits soins jour et nuit. Six ans après, Archibald Huntington approchait de la fin du cauchemar. À son grand soulagement, le neurologue de sa femme venait de lui annoncer qu'elle n'en avait plus pour très longtemps. Il était formel. Tout serait terminé ou toucherait à sa fin pour les quatre-vingt-deux ans d'Archibald Huntington : dans dix mois, elle aurait rendu son dernier soupir, c'était ce qu'elle pouvait faire de mieux.

Au début de sa maladie, quand elle était encore consciente, Klara avait demandé à Archibald de l'euthanasier : elle ne voulait pas être une charge pour lui. Il lui avait répondu qu'il n'aurait jamais ce courage, avant de lui promettre de ne pas la placer dans une institution et de s'occuper d'elle jusqu'à son dernier souffle : « Je te dois ça, après tout l'amour que tu m'as donné. »

Ses quatre enfants, et particulièrement sa fille aînée, une grande avocate de Houston, le mettaient en garde. « Maman est en train de te tuer à petit feu, disait-elle. Et comme elle est morte dans sa tête, tu n'as plus aucun devoir envers elle, ta promesse est devenue caduque, il est temps de penser à toi. » Archibald Huntington était en train de se faire à cette idée. Il ne souffrait plus les écarts ou les frasques de Klara et songeait de plus en plus souvent à la mettre hors d'état de nuire dans un centre spécialisé.

Il envisageait même de refaire sa vie, ce qui n'était pas totalement incongru : grand, le front haut, les lèvres minces, la démarche assez souple, il était encore bel homme. Le teint rosé et l'air perpétuellement reposé, il avait le visage épanoui des gens qui n'ont jamais beaucoup travaillé. N'étaient son appareil auditif, son souffle court et son filet de voix cassé, on aurait pu lui donner quinze ans de moins.

À son âge encore, il inspirait l'amour, comme tous les gens qui ne s'aiment pas. Né coupable de tout, c'était un vrai protestant. Il jugeait sa beauté injuste et amorale. Longtemps, il avait essayé de s'enlaidir. Avec un petit bouc ridicule ou une moustache en fer à cheval. Mais chaque fois, comme Brad Pitt, spécialiste du genre, il en avait reçu un charme supplémentaire. Avec la vieillesse, il avait fini par accepter son corps et son visage d'Apollon.

*
* *

Archibald Huntington prit la décision de se débarrasser de sa femme en rentrant de Chicago, après un rendez-vous avec un grand médecin qui avait fait procéder à toutes sortes d'examens sur lui. Il rêvassait en conduisant quand il reçut un appel d'Ofelia, la dernière infirmière de sa femme : la jeune fille, une Hispanique ravissante, s'était enfuie après que Klara l'eut agressée sexuellement.

Ce n'était pas la première fois que sa femme tentait de la violer mais là, l'infirmière avait craqué comme avant elle tant de collègues des deux sexes exaspérés par le harcèlement incessant de Klara Huntington, ses baisers fougueux, ses caresses mal placées ou sa main au paquet. Celle-là avait tenu quatre mois, un record, mais les autres ne restaient jamais plus de quelques semaines.

« Désolée, monsieur, avait hurlé l'infirmière au téléphone, mais je n'en peux plus... c'est affreux... votre femme fait des choses dégoûtantes...

— Calmez-vous, Ofelia, je vous en prie. Qu'est-ce qu'elle vous a fait, exactement ?

— Je préfère pas vous dire, monsieur.

— Je veux le savoir.

— C'était trop dégueulasse, vous comprenez. J'en tremble encore...

— Ofelia, c'est votre devoir de m'informer de tout, afin que je puisse prendre mes dispositions... Pensez à l'enfer que je vis. Il faut m'aider... »

Il y eut un silence, puis Ofelia murmura :

« J'étais dans la cuisine, en train de préparer un *cheesecake* pour le dîner. Elle est arrivée par-derrière et, sous la menace d'un couteau à viande, elle m'a enfoncé dans le cul le manche de la pelle à poussière.

— Oh, mon Dieu, soupira Archibald.

— Oui, mon Dieu, vous pouvez le dire ! S'il laisse faire des choses comme ça, je vous le dis comme je le pense : il ferait mieux de ne pas exister. »

Nouveau silence.

« Je vous demande pardon, finit par souffler Archibald. En mon nom et en celui de ma pauvre Klara. Elle ne sait pas ce qu'elle fait : la maladie lui a détruit la cervelle, elle n'a plus que de l'eau dans le crâne.

— Je ne vous dis pas comme j'ai mal là où vous pensez, monsieur. J'arrive à peine à marcher.

— Je vous donnerai un dédommagement, Ofelia.

— Ce n'est pas la peine. »

Elle éclata en sanglots. On aurait dit un petit chien qui s'étouffait dans sa morve.

Archibald appela plusieurs fois sur le fixe et sur le portable de sa femme, mais elle ne répondit pas. Elle ne répondait jamais.

Pour une fois, il n'y avait pas beaucoup de circulation sur la route 94. À la hauteur de Michigan City, la voiture du mari de Klara croisa celle de Jed. Ils étaient aussi pressés l'un que l'autre.

28

Alzheimer, mon amour

HARBERT, SOUTH BEND. C'était une nuit claire et vivante. Archibald avait ouvert la vitre de la voiture et, tout en conduisant, il respirait profondément l'air qui sentait le pin. Il était près d'Harbert quand il reçut un appel du shérif du comté :

« On a retrouvé votre femme à Sawyer, en plein milieu de la route. Elle m'a dit qu'elle avait rendez-vous pour un *casting* à Hollywood. Vous devriez pas la laisser errer comme ça, c'est très dangereux. Un jour, elle aura un accident. Voulez-vous que je vous l'amène ?

— Je viens la chercher. »

Kevin Snyder, le shérif du comté, était un géant informe et transpirant. Une sorte d'éléphant de mer qui semblait sortir de l'eau. Il ne marchait pas, ses pieds se contentaient de glisser sur le sol comme des cireuses. Autant dire qu'il n'avançait pas vite. C'était ce qui le rendait rassurant. Il prenait toujours son temps.

Le shérif était un grand sentimental avec d'immenses yeux bleus et maternels. Il pleurait souvent devant le spectacle des accidents mortels sur la route.

Quand Archibald Huntington arriva au commissariat, Kevin Snyder lui dit d'un air de chien battu :

« J'ai été obligé de la mettre en cellule. Sinon, elle serait repartie. Elle prétendait avoir été contactée par la Warner pour jouer dans le prochain film de Billy Wilder, qui est quand même mort en 2002, je viens de vérifier. Elle avait un rendez-vous avec lui, demain après-midi, à L.A., et voulait partir par le premier avion. Elle disait aussi qu'elle attendait un appel très important de Liz Taylor, qui est morte en 2011, j'ai vérifié aussi, et elle jetait régulièrement des regards sur son peigne pour voir si l'autre ne l'avait pas appelée.

— Sur son peigne ? D'habitude, elle téléphone avec son miroir de poche.

— Ce que je ne comprends pas, c'est que tous ces gens dont elle parle sont morts depuis longtemps.

— C'est normal. Elle vit au XXe siècle.

— En tout cas, elle était dans un état d'excitation complètement dingue. Je l'ai calmée en lui faisant écouter de la musique : l'*Adagio* de Samuel Barber, c'est très bien pour ce qu'elle a. Maintenant, elle dort. »

Archibald ne prit pas la peine de soupirer. Klara avait tout le temps des lubies de ce genre. La dernière fois qu'elle avait pris la route, c'était la semaine précédente, pour rejoindre Bill Clinton à Washington : elle disait qu'elle allait épouser le président des États-Unis après une histoire d'amour qui, à l'en croire, avait duré près de vingt ans, dans le plus grand secret. Or, il avait quitté la Maison-Blanche depuis si longtemps qu'il était déjà devenu un personnage historique, déjà statufié, un pilier d'inaugurations et de commémorations.

Kevin fit signe à Archibald de le suivre dans son bureau et, après avoir fermé la porte, lui dit d'une voix très douce, la main sur son épaule :

« Mon devoir est de vous dire que ce serait une erreur de la ramener chez vous.

— J'ai décidé aujourd'hui de la placer dans une institution, dit Archibald d'une voix blanche, je dois la préparer pour qu'elle garde ses repères.

— Il faut l'hospitaliser d'urgence. Sinon, un jour, je vous le dis solennellement, on aura un drame. »

Le shérif se racla la gorge, puis murmura :

« Qu'est-ce qu'elle a ? Alzheimer ?

— Oui, une forme de. »

Pour rien au monde Archibald n'aurait prononcé le mot d'Alzheimer. Il préférait parler du « problème » de Klara.

« Elle est arrivée au stade où elle va vous rendre fou, reprit le shérif. Je connais un centre qui pourrait l'accueillir tout de suite, à South Bend. Il est tenu par des gens très dévoués qui font faire des tas de choses aux malades. De la peinture, notamment. Si vous voulez, je les appelle. »

Un silence et Archibald finit par hocher tristement la tête. Kevin téléphona aussitôt. Il y avait de la place au centre Jefferson.

Le shérif proposa à Archibald de l'accompagner pour amener Klara. Elle se réveilla de mauvaise humeur et somnola pendant le trajet.

Le patron de l'établissement les attendait à l'accueil. Un rougeaud avec un bouc entre deux filets de barbe finement ciselés, qui remontaient jusqu'aux oreilles. Il prenait tout à cœur, comme le suggéraient l'expression angoissée de son visage, ses yeux apeurés, ses lèvres frémissantes. Il tendit la main à Klara, puis, sur un ton solennel :

« Enchanté, madame. Je m'appelle Erick Butler... Je suis le patron de l'établissement...

— Erick, il y a longtemps que j'avais entendu parler de votre hôtel. On m'en a dit des merveilles.

— On va bien s'occuper de vous. Vous verrez, vous ne voudrez plus repartir.

— Oh ! j'espère qu'on vous a bien prévenus : je ne reste qu'une nuit. Demain, je pars pour Fès, au Maroc. Je ne rate jamais le Festival des musiques sacrées. »

Elle se tourna vers son mari et l'embrassa sur la joue :

« Henry m'emmène en avion privé.

— Non, moi, c'est Archie.

— Pas de chichi : ça sonne pareil, Henry.

— Je te répète : je m'appelle Archie.

— Oui, Henry. »

Elle s'approcha d'Erick et chuchota à son oreille :

« Henry, c'est l'homme de confiance de mon mari. Il l'a mis à son service pour me protéger. Vingt-quatre heures sur vingt-quatre. Il travaille dans les services secrets.

— Maintenant, chérie, il faut que tu m'excuses mais je dois m'absenter un moment, dit Archibald Huntington en détournant le regard. Je te laisse entre les mains de ce monsieur, il est très bien, tu peux avoir confiance en lui. Je vais chercher tes affaires.

— Reviens vite, Henry. J'ai tout le temps peur, mais plus encore quand t'es pas là. »

Les yeux de Klara se mouillèrent et elle les frotta.

« Il faut toujours que je m'occupe, reprit-elle en s'adressant à Erick. Sinon, j'ai des angoisses, surtout quand Henry n'est pas là. Y a-t-il un casino dans votre hôtel ?

— Bien sûr. Il y a tout ce qui peut satisfaire notre clientèle.

— J'irai bien tout de suite au casino. Je sens que c'est mon jour de chance.

— Il faut d'abord que nous vous montrions votre chambre.

— Ma chambre ? Je croyais que mon mari avait réservé la suite présidentielle.

— Tout à fait, madame. Pardonnez-moi. J'avais oublié.

— Savez-vous quand Bill arrive ?

— Qui est Bill ? demanda Erick.

— Ben, Bill Clinton. Mon mari. »

Le patron fit un signe de tête à deux infirmiers en blouse blanche qui, prenant chacun un bras de Klara, l'emmenèrent dans sa chambre.

Archibald se reprochait de ne pas lui avoir dit au revoir, mais il n'avait pas voulu se donner en spectacle. Il retenait ses larmes. Quarante-trois ans de mariage, et se débarrasser ainsi de son épouse sans un mot ni un baiser l'emplissait de honte. Le shérif posa la main sur son épaule et l'emmena dehors.

« C'était ce qu'il y avait de mieux à faire, souffla-t-il.

— Je sais », répondit Archibald, la voix étranglée.

Kevin Snyder respira très fort en regardant la voûte céleste et sa rosée d'étoiles :

« Quelle belle nuit ! »

Dieu merci, Archibald Huntington n'entendit pas les cris de bête mourante poussés par Klara quand, dans la chambre, les infirmiers lui administrèrent un sédatif. Ensuite, pendant qu'ils la maintenaient sur son lit en attendant que le médicament agisse, elle pleura quelques minutes à petites larmes en réclamant tour à tour un avocat, son fils, l'actrice Jessica Lange, la chanteuse Whitney Houston, le couturier Oscar de la Renta, le journaliste David Brinkley et quelques autres.

« Qui est Henry ? demanda Kevin Snyder.

— C'était le nom de son Jack Russell.

— Il est mort ?

— Oui, il y a plus de vingt ans. Écrasé par une voiture. C'était un chien très sympathique mais très envahissant. Il voulait tout le temps jouer. J'avais beaucoup d'amitié pour lui. »

Archibald trébucha et se retint au capot. Une crampe. Il grimaça et attendit quelques secondes que ça passe.

« L'émotion », dit-il au shérif.

Une fois chez lui, peu après minuit, Archibald était à la fois excité et déprimé. Il regarda un bout de série télévisée puis s'installa à son bureau, devant son ordinateur, pour consulter ses mails qu'il n'avait pas ouverts depuis une dizaine de jours. Quand il lut le deuxième, ses pupilles se dilatèrent et les pulsations de son cœur s'accélérèrent, tandis que sa tension montait dangereusement :

Cher Archie,

Liu est mort ce matin d'un arrêt cardiaque, consécutif à un état de faiblesse générale. En résumé, il est mort de vieillesse. Avant de décéder, il m'a dit de t'envoyer ses meilleures pensées. Voilà qui est fait.

Je t'embrasse.

Jessica Cheng.

Archibald relut le mail, réfléchit, puis répondit :

Chère Jessica,

Je suis atterré par la nouvelle. Dis-moi quand est l'enterrement. J'arrive.

Je t'embrasse.

La réponse s'afficha aussitôt :

L'enterrement aura lieu après-demain. Je t'envoie toutes les informations dans un moment.

La tension d'Archibald était retombée. Il y avait dans ces lignes quelque chose de laconique qui le glaçait. Après plusieurs minutes, un nouveau mail apparut sur l'écran, corrigeant l'effet du précédent :

On ne peut pas dire que sa mort m'ait surprise. J'ai eu tout le temps de me préparer. Mais c'est quand même très dur. Je suis très heureuse que tu viennes.

Il poussa un petit cri de joie et partit faire sa valise.

29

Rends-moi mon cœur, ma vie et mes vingt ans

SHANGHAI. S'il n'avait pas eu le sentiment de trahir Klara en l'abandonnant au centre Jefferson, Archibald Huntington n'aurait sans doute pas trouvé l'énergie qui lui permit de prendre place, le lendemain après-midi, dans un avion pour Shanghai.

Comme la plupart des hommes, Archibald n'avait jamais su tourner les pages : sinon, il n'aurait pas vécu aussi longtemps avec Klara tout en continuant à aimer Jessica – platoniquement s'entend, et sans jamais la voir. Dur en affaires, il avait toujours été mou dans sa vie personnelle, où il cultivait, non sans talent, l'art de la godille.

Pendant plus de quatre décennies, Archibald avait régulièrement songé, sans s'y décider, à tout quitter pour refaire sa vie avec Jessica, son premier amour, qu'il considérait comme la femme de sa vie. Chacun a un rêve enfoui au plus profond de soi, qu'il garde secret jusqu'à sa mort et emporte avec lui dans la tombe. C'était le sien.

À Wheaton, une ville résidentielle proche de Chicago, Archibald Huntington et Jessica Strömblad fréquentaient la même école, et leurs pères, qui travaillaient dans la publicité, étaient amis. Nés le même mois de la même année, ils avaient tout découvert ensemble. Les baisers, les caresses, les films, les expositions, les copulations et les sorties en boîte. Le mariage semblait programmé. S'ils y avaient échappé, c'est qu'ils avaient laissé la vie les mener au lieu de la diriger eux-mêmes.

La responsabilité de l'échec incombait surtout à Archibald. Très vite, il était tombé dans le vieux travers masculin consistant à prendre des femmes toujours plus jeunes : lasse d'attendre, Jessica Strömblad était partie en Italie convoler avec un diplomate suédois dont elle avait rapidement divorcé avant d'épouser un banquier allemand, puis un homme d'affaires chinois en troisièmes noces.

Pas un jour ne passait sans qu'Archibald pensât à Jessica depuis leur dîner du 21 mai 1970 dans un restaurant du Loop de Chicago, en bordure du lac Michigan, quand elle lui avait annoncé, la gorge serrée, son intention de se marier avec son diplomate suédois. Elle parlait d'une voix hachée, sans finir ses phrases. Sur le moment, il n'avait pas compris pourquoi elle s'était mise à pleurer après qu'il eut dit, comme on ferme une porte :

« Je suis très heureux pour toi, Jessie. »

Il avait dit ça pour être poli, avec l'élégance des beaux joueurs. Depuis, Archibald ne se pardonnait pas d'avoir été aussi bête. Pour ménager l'avenir, il aurait suffi qu'il dise : « Es-tu bien sûre de ce que tu fais ? Tu devrais réfléchir encore un peu. » Mais non, il avait toujours été incapable de dévoiler ses sentiments. Il les enterrait au fond de lui, dans des zones où il ne retournerait jamais, même la nuit, pendant son sommeil.

Ils n'avaient plus échangé un mot, sauf par écrit ou par personnes interposées. La mère de Jessica lui avait fait passer des messages jusqu'à sa mort, une vingtaine d'années plus tôt. Lorelei, sa meilleure amie, une modiste de Chicago, prit le relais, mais elle venait de décéder d'un anévrisme.

Tant que nous sommes encore de ce monde, nos morts ne meurent pas. Ils continuent de vivre en nos têtes jusqu'au dernier soupir. Ils nous aident. On se parle, on s'épanche, on se console. C'est vrai pour les parents comme pour les amis. Souvent, il faut qu'elle soit dans la tombe pour que l'on ait au moins une conversation par jour avec sa mère que l'on appelait, avant son décès, une fois par semaine, le dimanche...

Les grandes amours mortes, c'est la même chose. Pendant plus de quatre décennies, Archibald n'avait cessé de s'entretenir avec Jessica, en son for intérieur, depuis le matin, quand il faisait sa toilette, jusqu'au cours de ses interminables insomnies. Il n'avait pas de secret pour elle et la vérité oblige à dire qu'il lui arrivait souvent, quand il honorait Klara, d'avoir à l'esprit le visage de son premier amour.

Il l'avait encore, après avoir fermé les yeux, dans l'avion qui l'emmenait à Shanghai.

*
* *

Le majordome de Jessica l'attendait avec un écriteau à l'aéroport de Pudong. Un petit costaud à l'œil vif, très bien sapé, avec une moustache à la Errol Flynn. Il se présenta, prit la valise d'Archibald et, dans un anglais impeccable, lui souhaita un bon séjour « malgré les circonstances ». Il sentait le parfum.

Quand Archibald lui demanda ce que c'était, le majordome répondit, avec l'expression d'un gamin content de sa blague :

« Chanel numéro 5. Je sais que c'est un parfum pour femmes, mais pourquoi il n'y aurait que les femmes qui auraient le droit de profiter des bonnes choses ? »

Il ajouta qu'il appartenait à la Ligue de défense des mâles en voie de disparition, puis éclata de rire avant de s'excuser :

« Pardonnez-moi, mais je suis d'un naturel joyeux qui n'est pas adapté au deuil que nous vivons en ce moment. Encore que Monsieur Liu se moquait de la mort : il était sûr de renaître. »

Archibald avait réservé une chambre à l'hôtel Jinjiang. Il était déjà venu à Shanghai, quatorze ans auparavant, pour lancer sur le marché asiatique sa marque de pop-corn à la mélasse. C'était à la fin des années 1990, à l'époque de la ruée vers la Chine. Tombé sur une bande d'aigrefins, il se dégagea peu après, sans laisser trop de plumes.

En ce temps-là, déjà, il s'était rendu en Chine avec l'idée de conquérir Jessica. Avant de partir pour Shanghai, il lui avait fait dire, par l'entremise de Lorelei, dans quel hôtel il se trouverait, mais elle s'abstint de l'appeler. Quant à lui, bien qu'il disposât de son numéro de portable, il resta des heures devant son téléphone à se demander ce qu'il pourrait lui dire.

Le deuxième jour, rentrant pompette d'un déjeuner de travail avec les aigrefins qui lui avaient fait goûter tous les alcools de la région, du Daqu (55°) au Maotai (53°), il eut le courage de composer son numéro mais coupa son mobile dès qu'il entendit la voix de Jessica. Ce fut la première tentative, et la dernière.

Aujourd'hui, quand il pensait à elle, Archibald se sentait dans le même état qu'en 1998. Comment pouvait-il être tellement intimidé, à quatre-vingt-un ans, par une femme qu'il avait connue enfant ? Rien qu'à l'idée de la voir, il éprouvait déjà des palpitations dans le thorax et de la fatigue dans les jambes. Il n'y a pas d'amour sans peur : il est trop fragile, une poussière dans le vent du monde, on craint toujours de le perdre, on sait confusément qu'un jour il finira par vous échapper.

Jessica Cheng habitait une sorte de petit palais aux portes laquées, au milieu d'une vingtaine de vieux platanes, à l'ouest de la vieille ville, non loin du parc Fuxing, qui fut créé par les Français en 1909 pour les résidents de leur concession. Il faisait nuit, mais la propriété était éclairée comme un terrain de sport.

Le majordome l'ayant prévenue de leur arrivée, Jessica attendait au pied du perron, hiératique, tout de blanc vêtue. En sortant de l'Audi noire, Archibald eut un choc, en même temps qu'une poussée de chair de poule sur les bras. Il respira profondément pour tenir le coup. Jessica n'était plus la même, ni tout à fait une autre. Alors qu'elle s'approchait en tendant les bras, il lui sembla que sa peau avait jauni et que ses yeux s'étaient bridés. Les traits de son visage paraissaient plus fins.

Avait-elle embelli ? Archibald chassa aussitôt de sa tête cette idée stupide. Elle avait forcément vieilli, comme lui. Certes, il avait encore le sentiment d'avoir vingt ans, sauf quand il s'examinait dans la glace, ce qu'il évitait de faire depuis des années. C'est pourquoi, comme tant de vieillards qui ne veulent pas se faire du mal en se regardant de trop près, il se rasait à l'aveuglette, laissant toujours d'affreuses touffes de barbe sous le menton, à l'extrémité des mâchoires.

30

Les secondes où le temps s'est arrêté

SHANGHAI. Jessica, elle, avait toujours vingt ans. Du moins aux yeux d'Archibald, qui était au bord du malaise. Il respira profondément encore.

« Archie, murmura-t-elle en le serrant dans ses bras. Comme c'est gentil d'être venu.

— C'était la moindre des choses, Jessie. »

Il ne l'embrassa pas, bien que l'envie ne lui manquât point. Il se contenta de caresser doucement sa joue, comme peut le faire un père avec sa petite fille.

« Il est tard, murmura Jessica.

— Je ne vais pas rester.

— Je ne disais pas ça pour que tu partes, Archie. J'ai tout mon temps. Tu dois avoir faim après ce voyage, on va te préparer quelque chose...

— Non, merci, tu sais ce que c'est, l'avion : on nous donne tout le temps des cochonneries à bouffer. »

Elle emmena Archibald dans la chambre du mort, un petit homme squelettique au visage gris et digne. Même à l'état de cadavre, Liu Cheng gardait quelque chose de majestueux. Il était couché sur le côté droit, une main sur la cuisse, l'autre sous la joue, comme Bouddha à ses derniers instants.

Il y a deux façons d'évoluer après sa mort. Ou bien on pourrit. Ou bien on dessèche. Liu Cheng avait suivi la seconde voie avant même de décéder. On aurait dit une momie.

Auprès du défunt, un moine bouddhiste, assis par terre, la tête baissée, les mains jointes, disait une prière. Il était si concentré qu'il ne leva même pas les yeux quand Jessica et Archibald entrèrent dans la pièce que dorait la lumière d'une armée de bougies allumées.

Ils se recueillirent deux ou trois minutes devant le corps de Liu, en évitant de se regarder. Puis ils se rendirent au salon. Ne sachant quoi se dire, ils avaient la bouche sèche, comme aux commencements de leur amour. Jessica s'écroula sur le divan :

« Je suis complètement démolie, Archie. Nous autres, humains, nous sommes comme une maison dont les briques sont faites de ceux qui nous aiment. Quand ils sont morts, il n'y a plus un mur qui tient et tout s'écroule.

— Je suis là, bredouilla Archibald, assis à côté d'elle.

— Tu es même la seule personne qui me reste. J'ai perdu tous les miens.

— Le destin est injuste.

— Non, c'est Dieu qui l'est. Il m'a pris tout le monde. Mes parents, ce qui, vu leur âge, était dans l'ordre des choses. Mon frère, mais à quatre-vingt-six ans, il ne faut pas le plaindre non plus, surtout qu'il a eu une belle vie. Ma fille du premier lit, terrassée par un mélanome foudroyant, un an après mon divorce d'avec son père. Ce fut comme si le Seigneur m'avait tuée.

— Pauvre Eleonor, souffla Archibald, pour montrer qu'il se souvenait du prénom.

— C'est là que j'ai commencé à me détacher de la religion, dit Jessica en haussant le ton. Quand j'étais dans la rue ou vaquais à mes occupations, il m'arrivait de hurler comme une furie, le poing levé vers Dieu : "Connard ! Salopard ! Trou du cul !" Après ce qu'il m'avait fait, c'était mon droit, non ? »

Elle posa sa main sur le genou d'Archibald et reprit en baissant la voix :

« J'ai épousé le premier con venu pour oublier tout ça, et quand notre fils a disparu en mer, lors d'une régate pour juniors, j'ai failli devenir folle, vraiment folle.

— Pauvre Dick. Mourir à douze ans, y a pas de mots pour ça ! »

Jessica ne pleurait pas. Elle se gratta la gorge et poursuivit :

« C'est là que j'ai rencontré Liu dans un dîner chez des amis. Il m'a convertie au bouddhisme. Il m'a sauvée aussi : sans lui, j'aurais fini folle. Tu l'aurais aimé. Un homme d'une intelligence et d'une générosité incroyables. À cent quatre ans, tu me diras, il fallait s'attendre à ce qu'il nous quitte, mais j'avais fini par penser qu'il était immortel. Il est mort branche par branche, comme un arbre. »

Elle émit un soupir, sortit son poudrier, l'ouvrit et murmura en se tapotant les joues devant le petit miroir :

« Je me souviens que tout a commencé avec l'oreille gauche. Elle est devenue grise et insensible. Tu pouvais la pincer, il n'éprouvait rien. Après, ce fut le pied droit, puis la main, et ainsi de suite. Si bien que son corps était déjà mort depuis longtemps quand le cœur s'est arrêté. »

Elle essuya une larme, examina ses ongles, redressa sa coiffure, posa à nouveau sa main sur le genou d'Archibald, puis, sur un ton confidentiel :

« Aujourd'hui, quand je marche, j'ai le sentiment de fouler aux pieds les corps morts de tous ceux que j'ai aimés. Comme s'il y avait quelque chose d'obscène à ce que je vive encore.

— Je connais cette sensation, Jessie. C'est celle des survivants. Mais un jour, Dieu sait quand, tu t'en foutras. Moi, vois-tu, je n'ai plus de complexes de ce genre, j'essaie de profiter de chaque instant, jusqu'à la dernière goutte. Je m'accroche à mon assiette, je refuse qu'on me l'arrache des mains, je veux la finir, la saucer, faire durer le plaisir. »

Archibald prit la main de Jessica qui ne la dégagea pas mais la lui abandonna avec un sourire douloureux, ce qu'il interpréta comme un consentement. Elle le regardait avec gravité. Comme s'il était en territoire conquis, il lui caressa le bras et, après s'être penché vers elle, murmura :

« Je sais qu'il est tard pour nous deux, c'est même l'extrême limite, mais je voudrais te dire enfin les mots que je garde depuis si longtemps... il faut que tu saches que, depuis ton départ de Chicago en 1970, j'ai pensé à toi tous les jours que Dieu a faits... oui, tous les jours... en me réveillant, en me rasant, en me couchant, pendant mes insomnies... »

Il baissa les yeux, reprit sa respiration, puis :

« Je t'aime, Jessie... Il y a soixante-quinze ans que je t'aime... et je veux vivre avec toi.

— Et c'est maintenant que tu me le dis ! »

Archibald approcha son visage, comme pour l'embrasser, mais elle recula le sien en lui montrant la porte.

« Deux thés, Deng, ordonna Jessica. Servez-nous sur la table du jardin. »

Un domestique était apparu dans l'embrasure. Un petit balèze, le même format que le majordome, en moins ventru. Il repartit, l'air confus.

« C'est le problème avec le personnel si on en a trop, chuchota Jessica, il est toujours là à écouter aux portes. »

Elle resta muette un moment avec l'expression d'une petite fille prise en faute.

« Et alors ? » finit par demander Archibald.

En guise de réponse, Jessica se leva, non sans difficulté, en s'agrippant à l'accoudoir. Quand Archibald se mit à son tour en mouvement, il peina plus encore avec une grimace d'arthritique.

« As-tu remarqué qu'avec l'âge, dit-elle, on a besoin de quatre à cinq fois plus de temps pour faire les choses ?

— Je m'y fais très bien. J'aime le charme de la lenteur. »

Un domestique leur ouvrit la porte. La nuit était tiède et molle. Il flottait dans l'air une odeur de mare. Ils marchèrent un moment dans l'ombre des platanes, au milieu des chants d'oiseaux et des bruits d'ailes.

Soudain, Jessica s'arrêta :

« Ce sont des rossignols. Ici, c'est leur paradis. Il y en a partout, même sur les terrasses des gratte-ciel. Ils défendent leur territoire de la façon la plus sympathique : en chantant. »

Ils reprirent leur chemin. Alors qu'ils approchaient d'un grand bassin où ondulaient des lotus, Archibald empoigna Jessica et l'embrassa par surprise. Ce fut un baiser lacté, note épicée, pointe iodée, avec un soupçon d'amande et de vieux foin : il dura huit secondes pendant lesquelles il lui sembla que le temps s'était arrêté.

Il serait bien resté plus longtemps dans sa bouche mais Jessica se dégagea doucement avant de lover sa tête entre son cou et son épaule. Archibald était essoufflé, tremblant et heureux, comme s'il venait d'enjamber tout son passé pour plonger dans une vie neuve. Un bain de jouvence.

« Je veux vivre avec toi », répéta-t-il en articulant chaque mot.

La réponse se fit attendre.

« Il vaut mieux réfléchir, finit par souffler Jessica, le visage enfoui dans le cou d'Archibald. Je ne crois pas que ce soit une bonne idée qu'on se mette ensemble tout de suite.

— Ne tardons pas trop, le Seigneur va bientôt nous retirer l'assiette.

— Il faut penser à Klara.

— Elle est morte. »

Jessica se redressa et son haleine effleura les narines d'Archibald :

« Tu ne m'en as pas informée !

— Non, c'est une métaphore. Sa tête est comme un gruyère que les souris finiraient de grignoter. »

Dans le bassin, une grenouille mâle lança plusieurs appels aux grenouilles femelles. Après ses coassements, ça clapota et un remue-ménage agita les feuilles de lotus.

Archibald et Jessica s'embrassèrent à nouveau, dix-sept secondes cette fois, pendant que la grenouille mâle se donnait du bon temps.

Après le baiser, Jessica poussa un soupir de contentement, puis murmura :

« J'ai peur, Archie.

— C'est normal. Quand on aime, on a toujours peur.

— Il y a autre chose, aussi. Je crois qu'on n'est pas trop vieux pour recommencer une histoire.

— On ne recommence rien, ma chérie. Notre histoire existait depuis si longtemps... Mais elle dormait, comme on dit dans les services secrets. On est simplement en train de la réveiller.

— Si tu veux bien, on reparle de tout ça après la cérémonie. »

31

Laisser venir cette mer haute et lente

SHANGHAI. Mao Zedong ne supportait pas les enterrements. À ses yeux, les cercueils gâchaient du bois, et les cimetières de la terre, en grignotant de l'espace sur les cultures maraîchères, à la périphérie des villes. Au XXe siècle, la crémation s'imposa donc à la Chine.

Les bouddhistes n'avaient pas attendu le maoïsme pour se convertir à la crémation, célébrée par leur prophète. La mort ne l'ayant pas pris en traître, Liu Cheng avait eu tout le temps de préparer les instructions pour ses funérailles : il voulait que son corps soit incinéré nu, sans objets personnels. Ni bague ni montre. Jessica suivrait ses instructions à la lettre.

Le matin, le majordome alla chercher Archibald à son hôtel et l'emmena chez Jessica. Devant la résidence attendait un grand bus luxueux, un monstre de technologie, une sorte d'avion sans ailes, qui s'emplissait d'invités habillés en blanc, beige ou écru. À l'arrière, un petit orchestre de jazz jouait *What a Wonderful World* de Louis Armstrong.

Le chanteur avait la même voix qu'Armstrong, une voix rauque de bas-fonds. Archibald adorait cette chanson où il semble qu'un mort célèbre la vie depuis son ciel.

Le bus démarra et prit la direction du crématorium pendant que l'orchestre jouait *Petite Fleur* de Sidney Bechet, un autre morceau demandé par le défunt qui avait composé lui-même la *playlist* où figuraient aussi *You Never Can Tell* de Chuck Berry et *Billy Jean* de Michael Jackson.

La cérémonie fut sobre et brève. Sans le bus garé devant le crématorium, rien n'aurait permis de penser qu'il s'agissait des funérailles d'un homme très riche, magnat du ciment, du pétrole et de l'immobilier. Pas de discours, seulement une prière du moine bouddhiste qui avait veillé le mort. Convaincu de n'être qu'un rien qui allait rejoindre le grand tout pour revenir sur terre sous une autre forme, Liu Cheng avait indiqué qu'il ne voulait ni pleurs ni couronnes en papier à ses funérailles. Il avait même exigé de Jessica qu'elle gardât tout au long un grand sourire, ce qu'elle fit, même si des larmes coulèrent sur son visage à plusieurs reprises.

Une fois Liu Cheng incinéré, le bus retourna à la résidence où fut servi un buffet à base de riz. Penchée comme un oiseau blessé, Jessica allait d'un groupe à l'autre, recueillant les condoléances avec une dignité qui forçait l'admiration. Alors qu'elle s'approchait d'Archibald, elle trébucha et tomba sur le gravier où elle perdit connaissance.

Elle se réveilla peu après, alors que le majordome, aidé par Archibald et un domestique, l'emmenait dans le salon, les quatre étant suivis par une ribambelle d'invités. Après qu'ils l'eurent allongée sur le divan, Jessica murmura sur un ton autoritaire :

« Si vous avez appelé un médecin, annulez-le, c'était rien, juste un malaise vagal. Maintenant, je voudrais qu'on me laisse seule avec ce monsieur. »

Jessica avait montré Archibald du doigt.

« J'ai réfléchi à *nous* », murmura-t-elle.

Il s'assit sur le bord du divan, à côté de Jessica qui continua :

« J'ai beaucoup réfléchi. C'est vrai que, moi aussi, j'ai souvent pensé à toi, pendant toutes ces années. Il m'est même arrivé de te faire la conversation. Dans mon bain ou dans la voiture, quand je faisais de longs trajets. La plupart du temps, sans remuer les lèvres. Après l'affreux dîner de 1970, je ne suis pas revenue vers toi parce que je ne voulais pas me faire doucher une deuxième fois, mais aussi parce que tu n'as jamais été clair avec moi.

— Allons, Jessie. Dans chacune de mes lettres après la mort de tes enfants, il y avait des messages subliminaux. Ils sont toujours restés sans réponse.

— En fait de messages, c'étaient des formules toutes faites, du genre : “Je serai toujours là”, “Tu peux compter sur moi”, “Si tu as besoin de quelque chose, je suis à ta disposition". Des paroles en l'air. Tu appelles ça des déclarations d'amour ?

— Disons que c'étaient des signes.

— Arrête. Tu te comportais avec moi comme un protecteur lointain. Pas comme un amoureux transi.

— Je craignais de me faire rabrouer.

— T'ai-je jamais rabroué ? »

Elle avait marmonné la question et il feignit de ne l'avoir pas entendue. Elle soupira, ferma les yeux et poursuivit :

« Je me suis souvent refait le film de cette fameuse soirée de rupture du Loop. On était stupides, toi surtout. On croyait avoir la vie devant nous alors qu'elle est toujours derrière : on l'a à peine commencée qu'elle est déjà terminée.

— La vie passe mais ne repasse jamais, dit-il. J'ai compris ça beaucoup trop tard.

— Ce soir-là, tu as été encore plus bête que moi, Archie. Je te mettais à l'épreuve et tu n'as pas été capable de dire le mot que j'attendais, celui qui m'aurait fait annuler mon mariage.

— J'ai changé, Jessie. Maintenant, je dis les choses. »

Il posa sa main sur la poitrine de Jessica, Elle avait les seins fermes.

« Je t'aime, dit-il. Il m'a fallu toute une vie pour apprendre à le dire, mais désormais je peux… »

Jessica soupira à nouveau, une sorte de long chuintement.

« Il me semble, souffla-t-elle, que ce serait une connerie de se remettre ensemble. Après tout ce temps, ce serait ridicule.

— Mais l'amour est toujours ridicule !

— Te souviens-tu de notre première fois ?

— On avait seize ans. C'était dans des buissons, quelque part à l'emplacement de ce qui est devenu Cantigny Park, le 27 août 1948. On avait été invités à une réception et on avait pris la tangente.

— Bravo, Archie. Tu m'impressionnes. Les hommes ne se souviennent jamais des dates. Chaque fois que je reviens à Wheaton, je fais le pèlerinage à Cantigny Park. C'est un de mes endroits préférés. Après de longues recherches, je crois que j'ai repéré l'endroit où tu m'as dépucelée, tout près d'un grand érable, pas loin du musée McCormick. Ces arbres-là peuvent vivre cinq cents ans et plus. Le nôtre avait une grosse blessure sur le tronc. Si ce n'est pas lui que j'ai repéré, eh bien, c'est son frère…

— S'il te plaît, ne détourne pas la conversation. Veux-tu ou ne veux-tu pas ? Essayons de vivre ensemble trois mois, je ne te demande que trois mois.

— Tu es vraiment obsédé, minauda Jessica. À nos âges, tu n'as pas honte ?

— Donne-moi quinze jours, alors. »

Il passa la main à l'intérieur de la tunique en soie blanche de Jessica. Même si elle éprouvait du plaisir sous ses caresses, le ton de sa voix n'en laissa rien paraître :

« Tu ne penses pas ce que tu dis, Archie. Notre histoire est tellement belle, on risquerait de la gâcher en devenant concrets. Il vaut mieux continuer à la vivre dans nos têtes. La romancer.

— Allez, essayons quand même, rien qu'une semaine. Laisse la mer monter en toi.

— Non. C'est mon dernier mot. »

32

Une femme, une vraie

SHANGHAI. Quand Archibald regagna l'hôtel, les couleurs de sa chambre, beige, blanc et mordoré, l'incitèrent au sommeil. Il s'allongea et répondit à l'appel de la sieste. Elle dura plus de deux heures.

Quand il se réveilla, il avait une légère migraine et l'estomac un peu barbouillé. Mais la mer en lui n'avait pas reflué. Elle continuait de déborder et, après le refus de Jessica, il sentait comme une envie vitale de l'épancher ailleurs.

Lors de son précédent voyage en Chine, ses ex-futurs partenaires en affaires lui avaient fait découvrir les « fleurs » de Shanghai, dont certaines, comme leurs ancêtres, avaient les cheveux laqués à l'huile de coco ou la tête couverte de perles et de camélias.

Il avait passé ses deux dernières nuits avec une prostituée de dix-huit ans, par ailleurs étudiante en anglais, Pingping. Il avait gardé son numéro sur son portable.

Bien sûr, il était tombé amoureux de Pingping. Il faisait partie de ces hommes qui ont besoin d'éprouver des sentiments pour copuler. Toujours épris des prostituées qu'il allait sauter, il rêvait même de les enlever pour les sortir de leur condition. Avant l'amour, s'entend. Pas après, cela va de soi. À peine rhabillé, il filait comme un voleur. Mais avec cette fille, tout avait été différent ; il aimait rester et parler.

Les hanches pleines, un ciel pur dans les yeux, Pingping était douce, vive, généreuse, l'épouse idéale, et il fut submergé par la honte les deux fois où elle se donna à lui en trissant comme les hirondelles quand elles crient leur bonheur.

C'était il y a quatorze ans. Pingping avait maintenant trente-deux ans. Était-elle devenue interprète, comme elle le souhaitait, ou continuait-elle à se vendre aux hommes en voyage d'affaires ? Quand Archibald l'appela, elle lui répondit dans un anglais parfait qu'elle pouvait se libérer et venir à l'hôtel d'ici une demi-heure.

Archibald sortit de sa valise une trousse médicale, enleva son pantalon puis son caleçon et s'assit sur le bord du lit. Après avoir nettoyé la base de son pénis avec un tampon imbibé de liquide désinfectant, il enfonça dedans l'aiguille d'une seringue remplie d'Alprostadil, un médicament qui s'administrait par voie intracaverneuse et provoquait de grandes érections en augmentant le flux sanguin dans le sexe. Performance garantie.

Le jour de son départ, Archibald s'était rendu en urgence chez un ami médecin de Chicago qui lui apprit comment procéder. Pas question d'échouer quand il arriverait au but. Il avait donc apporté l'Alprostadil en Chine pour ne pas décevoir Jessica, au cas où celle-ci aurait cédé à ses avances.

Une panne sexuelle à trente ans, on a toute la vie pour la réparer. Mais à plus de quatre-vingts ans, de surcroît avec la femme de sa vie, c'eût été impardonnable.

Même quand son désir flanchait, ce qui arrivait souvent, Archibald n'était jamais pris en traître : depuis quelques années, quand il allait aux femmes, il avait toujours recours à des pilules de Cialis qui le transformaient en étalon. Avec l'Alprostadil, son ami médecin lui avait promis, l'air égrillard, qu'il passerait d'amateur à professionnel.

L'effet du médicament commença à se manifester au bout de cinq minutes. Rhabillé, Archibald avait la trique et, à l'étroit dans son caleçon, son pénis finit par en sortir pour se frayer un chemin sous le pantalon.

Il se brossa les dents, puis s'assit dans le salon et regarda Shanghai. Une grosse boule d'énergie inondée par sa propre sueur. Elle tournait comme une toupie tandis que le ciel tombait dessus, un ciel jaunâtre et brumeux avec des reflets violets, qui recouvrait peu à peu les essaims de gens, de voitures, de lumières.

Quand il ouvrit la porte à Pingping, il la reconnut sans peine dans son ensemble très sobre et il lui sembla qu'elle dégageait plus de douceur encore qu'auparavant. Sans doute parce que tout, chez elle, était devenu ovale. Le visage, les yeux, la bouche, les seins, le buste. Les années l'avaient embellie et elle avait, jusque dans la démarche, une forme de gravité qui le ravissait. C'était plus que jamais l'épouse idéale.

« Heureux de te voir, dit-il en refermant la porte. J'ai souvent pensé à toi. Tu m'as manqué.

— Moi aussi.

— Tu es l'une des femmes qui ont le plus compté dans ma vie. »

Elle l'embrassa tendrement, puis souffla :

« Désolée, mais je ne vais pas rester longtemps. »

Elle regarda sa montre :

« Une demi-heure, pas plus. Après, il faudra que je retourne au travail. J'ai simulé un malaise mais je ne peux pas m'éterniser.

— Je comprends.

— Je suis venue parce que je te dois beaucoup. Tu m'as appris à aimer l'amour. Tu es le premier homme qui m'a respectée. Avant toi, je n'étais rien, une espèce d'éponge. Après, je suis devenue une femme, une vraie. Je voudrais te rendre ce que tu m'as donné. »

Il lui proposa de faire un thé mais ce fut elle qui le prépara. Ils s'assirent et commencèrent à parler, parler, parler, comme autrefois, jusqu'à ce que le regard d'Archibald s'assombrisse.

« La vie, dit-il, est devenue pour moi une marée qui descend de plus en plus vite et après laquelle je cours péniblement en sachant bien que je ne pourrai jamais la rattraper.

— Tu es encore très séduisant », protesta Pingping.

Elle lui dit qu'en échange de ses faveurs elle n'accepterait rien, ni argent ni cadeau : elle avait changé de vie. Elle était désormais secrétaire de direction à la Deutsche Bank. C'est là qu'elle avait rencontré son compagnon, un financier allemand à la carrière prometteuse.

Quand elle caressa son engin, Archibald sentit une poussée le raviner. Quelque chose de puissant, de torrentiel. Il avait déjà connu ce phénomène, ça se terminait généralement mal, dans le caleçon avant de passer à l'attaque. À cette perspective, il commença à transpirer, impossible d'attendre davantage, il fallait conclure au plus vite.

« On y va ? » demanda Pingping sur un ton enjoué, attribuant à la timidité le désarroi qu'elle lisait dans ses yeux.

Sans attendre la réponse, elle s'allongea sur le lit où elle retira sa robe, sa chemise, son soutien-gorge, son slip, pendant qu'Archibald se déshabillait puis enfilait, non sans mal, un préservatif vert pomme.

Depuis longtemps déjà, Archibald était entré dans la catégorie des vieux éjaculateurs précoces, cinq minutes, douche comprise, mais cette fois, avec Pingping, il battit tous les records : deux minutes et quelques.

Après qu'il eut éjaculé, la honte et le désespoir avaient déformé ses traits. Mais le bon sourire de Pingping l'apaisa. Elle le serra très fort dans ses bras et mâchonna plusieurs baisers sur son cou.

Quand Archibald se retira enfin, il ne vit pas tout de suite que le préservatif était comme un gros ballon, gonflé de sang. C'est le cri d'oiseau effrayé de Pingping qui l'alerta.

« *My Lord ! My Lord !* » pépia-t-elle.

Ils coururent, affolés, dans la salle de bain. Quand il retira le préservatif de son pénis, devenu énorme, le sang se répandit sur le carrelage, sur les murs, partout.

Archibald entra en frissonnant dans la baignoire, tandis que Pingping, en pleurs, allait chercher un foulard pour garrotter le sexe. Sans succès.

En se vidant de son sang, Archibald se sentait très vieux et très fatigué. Il s'assit dans la baignoire avec l'air apaisé de la bête saignée qui attend la mort, et Pingping retourna en sanglotant dans la chambre où elle appela les secours.

Quand les urgentistes arrivèrent, le médecin de l'hôtel avait déjà arrêté le sang. Ils se disputèrent à propos d'Archibald, qui, après être tombé dans les pommes, venait de reprendre connaissance. Il n'eut pas le temps de demander à Pingping de traduire : il s'évanouit de nouveau pour se réveiller dans une chambre de l'hôpital Est de Shanghai.

Une chambre à deux lits, mais le second était vide. Archibald repoussa les draps et regarda son sexe qu'il tâta et, enfin, tripota. Tout semblait rentré dans l'ordre.

Son portable avait été déposé sur la table de chevet, avec son portefeuille. Archibald appela aussitôt Pingping. Pas de réponse. Il lui envoya un texto :

« Désolé pour tout ce qui est arrivé. La femme de ma vie, c'est toi. J'ai mis du temps à le comprendre mais maintenant, je le sais. Rassure-toi, je ne te demande pas de partager mon avenir : je n'en ai plus. Je veux simplement que tu saches mon amour éternel et toute ma gratitude. Archie. »

Il retira l'aiguille de perfusion plantée dans son bras, se leva lentement et enfila le peignoir de l'hôtel. Il se dit que les secours l'avaient apporté avec sa valise. À moins que ce fût Pingping. Elle avait laissé un mot sur une chaise :

> Mon amour,
>
> Je suis obligée de retourner au travail. Donne-moi vite des nouvelles.
>
> Pingping.

Il prit la valise, sortit de sa chambre, descendit au rez-de-chaussée et monta dans le premier des taxis de la longue file qui serpentait devant l'hôpital.

33

Ce doux bonheur facilement brisé

SHANGHAI. Pingping habitait chez son compagnon, dans le quartier du Bund, un appartement qui donnait sur le fleuve Huangpu et la ville nouvelle de Pudong. Elle avait tout pour être heureuse. L'argent et toutes les choses afférentes, les domestiques, le respect des gens, la salle de cinéma personnelle. Il lui manquait la passion.

Considéré, à quarante-six ans, comme l'une des étoiles montantes de la Deutsche Bank, Julius-Josef Gottmeister, son homme, était si obsédé par son travail qu'il ne lui restait plus beaucoup d'amour pour les autres, surtout pas pour Pingping qu'il lutinait pourtant cinq ou six fois par semaine avec la même ardeur qu'aux premiers jours de leur histoire.

« J.J. », comme ses amis l'appelaient, était un beau blond sportif avec des yeux d'un bleu intense au fond desquels il n'y avait pas grand-chose. Sauf, par moments, des lueurs de mélancolie ou, quand il était contrarié, des miroitements de lame de couteau. Il dégageait quelque chose de froid mais de protecteur.

Il la rassurait. C'était le genre d'homme qui sait où sont les affaires. Il semblait ne douter de rien. Il eût été agréable à vivre si parler n'avait été pour lui une perte de temps. Quand il rentrait du travail, deux ou trois heures après elle, il n'échangeait pas plus d'une quinzaine de phrases en moyenne avec Pingping : elle avait compté.

Le soir, avant de la prendre, il demandait presque toujours la permission, comme certains de ses clients d'autrefois :

« On fait l'amour ? »

Les deux soirs précédents, contrairement à leur habitude, ils avaient beaucoup discuté. Quand Pingping lui apprit qu'elle était enceinte, elle vit dans le regard de « J.J. » ces éclairs métalliques qui la pétrifièrent. Il lui demanda d'avorter. Il avait déjà trois garçons d'un premier lit, qui vivaient avec leur mère, à Munich ; il ne voulait pas d'autre enfant, c'était son dernier mot. Le lendemain soir, après qu'elle eut remis le sujet sur le tapis, il s'exclama, dans un anglais sonore comme du bavarois :

« Mais je croyais que c'était une affaire réglée ?

— Pas pour moi. J'ai décidé de garder cet enfant. Si tu voulais une geisha à ta botte, il fallait la chercher au Japon. Moi, je suis une femme libre ! »

Il y eut un silence. Julius-Josef Gottmeister appela Gao, le domestique, et lui demanda de leur servir deux whiskies.

« Non merci, dit-elle. Dans mon état, je ne peux pas boire d'alcool.

— Après ce que je vais t'apprendre, ma chérie, tu en auras bien besoin. Allez, Gao, ne l'écoutez pas : deux whiskies ! »

Deux gorgées de whisky plus tard, « J.J. » laissa tomber :

« J'ai deux nouvelles, une mauvaise et une bonne. La première est que mon ex est condamnée. J'ai appris ça la semaine dernière.

— Je suis désolée, souffla Pingping.

— Ne le sois pas. Elle morfle, la pauvre. Comme tu le sais, elle souffre depuis longtemps de la maladie de Crohn. Cette saloperie lui enflamme les intestins et le rectum, avec diarrhées sanglantes et fistules anales à la clé. Elle a tout essayé, les corticoïdes et la chirurgie. Sans succès. L'affaire s'est terminée en mauvais cancer. Je la plains. Mais je n'oublie pas qu'elle m'a tout pris quand on a divorcé. Sa mort va au moins me rendre mes enfants dont elle avait obtenu la garde. Pour m'occuper d'eux, je vais rentrer à Munich où je prendrai, ça s'est décidé aujourd'hui, la succession de mon père dans la boîte familiale. La bonne nouvelle, c'est que je te propose de venir avec moi, mais à une condition…

— … que j'avorte ? » murmura Pingping.

Il hocha la tête. Elle secoua la sienne :

« Eh bien, ce sera non.

— Tu fais la connerie de ta vie.

— Un enfant, ça n'est jamais une connerie.

— Réfléchis bien.

— C'est tout réfléchi. Je me suis faite toute seule. Je peux élever cet enfant toute seule. »

Il y eut encore un silence pendant lequel Pingping pleura en reniflant, les yeux baissés, les dents serrées. Le chagrin ne lui réussissait pas et « J.J. » songea qu'il ne la regretterait pas longtemps.

« Pour ne pas avoir d'histoires avec mes enfants, dit-il, je ne reconnaîtrai pas ton petit, mais je subviendrai à vos besoins à tous les deux. Tu peux compter sur moi. »

Il poussa un gros soupir :

« J'ai quand même l'impression d'être pris en otage. Je te le répète : tu fais une connerie, une grosse connerie. »

Sur quoi, laissant Pingping à son chagrin, Julius-Josef Gottmeister se leva, enfila un imperméable et sortit sans dire un mot dans le brouillard de Shanghai.

Dès qu'il fut sorti de l'appartement, ses yeux rougirent. « J.J. » avait honte de lui-même. S'il avait accepté le bébé de Pingping, il aurait fallu qu'il se marie avec elle dans la foulée, c'était écrit. Or, il ne pouvait souffrir l'idée d'épouser une ancienne prostituée. Tout finit toujours par se savoir et, un jour, il deviendrait la risée générale. À part ça, elle aurait été une femme parfaite. Intelligente, drôle, pas jalouse.

Une fois « J.J. » parti, Pingping, de son côté, cessa aussitôt de pleurer et appela Shan, sa meilleure amie. Une femme de tête avec un rire de petite fille, qui travaillait dans la boutique Gucci de Shanghai Times Square :

« C'est toi qui avais raison, ça a marché exactement comme tu pensais.

— Qu'est-ce qu'il a dit ?

— Depuis que je lui ai annoncé la nouvelle, il me somme d'avorter et, comme je persiste à refuser, il vient de me jeter. »

Shan soupira :

« Tu vois que ce type ne t'aime pas et ne t'a jamais aimée. Il avait simplement besoin d'une femme dans son lit.

— Dire que j'étais en train de gâcher mes plus belles années avec lui !

— Le test Shan est toujours infaillible : il révèle la vérité des hommes. S'ils rompent quand tu leur annonces que tu es enceinte, ça veut dire qu'ils ne te méritaient pas.

— C'est parfait quand ils réagissent mal, dit Pingping. Mais qu'est-ce qui se passe quand ils ont réussi le test et qu'ils apprennent ensuite que tu n'étais pas enceinte ?

— Tu n'es pas obligée de leur avouer. Tu leur dis que tu as eu une fausse-couche, et voilà. S'il fallait qu'ils sachent tout ce qu'on fait derrière leur dos, ils ne s'en remettraient pas !

— En tout cas, merci de tes conseils. Le test Shan devrait être obligatoire avant le mariage, il y aurait moins de divorces. Il m'a permis d'arrêter sans drame une histoire qui n'allait nulle part. »

Elles rirent comme deux petites filles qui viennent de faire une bêtise, d'un rire comme une fugue pour piano.

34

La cérémonie des adieux

SHANGHAI. Au même moment, après avoir accroché une pancarte « *Do not disturb* » à la poignée de sa porte, dans sa chambre d'hôtel, Archibald Huntington prenait un bain aux huiles essentielles avec la sensation exquise de se fondre dans du beurre chaud. Il respirait à pleins poumons l'odeur qui montait de l'eau, une odeur de soleil et d'herbes séchées, en caressant sa petite queue violacée, réduite à elle-même, c'est-à-dire à pas grand-chose.

Quand son sexe blessé commença à le piquer sérieusement, Archibald sortit du bain, s'essuya, se rasa avec soin puis s'habilla en Brooks Brothers, sa marque préférée, celle des présidents américains, qui semblait avoir été inventée pour lui. Encore que, pour les chemises, il préférait Arrow, la griffe fétiche de John F. Kennedy.

Il s'assit au bureau du salon et commença à écrire une lettre sur son ordinateur portable :

Très chers,

C'est l'amour qui, chaque jour, met la terre au monde. C'est lui qui mène nos pas et nous fait tant aimer la vie qui, sans lui, ne mériterait pas d'être vécue.

Je n'ai jamais manqué d'amour et, même si je ne crois pas l'avoir mérité, je vous remercie tous pour celui que vous m'avez donné. C'est pourquoi je vais quitter cette planète avec plein de bons souvenirs dans la tête.

Quand vous lirez ce mail, je ne serai plus de ce monde. Ne vous inquiétez pas, ce n'est pas une décision prise à la légère. Elle a même été mûrement réfléchie. Avant de partir en Chine, je me suis occupé de tout, notamment de votre mère qui est au Jefferson Center de South Bend, où j'ai payé un an d'avance : selon toute vraisemblance, elle ne tiendra pas jusque-là.

Quant à moi, ça ne va pas fort. Avant de partir, j'ai subi toutes sortes d'examens médicaux et je viens d'en recevoir les résultats : je suis atteint moi aussi de la maladie d'Alzheimer. Si je veux prendre des mesures radicales, je dois le faire sans attendre, tant que je suis encore conscient.

Comprenez-moi bien : ce n'est pas un suicide mais un meurtre. J'ai décidé de tuer la maladie d'Alzheimer avant qu'elle me tue. Foutu pour foutu, je préfère m'en aller vivant. Mourir n'est rien, pourvu qu'on meure vivant.

Pardonnez-moi si je vous fais de la peine, mais ma cause est perdue, comme vous le confirmera le docteur Reginald Cohen qui vous donnera toutes les informations si vous les lui demandez.

Vous savez comme je déteste le pathos et les discours. Je vais donc vous les épargner. Vous allez beaucoup me manquer et, aussi longtemps que l'éternité durera, je prierai pour vous.

Adieu. Je vous aime.

Papa.

Il programma son ordinateur pour qu'il envoie sept heures plus tard son mail d'adieu à ses quatre enfants. Après quoi, il rédigea deux lettres avec les mêmes éléments. La première pour Jessica, la seconde pour Pingping. Sur l'enveloppe, il écrivit leur nom, leur prénom et leur numéro de téléphone avec cette mention soulignée : « À n'ouvrir qu'après ma mort. »

Ensuite, il s'allongea sur son lit avec sa Bible de Cambridge et sa tablette numérique. Il lut quelques pages des Psaumes et du Cantique des Cantiques en écoutant le rondo (*allegro*) du *Concerto pour violon* opus 61 de Beethoven, puis la *Suite orchestrale n° 3* en ré majeur de Bach et, enfin, « *O Mio Babbino Caro* », un extrait de *Gianni Schicchi* de Puccini, interprété par Maria Callas.

Il ferma les yeux un moment, emporté par la mélancolie, jusqu'à ce qu'un sourire éclaire soudain son visage. Il alla chercher l'une de ses chansons préférées sur la *playlist* de sa tablette : *Unchained Melody*, par les Righteous Brothers.

Oh, my love, my darling
I've hungered for your touch
A long, lonely time
A time goes by so slowly

Il connaissait la chanson par cœur. Elle lui rappelait Jessica, Klara et tant d'autres femmes qu'il avait embrassées au crescendo, à 2 minutes 40, quand le piano et les percussions se déchaînent, au moment où le chanteur, Bobby Hatfield, prend sa voix de fausset.

À cet instant, Archibald approchait ses lèvres de la femme désirée et la messe était dite, la suite coulait de source. C'était une belle chanson pour emballer, mais aussi pour mourir. Dès les premières notes, il se leva et chanta en se déhanchant et en tenant un micro imaginaire, face à la fenêtre, mais la voix de ténor de Bobby Hatfield montait si haut dans les aigus qu'Archibald n'arrivait pas à suivre.

Kitsch et grandiose, frisant le ridicule du début à la fin, la chanson produite par Phil Spector lui faisait toujours le même effet à quatre-vingt-un ans. Elle le mettait de bonne humeur.

Crooner blond aux lèvres élastiques, des lèvres à patin, habillé, du moins dans ses débuts, de vestes ou de chemises rose bonbon, Bobby Hatfield était mort en 2003, à soixante-trois ans, d'une overdose de cocaïne, dans une chambre d'hôtel à Kalamazoo, Michigan, juste avant un concert avec son compère Bill Medley. Archibald et Klara Huntington faisaient partie des deux mille quatre cents personnes qui avaient attendu en vain les Righteous Brothers au James Miller Auditorium sur le campus de la Western Michigan University.

I need your love…

politique mortifère du Grand Timonier. Depuis, elle vivait de rien, sur un petit lopin de terre revêche. Taoïste, elle économisait tout, même sa respiration. Il régnait cependant chez elle un bonheur solide, même s'il était chiche.

Chaque fois qu'elle lui rendait visite, sa mère citait une pensée qu'elle attribuait à un sage taoïste : « Dans la vie, quand rien ne va plus, il vaut mieux retourner d'où l'on vient. »

Pingping ne supportait plus Shanghai et le brouillard qui, le lendemain de son déménagement, s'était à nouveau posé sur la ville. Il se déployait partout, sur le fleuve comme sur les gratte-ciel. Il mangeait les murs, les voitures, les visages. On aurait dit que le cœur de la ville avait cessé de battre.

Les autorités de Shanghai avaient décrété une alerte sanitaire, le pic de pollution dépassant tous les records. Le brouillard était imputé aux émissions de CO_2 produites par les industries de la région. La ville vivait dans des nuages gris ou couleur urine, et ce serait ainsi tant que le vent ne daignerait pas se laisser tirer de son sommeil, avant de se lever enfin et de chasser les particules toxiques.

Logé au Four Seasons, « J.J. » rentrait chaque soir dans sa chambre, déposait ses affaires, prenait une douche, s'habillait décontracté et repartait dans le métro. C'était sa passion secrète.

Il lui avait laissé libre cours dans toutes les villes où il s'était rendu naguère quand il était chargé de mission du grand patron de la Deutsche Bank. Aux plus belles stations de métro du monde, Kievskaya à Moscou, Avtovo

Après les dernières paroles de la chanson, Archibald Huntington avala le contenu entier de trois boîtes de Stilnox avec un verre d'eau avant de se coucher sur le lit dans la position des gisants.

Huit heures plus tard, quelqu'un frappa à la porte mais Archibald était déjà parti loin du monde.

« C'est Pingping, dit une voix derrière la porte. J'ai besoin de te parler. »

35

Les joies du métro

SHANGHAI. Julius-Josef Gottmeister n'avait pas dit à Pingping quand il partirait. Depuis leur dispute, ils ne s'adressaient plus la parole et faisaient tout à part, la chambre, mais aussi le dîner et le petit déjeuner.

Deux jours plus tard, en rentrant du travail, Pingping trouva un grand bouquet de roses jaunes, la couleur de la rupture et du pardon, sur la table basse du salon. Sans oublier un très gros chèque dans une enveloppe. « J.J. » avait déménagé.

Elle n'avait rien ressenti. Ni chagrin ni soulagement. Encore tellement assommée par la nouvelle du suicide d'Archibald, apprise la veille, elle avait passé la journée à relire la lettre d'adieu du vieil homme, qu'elle porterait dans son sac à main, comme une relique, jusqu'à la fin de ses jours.

La lettre se terminait ainsi :

> Si j'avais été sûr que la maladie n'allait pas me rattraper sous peu, c'est avec toi que

à Saint-Pétersbourg ou City Hall à New York, il préférait de loin les stations engorgées à l'heure de pointe, quand tout se mélange dans une grande partouze migratoire, les corps, les sueurs, les haleines, les couleurs de peau, les parfums de femmes.

À ses yeux, les stations parisiennes du RER Châtelet-Les Halles ou Gare du Nord, fleuves de sangs mêlés, étaient sans doute les plus excitantes du monde. Tant de femmes à sa portée d'un seul coup, des Brunes, des Noires, des Jaunes, des Grises, des Blondes, des Beiges, des Rousses...

Quelques années auparavant, il avait fait à Châtelet-Les Halles l'une des plus belles rencontres de sa vie. Une Sénégalaise drôle et cultivée, violoniste à l'Orchestre de Paris, poétesse à ses heures. Pour l'accoster, il avait utilisé l'une de ses techniques habituelles, celle des pickpockets : le rentre-dedans, au sens propre. Léger vacillement, chute de clés, excuses, bafouillages, et l'affaire était dans le sac : ça se termina dans une chambre à l'hôtel Meurice, où elle l'avait épuisé. C'était « Madame Jamais Assez ». Mais elle fut pardonnée pour avoir étourdi « J.J. » de rires, de caresses, de gloussements et de belles phrases.

Il y avait aussi en elle une certaine gravité. Même si elle pouvait rire de tout, cette femme n'était pas du genre à se laisser aller : elle prenait la vie très au sérieux. Le sexe aussi. L'une de ses grandes ambitions était de donner du plaisir aux hommes. Avec « J.J. », elle avait su y faire.

Avant de se quitter, « J.J. » avait donné à la Sénégalaise un faux numéro de portable, selon une mauvaise habitude à laquelle il ne dérogeait que rarement. Dès qu'elle se fut éloignée, il tenta de la rattraper pour lui dire que le dernier chiffre était un 3 et non un 8. Sans succès. Il aurait aimé la revoir, peut-être même vivre avec elle. C'était une femme de ce genre qu'il cherchait régulièrement, depuis, dans le métro, y compris quand il vivait avec Pinpging.

*
* *

En sortant du Four Seasons, « J.J. » prit le métro à West Nanjing Road avec l'intention de descendre à la station suivante, Place du Peuple. Les couloirs étaient noirs de monde.

Il n'abordait jamais les jeunes filles dans les rames : à la merci du dragueur, elles avaient tendance à se replier sur elles-mêmes. Il commençait toujours les travaux d'approche sur le quai, avant de monter ou de descendre avec elles. C'était ce qui marchait le mieux.

En arrivant sur le quai de la ligne 2, Julius-Josef était dans un état second. Le métro provoquait toujours la même excitation chez lui. Un désir de fornication, attisé par la touffeur de l'air.

Il était fasciné par la beauté des femmes. Les fières, les automates, les lubriques, les mélancoliques. Mais celles qu'il préférait, c'étaient les amoureuses au visage épanoui. Pourquoi l'attiraient-elles à ce point ? Il voulait les arracher à leurs hommes. Il les harcelait à la manière des canards, le plus volage des animaux, quand, pendant la saison des amours, il insémine toutes les femelles qui sont dans son champ de vision, dans l'espoir de les féconder, que son sperme efface les précédents.

La drague dans le métro est un métier qui requiert un sens aigu de l'observation. Rien ne sert de lever la femme pressée qui se rend à son travail de nuit : elle se dérobera toujours. Il faut cibler celle qui rentre du travail, des courses ou d'une soirée en famille : elle est parfois disponible. Il suffit de mettre les formes, de l'humour, de la désinvolture, sans essayer de forcer le destin.

Il ne faut pas craindre de prendre des râteaux. C'est la loi du genre. Sur le quai de la station Place du Peuple, « J.J. » essuya deux échecs, la première jeune femme feignant de ne pas l'entendre, la deuxième poussant un soupir appuyé, avant d'entreprendre une demoiselle ravissante, tout de blanc vêtue, qui attendait le métro. La vingtaine, une bouche à baiser, le nez frémissant, des yeux comme des lampes, elle avait l'air de se ficher de tout. Il lui demanda de lui donner sa chance.

« Mais je ne vous connais pas ! protesta-t-elle en souriant, dans un anglais parfait.

— Moi non plus.

— Qu'attendez-vous de moi ?

— Tout, répondit-il avec une emphase qui se voulait drôle.

— Qu'entendez-vous par là ?

— Eh bien, ça dépendra de ce que vous voudrez bien me donner.

— Je ne me donne pas, je me prête.

— Parce que vous n'avez pas encore rencontré la personne qu'il vous fallait. »

Quelques minutes plus tard, quand Julius-Josef entra avec elle dans sa chambre du Four Seasons, il ne savait pas grand-chose de la jeune fille. Elle s'appelait Fang et travaillait dans une boutique de prêt-à-porter où tout le monde lui faisait du gringue, le patron, les employés et les clients.

« C'est ta faute, lui avait dit "J.J.". Tu n'as qu'à pas être si belle.

— N'en fais pas trop, s'il te plaît...

— Tu es une incitation et une provocation à l'amour. »

Un homme d'État français, Georges Clemenceau, très porté sur la chosette, a dit un jour : « Le meilleur moment de l'amour, c'est quand on monte l'escalier. » Julius-Josef pensait souvent à cette phrase quand il était dans l'ascenseur et qu'il échafaudait dans sa tête des plans d'avenir avec la femme qu'il emmenait pour la chevaucher. À ce moment-là, il était toujours prêt à tout : mariage, enfants, déjeuners de famille...

Une fois dans la chambre, Julius-Josef tenta de déshabiller Fang mais elle se dégagea, s'accroupit devant lui, ouvrit sa braguette, enlaça ses fesses et commença à embrasser son engin. Leurs tailles n'étant pas bien assorties, l'exercice n'était pas confortable : l'un et l'autre risquaient à tout moment de perdre l'équilibre. Il partit à reculons en direction du lit sur lequel il s'assit pendant qu'elle continuait son manège en poussant de petits cris étouffés.

Quand arriva l'instant suprême, Fang avala la sainte crème. Il adorait les femmes qui avalaient : à ses yeux, c'était la plus grande preuve d'amour.

D'ordinaire, avec ce genre de femmes, dès qu'il avait déchargé, Julius-Josef ne songeait plus au mariage ni aux enfants. Le désir assouvi, il retombait sur terre et ne cherchait qu'à se débarrasser de celle qui venait de se donner à lui, il fallait même qu'elle dégage de toute urgence.

Avec Fang, ce fut différent. Après l'éjaculation, des bribes de désir le titillaient encore. Il avait envie de prolonger, elle aussi. Leurs pupilles restaient dilatées comme au commencement. Ils éprouvaient la même fébrilité.

Après qu'ils se furent serrés l'un contre l'autre, Fang lui tendit ses lèvres lustrées par sa semence et ils s'embrassèrent. Un baiser long en bouche, avec des relents de lait, d'ail, de savon, mais aussi de menthol, souvenir affadi d'un chewing-gum récemment mâché par elle.

Il tenta de nouveau de la déshabiller, mais Fang refusa encore en lui donnant une petite tape, suivie d'une plainte exquise. Elle était en train de le rendre fou. Deux petites gouttes de sueur ou de sperme perlaient sur le bout de son nez. Il les lécha : elles avaient un goût de larmes.

« Je te plais ? demanda Fang.

— Plus que ça. Tu es plus belle que tout à l'heure.

— C'est normal. L'amour embellit, quand il monte. »

Pressé de passer à l'acte, il lui mit la main entre les jambes et y trouva deux olives.

Éclatant en sanglots, Fang se leva d'un bond et quitta la chambre en courant, sans fermer la porte.

« J.J. » se leva à son tour pour la refermer.

36

Le roi du cochon

MUNICH. Après être resté une semaine de plus à Shanghai, le temps de transmettre les derniers dossiers à son successeur à la Deutsche Bank, « J.J. » prit un vol Lufthansa du soir qui l'amena à 5 h 10 à l'aéroport Franz-Josef-Strauss de Munich. Il était heureux de retrouver la Bavière bien que la nuit, avec le brouillard, rendît tout crépusculaire. Tout, sauf Ingrid van Braun, qui l'attendait à la sortie. Une divine blonde de trente-trois ans, qui se tenait raide comme la mort.

Le front beethovénien, quelques taches de rousseur, une bouche charnue et une taille de guêpe, Ingrid van Braun était sanglée dans un imperméable vert bouteille. Elle avait toujours un livre dans la poche. Ce jour-là, c'était *Le royaume des cieux est en vous* de Léon Tolstoï.

De nature méfiante, elle ne s'engageait pas facilement. « J.J. » était son deuxième homme. Un an auparavant, elle avait quitté le premier, un médecin urgentiste, quand elle avait découvert qu'il la trompait depuis toujours, pas seulement avec son épouse, ce qui était naturel, mais avec tout ce qui bougeait.

Ingrid était orpheline. Une enfant trouvée, à l'âge de trois ans, dans une église bavaroise, ce qui l'avait prédisposée à devenir catholique. Malgré ses recherches, elle ne savait rien de ses origines. Elle vivait mal de n'avoir pas de famille et rêvait d'en fonder une. En dépit de sa fortune, qu'elle considérait comme un handicap, « J.J. » lui avait semblé un bon choix.

Son éducation lui ayant sans doute appris à ne pas exprimer ses sentiments, Ingrid ne manifesta aucune joie en voyant arriver Julius-Josef. Elle posa simplement sur ses lèvres un embryon de baiser dont il se contenta, le sien étant plus rapide encore.

Mais le regard d'Ingrid la trahissait. Il était si intense qu'elle semblait loucher. Il n'était pas douteux qu'elle frissonnait de l'intérieur. Si elle avait dégagé ses bras, on aurait pu observer qu'ils étaient constellés de petits boutons de chair de poule.

« Tu as coupé tes cheveux ? dit-il sur un ton de reproche.

— J'avais envie d'essayer une autre coiffure.

— C'est ton droit, ma carmélite. »

C'était le surnom qu'il lui avait donné et il lui allait bien. Julius-Josef était comme tous les hommes. Il ne supportait pas les changements chez les femmes. Pourtant, lui-même, de son côté, avait décidé de se laisser pousser la barbe depuis peu. En attendant la livraison des bagages, il ressentait, en regardant Ingrid, une espèce d'oppression dans la poitrine et la trouvait si belle qu'il avait déjà peur de la perdre.

Deux mois plus tôt, alors qu'il vivait encore avec Pingping, il avait décidé qu'Ingrid était la femme de sa vie. Un pressentiment dont il se méfiait, l'ayant si souvent éprouvé dans le passé. Il avait rencontré la jeune femme en se rendant au chevet de son ancienne épouse, à l'hôpital Martha-Maria de Munich, où elle était infirmière.

Quand ils arrivèrent dans la chambre qu'il avait réservée à l'hôtel Koenigshof, sur Karlsplatz, à Munich, Julius-Josef se précipita dans la salle de bain pour prendre une douche et se brosser les dents, avant de se jeter nu sur Ingrid alanguie sur le lit. Il commença à la déshabiller maladroitement, les doigts tremblants, avant de lui demander :

« Tu permets ?

— Vas-y. Tout est à toi, profites-en. »

Elle l'aida à défaire son corsage. Quand leurs lèvres se frôlèrent enfin, il ressentit une envie étrange de hurler des cochonneries, des poèmes ou des mots d'amour, mais il avait bien mieux à faire et le silence lui parut plus approprié pour ce qui allait suivre.

*

* *

Alexander Gottmeister, le père de Julius-Josef, était souvent surnommé par les médias allemands le roi du cochon, de la saucisse ou du jambon. Jusqu'à présent, il avait tenu son groupe d'une main ferme mais, à soixante-dix-neuf ans, après la perte de son fils cadet, il avait décidé de prendre du recul.

En apprenant la mort de ce fils dans un accident d'hélicoptère, il était tombé par terre devant ses collaborateurs. Une syncope. Même si sa chute n'avait laissé aucune séquelle, ni fracture ni égratignure, elle le traumatisa. « Je suis passé de l'autre côté, répétait-il. On ne peut pas respecter quelqu'un qui ne sait pas se tenir. »

Il avait encore pris un coup de vieux, songea Julius-Josef quand, lui rendant visite sitôt après avoir honoré Ingrid, il vit son père s'approcher, le teint jaune, le souffle court et les yeux baissés, comme s'il avait honte du spectacle qu'il donnait. Ce grand gaillard au nez couperosé avait été bel homme, ça se voyait, mais attisées par le soleil des Baléares, où il allait souvent, les rides finissaient de manger son visage : il ressemblait à une vieille pomme qui a passé l'hiver au réfrigérateur. Ses bajoues avaient l'apparence de vieux papiers chiffonnés.

« Quand est-ce que tu commences ? demanda Alexander Gottmeister.

— Quand tu veux, papa. Aujourd'hui ou demain.

— Il faut quand même que tu trouves un appartement et que tu voies tes enfants. À propos, comment va ta femme ?

— Mon ex.

— Oh, pardon.

— Très mal. Ce n'est plus qu'une question de jours. Je vais pouvoir récupérer les enfants.

— Bien. »

Le groupe d'Alexander Gottmeister produisait 1,3 million de tonnes de viande porcine par an, les bêtes étant tuées et découpées dans ses propres abattoirs. Il avait aussi créé sa marque de saucisses, Wurtzlich, très en vogue, avec son festival de parfums. Au bacon, au cumin, au fenouil, au miel, au sirop d'érable ou aux noix de pécan.

Alexander Gottmeister avait pour devise un proverbe de guerriers bantous qui était inscrit sur le fronton de la maison mère, à Munich et qui a réussi à tous ceux qui l'ont adopté : « Si j'avance, je meurs ; si je recule, je meurs, donc j'avance. » Bouillonnant d'idées, il était sur tous les fronts, notamment le bien-être animal, pour lequel il prétendait œuvrer. Quant au bio, il en avait été l'un des pionniers avec son pâté de cochon de plein air à la graine de courge, qui faisait fureur chez les bobos allemands.

Toute la communication de son groupe avait pour objectif de le faire passer pour un bienfaiteur de l'humanité et du monde animal : ça marchait au-delà des espérances. Au train où allaient les choses, ricanaient les mauvaises langues, il aurait pu postuler pour le prix Nobel de la paix, de la santé et de la bonté.

*

* *

Le roi du cochon prit son fils par le bras et l'amena dans le jardin. Ils regardèrent en silence les Alpes qui bombaient le torse au-dessus de la ville, leurs pics transperçant le brouillard qui finissait de se lever.

« Bienvenue dans la civilisation, finit par dire Alexander.

— Pourquoi dis-tu ça, papa ?

— Comme tu sais, je n'ai rien contre la Chine mais bon, un pays qui mange du chien et du chat ne peut pas être civilisé.

— Enfin, papa, ici, on mange bien de la chèvre, pour ne pas parler du cochon. Sur le plan de l'intelligence, ça vaut bien un chien ou un chat.

— La chèvre est un herbivore.

— Mais pourquoi un herbivore serait-il plus con qu'un carnivore ? »

Alexander Gottmeister prit un ton confidentiel :

« As-tu déjà mangé du chien ?

— Oui, une fois. En bouillon. Avec du riz, des poireaux et de la pâte de soja.

— Et alors ?

— Comme la viande de chien a un goût très fort, on met plein de poudre de piment rouge dans le bouillon. Je te déconseille.

— Et le chat ?

— C'est bien meilleur. Un jour, j'ai mangé une cuisse de chat aux oignons. On dirait du lapin. En moins filandreux. »

Un rayon de soleil fendait une montagne peluchée. Quelques oiseaux chantèrent. En fin de matinée, le jour commençait à se lever vraiment. Il était temps.

« Je préfère le cochon, dit Alexander.

— C'est ton droit.

— Si j'ai un conseil à te donner, c'est de l'aimer, enfin, d'aimer sa viande. Mets-toi à la saucisse et au jarret. On ne vend rien mieux que ce qu'on aime.

— Je vais essayer. »

Le père mit sa main sur l'épaule du fils, inspira une grande goulée d'air des Alpes, puis déclara avec solennité, les yeux extasiés :

« Mon autre conseil pour réussir, c'est de faire comme si tu jouais tout le temps ta peau. Même quand tu es au sommet. Rien n'est jamais gagné, mon garçon. C'est pourquoi il ne faut pas cesser de renouveler le produit, les méthodes, les cadres dirigeants. Reste à l'affût, ne fige rien, mets sans arrêt du sang neuf, change d'avis comme de chaussettes. Surtout, ne savoure jamais tes victoires, c'est l'erreur des cons. »

37

Le secret de la bonne viande

DORTMUND, SOLINGEN, MUNICH. Julius-Josef était-il l'homme de la situation ? Même s'il avait toujours veillé à lui faire croire le contraire, il détestait l'activité de son père. C'est seulement après la mort de son frère cadet, dauphin désigné, qu'Alexander Gottmeister s'était tourné vers lui pour lui proposer de prendre le relais : il n'avait pas le choix, désormais, c'était son seul enfant.

Après avoir accepté de prendre la succession de son père, deux mois auparavant, « J.J. » l'avait accompagné pour une tournée des popotes dans plusieurs sites du groupe Gottmeister. Le premier jour, ils avaient visité un abattoir pilote du groupe, à Dortmund. Le deuxième, deux usines à cochons, l'une près de Solingen, l'autre du côté de Cologne.

De toute sa vie, Julius-Josef n'avait jamais éprouvé à ce point la sensation d'être en enfer. Des cris de terreur et des hurlements de l'autre monde à rendre les morts sourds, dans une ambiance hystérique, tandis que des odeurs affreuses vous sautaient à gorge : pisse, merde, détergents. Sans parler des pleurs, couinements, gargouillements, grincements métalliques et apocalyptiques bruits de chantier. Comme les soldats sur les champs de bataille, toutes les bêtes chiaient, saignaient et mouraient en même temps, transmettant leur panique absolue jusqu'au début de la chaîne, aux vagues de cochons qui descendaient en tremblant des camions pour rejoindre la grande mer de sang.

À la fin du périple, dans la voiture qui les emmenait retrouver leur avion à l'aéroport de Bonn, Alexander Gottmeister avait laissé tomber :

« Quand tu auras pris tes fonctions, tu ne seras pas obligé de t'imposer ça.

— Je le ferai, papa.

— Ne te force pas. Si tu n'es pas à l'aise, les gars le verront et ça les déstabilisera. Ils savent bien qu'ils font un boulot dégueulasse. Je vais les voir pour leur remonter le moral, comprends-tu. Comme Himmler, quand il allait saluer ses SS sur le front de l'Est. »

Un silence, puis :

« Non, je déconne. Pas comme Himmler ! »

Alexander Gottmeister partit dans un grand éclat de rire qui empourpra son visage.

« Tu as l'air horrifié par ce que tu as vu, reprit-il en s'essuyant les narines, mais ce n'est pas de ma faute si les gens bouffent de la viande et s'ils seront de plus en plus nombreux à en bouffer. Aujourd'hui, il y a vingt milliards de bêtes d'élevage. En 2050, il y en aura le double. La viande, c'est l'avenir, le sens de l'Histoire. Il faut que tu te mettes ça dans la tête, mon garçon. Même l'Inde devient carnivore.

— Inutile d'essayer de me convaincre, papa. Je sais que notre groupe est assis sur une mine d'or qui ne s'épuisera jamais tant qu'il y aura des hommes sur cette terre.

— Et la viande, c'est notre truc, en Allemagne. Nous avons certes inventé la métaphysique, mais aussi, ne l'oublions jamais, quatorze mille sortes de saucisses. »

Il respira très fort, comme pour signifier qu'il allait dire quelque chose d'important :

« À propos, peux-tu me dire le rapport entre Bach et la choucroute ?

— Non, répondit "J.J." après un moment d'hésitation.

— Alors, entre Nietzsche et la choucroute ?

— Non plus.

— Eh bien, c'est l'Allemagne. »

Alexander Gottmeister partit à nouveau dans un éclat de rire qui fut suivi par une interminable toux grasse. Son teint vira au rouge brique et il posa sa grande main sur la cuisse de son fils en murmurant :

« Ne t'en fais pas, ça ira, je vais tenir quelque temps encore. Mais l'âge vient, c'est sûr... »

Le lendemain, de retour à la maison mère de Munich, alors qu'Alexander faisait le tour des bureaux pour présenter son fils à ses équipes, ils avaient déboulé à l'improviste au milieu d'une réunion de travail consacrée aux méthodes d'abattage des porcs. Ils y étaient restés une vingtaine de minutes à écouter un vieil expert coiffé à la Einstein, habillé comme un clown avec un pantalon en chiffon et une chemise bariolée à carreaux. C'est ce jour-là que Julius-Josef apprit le lien entre la qualité du produit fini et le bien-être des cochons.

« Pour bien manger, aimait dire Alexander Gottmeister, il faut avoir bien tué. »

Le secret de la bonne viande : un minimum de souffrance, de stress, de jeûne, de transport, de coups de bâton électrique à l'abattoir. Sinon, la chair se venge.

Ou bien la panique des bêtes transforme le sucre résiduel des chairs en acide lactique, acidification qui provoque une dénaturation des protéines musculaires et, ensuite, une baisse de la capacité de rétention d'eau de la viande. Dans l'assiette, ça donne des viandes PSE (Pale, Soft, Exsudative), pâles, molles, suintantes, que l'on dit « pisseuses ».

Ou bien c'est tout le contraire : à la suite d'un jeûne de plus de vingt-quatre heures et d'un stress prolongé à l'abattoir, l'acidification musculaire des bêtes baisse excessivement. Dans l'assiette, ça donne des viandes DFD (Dark, Firm, Dry), foncées, dures, sèches, que l'on dit « fiévreuses » et qui se dégradent rapidement, avec un fort risque de croissance bactérienne.

Selon l'expert du groupe Gottmeister, les méthodes d'abattage contribuaient aussi à la qualité du produit. À ses yeux, l'anesthésie au gaz CO_2 restait la plus performante : l'animal n'étant jamais séparé mais tué en groupe de quatre ou cinq, il stressait moins qu'isolé dans le *restrainer* à bandes porteuses qu'il lui fallait prendre avant l'anesthésie électrique – anesthésie qui ne réussissait pas dans 100 % des cas, on ne dira pas la suite. Le Einstein de la charcuterie démontra, graphique à l'appui, que le gazage était bien le meilleur système pour la viande, notamment parce qu'il permettait de limiter au maximum les points de sang sur les carrés désossés.

Après avoir quitté la réunion de travail, les Gottmeister père et fils étaient allés déjeuner au café-restaurant Dallmayr, 14, rue Dienerstrasse, l'une des adresses préférées d'Alexander. Le vieux avait commandé un foie de chevreuil au chocolat et aux noisettes. Observant la gêne de « J.J. » qui s'était rabattu sur des pommes de terre au jaune d'œuf et à la truffe d'Alba, il s'était aussitôt ravisé :

« Non, finalement, ce sera un ventre de carpe au caviar. »

Quand le maître d'hôtel se fut éloigné, il se pencha vers son fils et murmura sur un ton empreint de mélancolie :

« Je trouve que tu ne manges pas beaucoup de viande.

— Pas beaucoup, c'est vrai.

— Tu es vraiment comme ta mère. De temps en temps, elle acceptait de manger de la viande, mais c'était pour me faire plaisir. Comme toi, sûrement pour se protéger, elle dissimulait son incroyable sentimentalisme derrière une carapace de cynisme. Du toc, son cynisme. Je pense tout le temps à elle, il faut que je te dise : ça fait quand même huit ans qu'elle est morte et je ne m'en suis toujours pas remis. »

Ses yeux s'embuèrent et il changea de sujet en mâchant un amuse-bouche :

« Je ne sais pas si c'est mieux de prendre de la carpe que du chevreuil. Les carpes sont très intelligentes aussi. Mon expérience de pêcheur m'a même convaincu qu'elles se parlaient entre elles : quand tu en ferres une dans un coin, ça ne mord plus de la journée. »

Alexander Gottmeister s'était bonifié. Depuis qu'il avait décidé de lâcher les rênes du groupe, son univers s'était agrandi, il pouvait s'intéresser à autre chose qu'aux cochons, par exemple à Julius-Josef. Ce jour-là, la Veuve-Clicquot puis le Gevrey-Chambertin aidant, il eut sa première vraie conversation avec son fils.

« Je regrette d'être passé à côté de toi, laissa-t-il tomber quand il eut sifflé deux verres de champagne.

— C'est de ma faute, papa. J'ai passé ma vie à te fuir.

— Moi, je n'ai jamais essayé de te rattraper. Tu étais tout en bas de mes priorités, bien après ton pauvre frère pour qui je me faisais tant de soucis. J'avais peur de lui laisser l'affaire. Il était trop gentil, trop naïf.

— C'est vrai que la banque m'a appris à n'être ni l'un ni l'autre.

— Maintenant, mon garçon, tu vas faire un métier où il y a une morale, ça te changera de la banque. C'est un fait : la qualité de la viande s'améliore toujours en proportion du respect que l'on témoigne à l'animal. Abattoir de merde, viande de merde.

— Y a parfois de bons abattoirs mais, à ma connaissance, il n'y a que des élevages de merde !

— Ce n'est pas notre faute, c'est celle des consommateurs et des grandes surfaces qui veulent des prix toujours plus bas. Prix de merde, produit de merde. Mais si la bête est bien tuée, ça reste mangeable. »

Alexander se redressa, prit l'avant-bras de « J.J. », juste au-dessous du coude, et le serra très fort :

« N'écoute pas les écolos et tous les connards de ce genre : le cochon est l'avenir de l'homme. Son meilleur ami aussi. La preuve, par un effet de mimétisme, il est rose chez les Blancs, noir chez les Noirs et jaune chez les Jaunes. Les carnivores sont toujours un peu des anthropophages, mais avec les cochons, y a plus de doute. C'est des cousins et je crois que, comme les chimpanzés, on adore se taper de temps en temps un de nos frères éloignés. Sous forme de pâté, de terrine, de saucisses ou de jambonneaux. »

Alexander gardait toute sa tête : il avait une bonne descente, contrairement à son fils, qui buvait à petites gorgées. Alors que la bouteille de Gevrey-Chambertin arrivait à l'état de cadavre, il regarda Julius-Josef dans les yeux et lui dit avec solennité :

« Je voudrais que tu me promettes de ne jamais vendre le groupe. »

« J.J. » y avait évidemment déjà songé. Mais il répondit sans réfléchir, en caressant la main de son père :

« Je te le promets, papa.

— Merci. Maintenant, je te libère de ta promesse, mon garçon. Je voulais simplement vérifier ta détermination. Après moi, tu feras ce que tu voudras. Dans deux mois, quand tu reviendras de Shanghai après avoir réglé tes affaires, mon bureau t'attendra. J'aurai tout débarrassé. Ce sera à toi d'écrire l'Histoire. »

Deux mois plus tard, assis sur un banc avec vue sur les Alpes bavaroises, Alexander Gottmeister disait à son fils, les yeux mouillés de larmes :

« Tu vas faire de grandes choses, mon garçon, je le sais et j'en suis tellement fier… »

38

Le bonheur en Bavière

MUNICH, GRÜNWALD. Le lendemain de son intronisation à la tête du groupe Gottmeister, « J.J. » était à son bureau quand Mme Gunthermann, sa secrétaire, le tira d'une réunion avec l'équipe commerciale de la filiale Saucisse, après lui avoir murmuré à l'oreille avec une tête d'enterrement :

« C'est à propos de votre ex-épouse... »

Il avait compris. Ancienne secrétaire et maîtresse de son père, Mme Gunthermann avait la soixantaine sportive, avec une démarche de fauve et des épaules d'haltérophile. Tout en reluquant les courbes de son fessier, Julius-Josef la suivit au secrétariat où elle lui passa le téléphone. C'était la voix d'Ingrid van Braun :

« Je sais que je te dérange. Je t'ai appelé au moins dix fois sur ton portable, mais sans succès, alors, comme c'était très important, j'ai décidé de passer par ton secrétariat, ça ne pouvait pas attendre, tu comprends, vraiment désolée... »

La voix essoufflée, Ingrid retardait, par ses circonlocutions, le moment d'annoncer la nouvelle. Il l'interrompit :

« Waltraud est morte ?

— Il y a dix minutes. J'ai tout de suite cherché à te joindre.

— Comment ça s'est passé ?

— Le mieux possible. Avec toute la morphine dont elle était imbibée, elle ne s'est rendu compte de rien. »

Julius-Josef quitta la réunion et se rendit à l'hôpital Martha-Maria. Ingrid, en tenue d'infirmière, l'attendait dans la chambre de Waltraud. Apparemment très émue, elle avait de petites plaques rouges sur le visage. La varicelle du chagrin. Il prit sa tête entre ses mains et l'embrassa longuement. Après s'être dégagée, elle bredouilla en regardant la morte :

« Elle est belle.

— Si tu l'avais connue à la fin de notre histoire, tu ne dirais pas ça. Elle avait le sourire tordu et les manières hypocrites des gens cupides. Le fric ! Le fric ! Elle ne pensait qu'à ça. Elle l'a prouvé avec le divorce.

— Tu ne devrais pas parler comme ça devant elle. »

Il hocha la tête :

« Te souviens-tu de notre premier baiser, ici même, il y a deux mois ? »

Elle sourit.

« Tu essayais de te dégager, continua-t-il en approchant ses lèvres des siennes, et il a fallu que je te force. Une vraie carmélite. Maintenant, tu n'es plus si farouche... »

Il l'embrassa si fougueusement qu'il eut à peine le temps de retirer ses lèvres quand la porte s'ouvrit sur les Britz, ses anciens beaux-parents, deux universitaires à la retraite, aussi mafflus que fessus. Gros père et grosse mère, comme il les avait surnommés.

L'avaient-ils vu embrasser Ingrid au chevet de leur fille morte ? Il n'en était pas sûr, mais leurs visages rougeoyaient de fureur.

« Qu'est-ce qui vous a autorisé à venir ? s'étrangla Herr Professor Britz.

— La charité, l'amour, la rédemption, des choses que vous ne connaissez pas. »

C'est alors que Julius-Josef aperçut Waldemar, son fils aîné, dans l'embrasure de la porte. Tandis qu'Ingrid s'éclipsait, il s'approcha du jeune homme et le serra très fort dans ses bras en fondant en larmes.

Waldemar, un beau jeune homme de dix-sept ans aux sourcils abondants et aux cheveux bouclés, ne s'abandonna pas dans les bras de son père. On aurait dit un grand sac de sable ballotté dans un monde hostile.

« Je suis tellement triste, pour toi, pour nous, dit Julius-Josef en reniflant.

— N'en faites pas trop, ironisa Mme Britz.

— Maintenant, reprit Julius-Josef après un regard méprisant, je suis revenu pour de bon et vous allez pouvoir vous installer avec moi, toi et tes frères.

— C'est ce qu'on va voir, bougonna Herr Professor Britz.

— C'est déjà vu.

— Il faudrait peut-être demander leur avis aux enfants, objecta Mme Britz.

— Ce n'est pas aux enfants de décider, madame. C'est à la justice, et elle a déjà tranché. »

Julius-Josef s'adressa à Waldemar :

« Où sont tes deux frères ?

— Ils sont encore trop jeunes, répondit Mme Britz. On a pensé que c'était mieux qu'ils ne voient pas leur mère morte.

— Pardonnez-moi, mais c'est à Waldemar que je parle. Je viendrai vous récupérer, tes frères et toi, demain soir.

— Papa », commença à bredouiller Waldemar.

Julius-Josef coupa :

« Demain soir. »

*

* *

Quelques semaines plus tard, après avoir campé à l'hôtel Koenigshof, Julius-Josef Gottmeister s'installa avec Ingrid et ses trois enfants dans une grande maison à Grünwald, petite ville du district de Munich, la plus riche d'Allemagne, paradis de verdure et ghetto de millionnaires.

Waldemar, l'aîné, accepta tout de suite Ingrid, devant laquelle il rougissait, baissait la tête ou se tordait les mains, tandis que ses deux cadets, Harald et Bartholomäus, engageaient contre elle une guerre sans merci, de tous les instants. C'était une proie facile. Elle leur passait tout. Pas un mot de protestation quand, en la regardant droit dans les yeux, ils proféraient des insultes entre leurs dents ou bien quand ils la bousculaient dans l'escalier pour la faire tomber, ce qui arriva une fois et se conclut par un bel hématome au genou.

Quand ils n'étaient pas à l'école, les deux cadets passaient l'essentiel de leurs journées sur leur portable à jouer à *Candy Crush*. Deux larves qui ne se réveillaient que pour provoquer Ingrid et lui pourrir la vie.

Au début de leur cohabitation, Bartholomäus, le plus jeune des trois fils, avait pris un coup de sang quand Ingrid s'était autorisée à lui faire une réflexion sur l'état de sa chambre que la femme de ménage refusait désormais de nettoyer.

« TU N'ES PAS MA MÈRE ! » avait-il hurlé à la figure d'Ingrid.

Elle avait baissé les yeux :

« En effet.

— Tu n'es que la copine de mon père. Tu n'es RIEN, as-tu compris ça ? RIEN. Un ver sur la chaussée. Une limace qui cherche son chemin. »

Son frère Waldemar avait alors donné à Bartholomäus une mémorable gifle qui l'envoya valdinguer plus loin.

En dépit des exhortations de « J.J. », Ingrid n'avait pas quitté son travail à l'hôpital Martha-Maria. C'est ce qui lui permettait de supporter le harcèlement des deux cadets, qu'elle feignait d'ignorer.

Quand il n'était pas en voyage, « J.J. » rentrait tôt. Après l'épisode malheureux de Shanghai, il semblait délaisser la chasse à la gueuse dans le métro, même s'il fut aperçu à quelques reprises errant sur les quais des stations Marienplatz et Hauptbahnhof de Munich. Sans doute étaient-ce des retours de flamme. Chaque jour qui passait le convainquait qu'Ingrid van Braun était la femme de sa vie.

Elle était née avec un sourire sur la bouche et ce sourire ne la quittait pour ainsi dire jamais, y compris quand elle dormait. Sa joie sereine se diffusait en lui, illuminant tout, et il semblait à Julius-Josef que cette joie chantait jusque dans la moelle de ses os.

« La Chine t'a vraiment changé, lui avait dit un jour l'un de ses meilleurs amis, Élie Giselbrecht, un producteur de cinéma, quatre fois divorcé et père de neuf enfants.

— Non, c'est Ingrid qui m'a changé.

— Et qu'est-ce qu'elle t'a apporté ?

— C'est bien simple, depuis qu'on est ensemble, je vis une sorte de conte de fées. »

« J.J. » réfléchit :

« C'est une femme très profonde. Elle lit beaucoup.

— Toutes les femmes lisent beaucoup, rigola Élie. Sans elles, il y a longtemps que la littérature aurait disparu de la surface de la terre.

— En plus, elle parle très bien des livres qu'elle a lus. Grâce à elle, j'ai le sentiment d'être cultivé. Je peux faire illusion dans les dîners en ville.

— Allez, il y a forcément autre chose. Elle baise bien ?

— Oui, mais il y a tant de femmes qui baisent bien. À Shanghai, j'étais avec une Chinoise qui était aussi merveilleuse au lit.

— Qu'a-t-elle de plus, celle-là ?

— Elle est la personne la plus apaisante que j'aie jamais connue. Quand je dors avec elle, je n'ai jamais d'insomnie. Ingrid est la première femme qui me fait ça.

— C'est vrai que tu n'as plus l'air à cran, comme dans le temps.

— Écoute, dès qu'on est ensemble, je me sens très con et très heureux. C'est ça, l'amour, je crois : ne plus se poser de questions, être content de ce qu'on a, vivre les jours comme ils viennent. »

Pour résumer son propos, Julius-Josef utilisa un mot allemand intraduisible dans beaucoup de langues, qui signifie à la fois le confort, la détente et la tranquillité :

« Avec elle, c'est tous les jours *Gemütlichkeit*. »

Après quelques semaines de vie commune, un jour qu'ils se promenaient en forêt, « J.J. » lui demanda sa main. Elle accepta sans manifester d'émotion, comme si c'était quelque chose de naturel.

Autant dire que ça ne l'était pas pour les deux cadets Gottmeister quand, à la fin du dîner, devant un Apfelstrudel, leur dessert préféré, Julius-Josef leur annonça la nouvelle. Il y eut un silence de mort.

« Est-ce que vous comptez avoir des enfants ? finit par demander Bartholomäus, le benjamin des garçons, l'air mauvais.

— C'est une perspective », répondit son père.

Prétextant des douleurs au ventre, Bartholomäus quitta précipitamment la table, suivi peu après par Harald. Dans un silence pesant, les regards d'Ingrid et de « J.J. » se fixèrent sur Waldemar qui finissait tranquillement son dessert.

La dernière bouchée avalée, Waldemar laissa tomber :

« Je suis heureux que vous soyez heureux. »

*

* *

Trois jours plus tard, Ingrid ne pouvait plus douter que Waldemar en pinçait pour elle. Observant qu'au dîner elle n'avait pas touché, comme lui, à la choucroute de la veille ni au rôti de porc croustillant à la bière brune servi le soir même, deux des plats préférés de Harald et Bartholomäus, il la prit à part après le repas et lui demanda si elle était végétarienne.

« Pas tout à fait, répondit-elle. Quand je sors avec ton père, je me sens obligée de prendre un peu de viande. Sinon, j'évite. Pour moi, ça relève de l'anthropophagie…

— De l'anthropophagie, répéta Waldemar. C'est exactement ce que je pense. En lisant Schopenhauer, je suis tombé sur une phrase que j'ai soumise à la réflexion de papa : “Le monde n'est pas une fabrique et les animaux ne sont pas des produits à l'usage de nos besoins.”

— Qu'est-ce que ton père a répondu ?

— Rien. Je crois qu'il l'a mal pris. Je refuse l'idée du spécisme qui prétend établir une hiérarchie entre les espèces. Au nom de quoi aurions-nous un droit de vie ou de mort sur un poulpe ou un agneau ?

— Contrairement à nous, approuva Ingrid, les animaux ne tuent jamais par haine ou par plaisir. Il y a une humanité chez les animaux comme il y a une animalité chez les humains. »

Waldemar coula sur Ingrid un regard qui l'effraya : il était plein d'amour.

39

La folle nuit de la marâtre

Füssen, Bavière. Toute la famille était en vacances dans sa résidence proche du château de Neuschwanstein, la dernière folie de Louis II de Bavière, quand Julius-Josef fut appelé d'urgence au siège de Munich. Un mouvement social avait commencé dans les abattoirs du groupe, notamment chez les salariés d'Europe de l'Est, moins bien payés que les autres. Il fallait engager des négociations au plus vite avant que tout le groupe s'embrase.

C'était peu après Pâques. Les journées se la coulaient douce, au bord du lac, entre des montagnes qui semblaient mollir sous la tiédeur. Les arbres suintaient et fumaient, mais jamais très longtemps. Souvent, dans l'après-midi, le vent entassait des morceaux de nuages au fond de l'horizon. Ils finissaient par constituer un magma qui se transformait peu à peu en une grosse houle noire. Elle attendait un moment, le temps de prendre ses forces, et puis elle cavalait, beuglait, bouillonnait avant de déverser son eau sur les forêts, à grand torrent.

Parfois, la houle arrivait sans prévenir. C'est ainsi que, le jour du départ de Julius-Josef, Ingrid et Waldemar durent se réfugier dans une cabane en bois de la propriété avec Brahms, le doberman du maître de maison, entré dans la famille quelques semaines plus tôt.

Il pleuvait à grands seaux, on ne voyait rien par les fenêtres, mais dehors, la nature frémissait de bonheur. Ils s'assirent à la table avec de la bière et des chips. Waldemar avait maintenant dix-huit ans. Un beau jeune homme taciturne, du moins en présence d'Ingrid, pour qui, de toute évidence, son cœur battait. Il fit le premier pas :

« Tu aimes ce chien, n'est-ce pas ? »

Elle hocha la tête.

« Moi aussi, reprit-il. Dommage que les dobermans aient si mauvaise presse.

— C'est à cause de ce que les nazis leur faisaient faire dans les camps d'extermination. Quand ils donnaient les déportés aux chiens, au sens propre. »

Elle marqua un temps d'arrêt, puis :

« Ne te méprends pas. J'adore les dobermans. Surtout quand ils sont intelligents comme celui-là.

— Tu me rassures. »

Il s'approcha d'elle et l'examina de haut en bas :

« C'est pour quand, le bébé ?

— Je ne sais pas. On vient à peine de se marier. Chaque chose en son temps.

— Je crois que ça ferait plaisir à papa.

— À moi aussi, dit Ingrid.

— Je veux que tu sois heureuse avec nous… »

Sa bouche resta ouverte et sa phrase en suspens, puis :

« Je t'aime. »

Il baissa les yeux, but une gorgée de bière, s'en gargarisa, puis murmura d'une voix hésitante :

« Je t'aime de plus en plus. J'ai tellement de choses à te dire, je voudrais que tu saches à quel point... »

Elle l'interrompit :

« Es-tu sûr que ce soit une bonne idée ?

— Je ne peux pas garder ça pour moi. Ne dis jamais rien à mon père, promets-moi.... »

Elle hésita, puis :

« Promis.

— Eh bien, voilà : je veux faire l'amour avec toi.

— Mais enfin, Waldemar, tu n'y penses pas ! Je suis la femme de ton père !

— Oui, et alors ? Je ne serais pas le premier beau-fils, ni le dernier, à avoir des relations sexuelles avec la marâtre. »

Il rit, d'un rire de fou. Ingrid entendait son sang battre dans ses tempes.

« Je te demande pardon, finit par dire Waldemar, mais il fallait que ça sorte. N'en parlons plus. »

Ils restèrent un moment à se regarder et, à la première éclaircie, retournèrent à la propriété.

*

* *

Ce soir-là, Julius-Josef ne rentra pas. Il n'y avait qu'une heure de route entre Munich et

Füssen, mais les négociations avec les syndicats se poursuivirent dans la nuit.

Après le dîner, Ingrid regarda *Magnolia* de Paul Thomas Anderson, avec les trois fils Gottmeister. Un film qu'elle avait souvent vu et qui la faisait toujours pleurer. Ce qui l'émouvait le plus, c'était la détresse de Linda Partridge (Julianne Moore) devant la perspective de la mort d'Earl, son vieux mari (Jason Robards), arrivé au terme de son agonie.

Le film terminé, après que ses deux frères furent partis se coucher, Waldemar proposa à Ingrid de finir la soirée sur la terrasse. Il alla chercher deux bières. Il semblait fébrile.

La nuit était tiède. De la forêt montaient des clapotis, des gargouillis, de petits cris isolés, des ronronnements d'arbres et des odeurs de feuilles humides.

« Je suis désolé pour tout à l'heure », dit Waldemar en revenant avec deux pintes de bière...

Sous l'œil du doberman qui ne semblait rien rater de la conversation, ils commencèrent à parler. Leurs voix se mélangeaient aux murmures des chênes qui conféraient.

Waldemar raconta à Ingrid que son grand-père avait décidé pour lui qu'il poursuivrait l'« œuvre » familiale, dans le cochon et la charcuterie. Il était prévu qu'il irait étudier aux États-Unis pour décrocher un MBA de la Sloan School of Management, au Massachusetts Institute of Technology (MIT).

Jusqu'à présent, il n'avait pas voulu le décevoir, mais il lui faudrait un jour casser le morceau : il n'avait pas l'intention de suivre la filière porcine. Fasciné par Georges Bataille, dont il lisait *L'Érotisme*, il serait philosophe, c'était sa vocation.

« Georges Bataille a écrit, dit-il, que l'amusement est le besoin le plus criant et aussi, bien entendu, le plus terrifiant de la nature humaine. C'est tellement vrai ! Je partage aussi sa définition de l'érotisme comme approbation de la vie jusque dans la mort. »

Waldemar était un vrai dictionnaire de citations. C'était de son âge. Quelle belle chose serait la jeunesse si les jeunes ne nous la gâchaient pas avec leur inculture ou leur cuistrerie !

« Ne crois-tu pas, demanda Waldemar sur un ton très sérieux, qu'il faut nous libérer de nos entraves pour vivre à fond tout l'amour qui nous attend ? »

Ingrid dodelina de la tête, le regard chaviré.

« À ce genre de discours, dit-elle, je préférerai toujours celui de Simone Weil qui, dans *La Pesanteur et la Grâce*, prétend que nous ne possédons rien au monde, sinon le pouvoir de dire je, et que c'est ce qu'il faut donner à Dieu.

— Tu as donné ton je à Dieu ?

— À Dieu et à ton père. »

Elle se reprit :

« Oh, à mes malades aussi.

— Tu leur as assez donné, non ? »

Ingrid répondit qu'elle aimait son travail, mais le jugeait de plus en plus astreignant. « Passer sa vie avec Jason Robards, dit-elle, c'est très éprouvant, même si on n'est pas Julianne Moore. »

« Pourquoi n'arrêtes-tu pas de travailler ? demanda Waldemar. Papa a tellement d'argent.

— Je veux rester dans la vraie vie. J'attendrai d'avoir un enfant pour quitter le métier. »

Leurs verres étaient vides. Waldemar lui trouva l'expression troublante des actrices qui vont se donner, avant la grande scène d'amour de la fin. C'était Charlize Theron avec le regard bienveillant de Julia Roberts et la bouche ironique d'Angelina Jolie.

Apparemment, elle attendait quelque chose, un mot, un geste de sa part. Il avait envie de la prendre tout de suite et de lui mettre la main partout, mais non, c'était encore trop tôt. Il préféra aller chercher deux autres pintes de bière.

Quelques minutes passèrent, dans un silence flottant. Ingrid avait bien bu les trois quarts de la seconde pinte quand son beau-fils lui demanda :

« Tu as envie ? »

Ingrid ne répondit pas et il répéta sa question en lui prenant la main.

« Mrmrmrm », fit Ingrid, avec l'expression de la chatte de mauvaise humeur.

Il se leva, se jeta sur elle et l'embrassa goulûment, sans qu'elle cherchât à se dégager. Désormais, elle était tout à lui.

« Mrmrmrm », fit-elle encore.

Waldemar songea qu'il était en train de vivre les plus belles heures de sa vie. Après avoir ordonné au chien d'aller se coucher, Waldemar empoigna Ingrid et l'entraîna dans l'escalier, puis dans sa chambre qu'il ferma à clé.

Avec son regard de génisse mourante, Ingrid était l'incarnation de la soumission. Waldemar lui demanda de se déshabiller et la filma avec sa tablette pendant qu'elle s'exécutait de bonne grâce, avec un sourire un peu las.

Son père ne s'était pas trompé. Le corps d'Ingrid était une tuerie. Les seins bombés, les hanches épanouies, les cuisses fermes, les mollets galbés, cette femme avait tout pour elle.

« Que tu es belle ! » s'exclama-t-il.

Il l'embrassa de nouveau puis, après avoir baissé son pantalon, lui demanda de s'agenouiller devant lui et de lui donner du plaisir, ce à quoi elle consentit avec ardeur et servilité. Il lui sembla qu'elle ronronnait.

À plusieurs reprises, mais avec son mobile cette fois, Waldemar la photographia en pleine action.

« Regarde bien l'objectif, ma jolie, et souris en continuant à pomper. »

Elle obtempéra.

« Maintenant, lèche mon gland comme si c'était une crème glacée. »

Elle obtempéra encore.

« Tu es une bonne fille, dit-il. Tu t'appliques bien, tu auras ta récompense. »

Au moment où il éjaculait, il lui demanda de ne pas avaler et d'ouvrir sa bouche bien grande. Il prit alors plusieurs photos de son palais barbouillé de sperme.

Il poussa Ingrid doucement sur le lit, la pria de se mettre à quatre pattes dessus, posa sa tablette sur deux oreillers et la prit par-derrière en vérifiant que la scène serait bien filmée.

C'était parfait. Après avoir demandé à sa belle-mère de regarder le plus souvent possible l'objectif de la caméra, Waldemar la pénétra en ahanant.

« Ma jolie, lui souffla-t-il à l'oreille, alors qu'elle commençait à trembler de plaisir, dis-moi des choses cochonnes. Des choses que tu dis à mon père quand vous faites l'amour.

— Je t'appartiens...

— Et encore ?

— Je suis ta chose, ton jouet, ta bête à plaisir. Fais de moi ce que tu veux.

— Tu ne lui dis pas des choses plus cochonnes ?

— C'est le pire que je lui dise. »

Une quinzaine de secondes avant l'orgasme, Waldemar prit la tablette et l'approcha de chaque visage à tour de rôle.

La vidéo le montre grave et concentré, avec une expression de bébé qui pousse, alors qu'elle a les yeux vitreux, l'air ahuri, renforcé par sa bouche béante.

Quand il eut déchargé, Waldemar retourna Ingrid, l'embrassa et murmura à nouveau :

« Merci, merci, merci... »

40

Des choses sales

FÜSSEN. Quand elle se réveilla, le lendemain matin, Ingrid Gottmeister éprouvait un sentiment de plénitude sur un vague fond de nausée. Dehors, une petite bruine avait exalté les senteurs de pin : ça chatouillait sa poitrine et remuait en elle quelque chose de sexuel. Contrairement à son habitude, elle resta un moment à rêvasser avant de se lever.

Elle tendit son bras jusqu'à la table de chevet, prit son mobile et regarda ses textos. Julius-Josef avait laissé trois messages, le premier la veille au soir, avant de se coucher, les deux suivants le matin même. Il lui donnait des nouvelles des négociations syndicales : ça s'engageait mal. « Bon courage, mon amour, lui répondit-elle. Je suis avec toi. »

La maison semblait vide. Ingrid ouvrit la porte de la cuisine, qui donnait sur la terrasse, et regarda longtemps la vue grandiose, inventée par les dieux pour inspirer Wagner ou Louis II de Bavière. À l'horizon, des coins de ciel bleu éventraient les nuages. Tout en bas, entre les montagnes, le lac d'Alpsee se pâmait dans un festival d'étincelles.

Ingrid était la dernière à prendre son petit déjeuner. Après le passage des trois fils Gottmeister, la table était dévastée. Ils le faisaient exprès. Elle rangea leurs bols dans le lave-vaisselle et frotta à grands coups de torchon la table pleine de miettes de pain, de taches de graisse, de chocolat ou de jaune d'œuf.

« Les cochons ! » s'exclama-t-elle.

Le petit déjeuner d'Ingrid se composait d'une tasse de thé et d'un bol de muesli avec des framboises, des myrtilles et des noisettes torréfiées du Piémont. Elle le commençait quand Waldemar s'approcha, l'air lubrique :

« J'ai envie de toi.

— Eh bien, ça me fait une belle jambe !

— J'ai envie de toi, répéta-t-il.

— Et si je n'ai pas envie...

— Tu ne disais pas ça hier soir. »

Waldemar lui montra les photos prises la veille sur son mobile. De la pornographie comme on en trouve partout sur la Toile.

« Mais qu'est-ce que c'est que ça ! éructa-t-elle. Ne me dis pas que c'est moi !

— Si. C'est toi et moi, ma jolie.

— Tu mens ! »

Elle se leva, la figure rougeoyante.

« Ne t'en fais pas, dit-il. Je n'ai pas l'intention de faire circuler les photos et les vidéos sur le Net. Il faut que tu te calmes et que tu m'écoutes. Je vais t'expliquer... »

Les cris d'Ingrid avaient fait accourir Brahms du fond du parc. Apparemment rassuré, le doberman se posta près de la porte en soufflant comme un cheval.

« Tu veux me faire chanter ? bredouilla Ingrid en se rasseyant.

— Non, je voulais garder des souvenirs. Mais je ne te ferai pas de mal, je te promets. Je t'aime trop... »

Droite sur sa chaise, Ingrid pleurait des fontaines, la bouche tordue, en reniflant. Waldemar s'assit en face d'elle.

« Je suis désolé, dit-il, l'air compatissant. J'ai fait ces photos et ces vidéos parce que je voulais garder pour toujours des images du bonheur que tu m'as donné. Je suis comme tous les gens de ma génération : je mets ma vie en archives. »

Il lui raconta que, la veille, il avait versé dans ses deux bières un mélange de kétamine et d'acide gamma-hydroxy-butyrique, qu'on appelle aussi GHB. Des drogues du viol qu'il s'était procurées sur le Net et qui provoquent un effet de soumission chimique.

« Te souviens-tu de ce qui s'est passé entre nous ? » demanda-t-il.

Elle secoua la tête.

« C'est normal : ces drogues provoquent une amnésie en même temps qu'une désinhibition, ce qui explique qu'hier, tu étais au mieux de tes capacités sexuelles. Une vraie bombe, je n'ai jamais vu ça. J'avais fait le bon dosage. »

Il se leva, sortit une boîte de sa poche, y prit un comprimé et tenta de le glisser dans sa bouche. Elle serra les dents.

« C'est du Lexomil, dit-il. Un anxiolytique. »

Elle résista, soupira, puis obéit.

« Ce qui est fait est fait. Ainsi soit-il. Maintenant, tu vas sécher tes larmes, prendre une bonne douche et je t'attends d'ici une heure dans ma chambre. Nue sous ton peignoir, prête à servir, j'y tiens : qu'on ne perde pas de temps.

— Où sont tes frères ?

— N'aie pas peur. Ils sont partis faire du bateau sur le lac. Ils ne reviendront pas avant le soir. Il n'y a que le gardien et sa femme qui passeront cet après-midi, pour le ménage. »

Elle se leva à son tour, le regard chaviré, et il caressa doucement son visage.

« Je m'en veux affreusement, dit-elle. J'aime ton père et il ne mérite pas ça.

— Mais qu'est-ce qui nous oblige à lui dire ce que nous faisons ensemble ? Tant qu'il ne saura pas, ça n'existera pas. Ne tarde pas, je suis en feu. »

Une heure plus tard, Ingrid se tenait, à moitié somnolente, devant la porte de la chambre de Waldemar. Elle n'eut pas à frapper, il l'avait entendue venir. À peine était-elle entrée qu'il lui retirait son peignoir et la poussait vers le lit.

Il se déshabilla très vite, prit sa tablette, s'approcha en cadrant Ingrid offerte :

« Souris, ne cache pas ta joie de me retrouver pour de nouvelles aventures.

— S'il te plaît, tu ne vas pas encore nous filmer, supplia-t-elle.

— Si, ma jolie. Aujourd'hui, on va faire de nouvelles choses, des choses sales, et je voudrais les immortaliser. »

41

Les amours étranges d'Ingrid Gottmeister

Bavière. Le lendemain midi, après la signature de l'accord avec ses syndicats, Julius-Josef revint passer la dernière semaine de vacances à Füssen. Il trouva Ingrid pâle et déprimée : les six coïts infligés dans toutes les positions par Waldemar au cours des dernières heures avaient démoli la belle-mère.

Toujours prévenant et attentif, « J.J. » prescrivit à sa femme son régime habituel pour se remettre d'aplomb : vitamine C, ail, jus de grenade, germe de blé, levure de bière, gelée royale, gélules de guarana, plante riche en caféine, et du millepertuis aux vertus relaxantes. Il ne la quittait pas des yeux pour vérifier les effets. Y avait-il sur terre un mari plus aimant ?

Ingrid était inquiète et soulagée. Inquiète, parce qu'elle n'était pas insensible, on l'a compris, aux charmes de Waldemar qui lui avait fait découvrir les joies du masochisme : elle souhaitait continuer à entretenir des relations avec lui. Soulagée aussi parce qu'elle sentait la nécessité d'une pause avec son beau-fils qui voulait toujours aller plus loin et dont l'amour absolu l'effrayait.

En présence de son père, songeait-elle, Waldemar serait moins entreprenant. Elle avait raison. Même s'il lui arracha une fois un baiser alors qu'ils s'étaient retrouvés seuls dans la cuisine. Même si, pour se rappeler à son bon souvenir, il envoyait de temps en temps sur son mobile des photos de ses orgasmes, qu'elle effaçait aussitôt en frissonnant.

Mais dès que la famille fut de retour dans la grande maison de Grünwald, il fallut qu'elle se donne de nouveau à lui. La chambre de Waldemar était au troisième et dernier étage, qu'il avait pour lui tout seul. Il prit l'habitude de convoquer sa belle-mère tous les jeudis après-midi, sa demi-journée de congé à l'hôpital Martha-Maria.

Chaque fois que Julius-Josef s'absentait, Waldemar demandait à sa belle-mère de passer dans sa chambre. Un coup par-ci, un coup par-là, c'est ainsi qu'il pénétrait la marâtre deux fois par semaine en moyenne, elle avait fait le compte. Bien qu'elle lui eût juré le contraire, elle prenait désormais la pilule pour que le fils ne l'engrosse pas à la place du père, les spermatozoïdes du plus jeune étant forcément plus performants que ceux du plus vieux.

Même si elle ne subissait pas sans déplaisir les jeux avilissants de son beau-fils, elle ne pouvait se résoudre à l'idée de faire souffrir Julius-Josef qu'elle aimait et envers qui, à force de le tromper, elle éprouvait un sentiment de culpabilité de plus en plus lourd. C'était idiot, mais c'était un fait.

Quand « J.J. » partit en Chine pour un voyage d'une dizaine de jours, afin d'y ouvrir une antenne du groupe Gottmeister, leur histoire entra dans une nouvelle phase.

*

* *

À ce stade du récit, que la lectrice ou le lecteur veuille bien me pardonner : les scènes qui suivent peuvent choquer, en tout cas déranger. Mais, foin de la tartufferie, la zoophilie est une réalité ancienne, illustrée sur les fresques de l'Antiquité, et répandue depuis la nuit des temps dans nos campagnes. Théodora, impératrice de Byzance au VIe siècle, ne fut pas l'une des moindres personnalités à s'y adonner. C'est pourtant une sainte de l'Église orthodoxe.

Aujourd'hui, la zoophilie a des adeptes partout dans le monde et submerge Internet où les sites se multiplient, qui diffusent des vidéos amateurs sur fond de jappements, hennissements, bêlements, piaulements ou couinements.

Waldemar était inscrit à l'association allemande de défense des droits des zoophiles (Zeta), qui prétend représenter cent mille personnes dans le pays. Michael Kiok, son président, un bibliothécaire qui vit en couple avec sa chienne Cessy, une bergère allemande élancée, a déclaré un jour au magazine *Spiegel* : « Nous voyons les animaux comme des partenaires et non comme un moyen de gratification. »

Cet homme vit très sérieusement sa liaison avec sa chienne. Se déclarant « vieux jeu », il avoue une attirance pour les chevaux, mais s'en tient à l'écart, de crainte de tomber amoureux et de tromper sa compagne, qui, reconnaît-il, n'est pas très portée sur la chose.

Kiok se démarque des zoo-sadiques. Pour lui, les humains font partie du « même troupeau » que les animaux, qui, comme nous, ont des droits. L'éthique zoophile, assure-t-il, consiste à ne jamais attacher ni forcer les bêtes : elles doivent pouvoir se refuser ou s'en aller.

Devant le phénomène de la zoophilie, il y a deux réactions possibles : ou bien l'effroi, parce qu'elle nous ramène à notre condition animale, ou bien le rire, exactement pour la même raison.

Si vous ne vous sentez pas d'en rire, mieux vaut interrompre tout de suite votre lecture et la reprendre au chapitre 44, quand Brahms aura quitté le livre. Sinon, bienvenue dans le monde des zoophiles.

L'amour physique est un don, un partage, une mystique. Mais, dès qu'il sort des sentiers battus, il peut devenir cocasse, surtout quand il est pratiqué, comme dans le cas de Waldemar, avec l'esprit de sérieux des adolescents attardés qui croient découvrir la lune à tous les coins de rue.

*

* *

Le premier soir, quand Ingrid le rejoignit, Waldemar l'attendait avec Brahms, qui dormait désormais dans sa chambre. Ils expédièrent rapidement leur affaire sous le regard lubrique du chien qui, pendant leur copulation, amorça plusieurs tentatives de masturbation sur leurs jambes, sans jamais parvenir à les concrétiser.

Quand ils eurent fini, Brahms commença à lécher les pieds d'Ingrid, qui s'étira, les bras en croix. Après quoi, il monta sur le lit où, poursuivant son manège avec amour, prudence et professionnalisme, il remonta lentement les jambes puis les cuisses de la belle-mère, que sa langue râpeuse mettait en pâmoison.

Quand le museau de Brahms s'approcha de l'abricot moelleux que convoitent tous les mâles de la terre depuis la nuit des temps, Waldemar demanda :

« Qu'est-ce qu'on fait maintenant ?

— On va aller se coucher », répondit Ingrid, qui faisait semblant de ne pas comprendre.

Elle se redressa. Waldemar aussi. Après qu'elle eut demandé à Brahms de descendre du lit, ce qu'il fit aussitôt, il posa sa main sur la tête d'Ingrid et la tourna en direction du chien qui haletait, l'œil humide :

« Regarde bien Brahms dans les yeux. Ne vois-tu pas qu'il t'implore ? Allez, sois gentille avec lui...

— Je préfère ne pas entendre ce que tu essaies de me dire. »

Il l'embrassa, puis murmura à son oreille :

« Lâche-toi, Ingrid ! Ne fais pas ta mijaurée ! Nous vivons dans un monde où il vaut mieux supplicier une bête dans un abattoir que de lui donner du plaisir. Torturer les animaux, oui, aucun problème ! Les baiser, non, ce sera de la prison ferme ! Peux-tu accepter cette hypocrisie alors que tu penses, comme moi, que nous sommes tous égaux ? »

Il se leva, remplit deux verres de sherry et lui en tendit un dont elle but la moitié en une seule rasade avant de se mettre à tousser.

« À toute chienne il faut un chien, dit-il.

— Non, je ne peux pas », grasseya-t-elle en secouant la tête.

Elle se leva à son tour et enfila sa petite culotte, sa robe à fleurs, puis son chemisier blanc. Il s'assit à côté d'elle :

« Les dobermans sont parfaitement adaptés aux femmes. La taille, le sexe, tout. En plus, ils sont très obéissants. On dirait même que Dieu les a créés exprès pour elles.

— Jusqu'à présent, j'ai tout accepté, Waldemar, mais là, tu exagères !

— Va voir sur le Net. Y a que ça, des femmes et des chiens en train de se donner du bon temps. Les bergers allemands, c'est bien. Mais les dobermans, c'est encore mieux, je te jure. »

Elle se dirigea, à moitié habillée, vers la porte. Waldemar la rattrapa et la ramena doucement mais fermement jusqu'au chien qui frétillait.

« S'il te plaît, dit-il, je t'en supplie, au nom du droit des animaux au plaisir et au bonheur.

— Ce que tu me demandes est honteux, dégradant et honteux. Tu n'as pas le droit…

— Ne t'inquiète pas, tout se passera bien… »

Elle se mit à pleurer doucement. Waldemar lui proposa un Lexomil qu'elle refusa, puis un joint qu'elle accepta. Après le lui avoir apporté et allumé, il la laissa fumer plusieurs bouffées en lui enlevant sa robe et son chemisier avant de la caresser et de l'embrasser. Puis il invita Brahms à l'imiter.

« Tout ça, c'est pour toi, mon vieux », dit-il au chien qui tournait, la gueule baveuse, autour d'Ingrid.

Elle se tendit.

« Relax, lui murmura Waldemar à l'oreille. Ce que tu vas faire maintenant, tu t'en souviendras toute ta vie. C'est une expérience qui va te changer. Une initiation à la vérité du monde. La révélation que le spécisme est le credo des cons. »

Waldemar lui servit son petit discours qu'elle connaissait déjà et approuvait, pour l'essentiel. Il abhorrait le spécisme, cette idéologie, hélas dominante, qui place le genre humain au-dessus de tous les autres, et qui est aux espèces ce que le racisme est aux races et le sexisme aux sexes. Une invention des trois religions monothéistes qui prétendent que Dieu a créé les animaux pour que l'homme en dispose à sa guise. C'est ainsi qu'elles l'ont arraché au monde animal, où il était temps qu'il retourne s'il voulait redevenir lui-même.

« Je suis antispéciste, déclara-t-il. Autrement dit, je vomis ce prétendu humanisme qui discrimine les autres espèces. »

Ingrid approuva d'une voix molle :

« Je suis d'accord, mais ça n'a pas de rapport avec ce que tu me demandes de faire avec Brahms.

— La zoophilie, tant combattue par nos démocraties gnangnan, est dans la logique de l'antispécisme. Si les rapports sont librement consentis entre les bêtes et nous, quel est le problème ? Si on se donne du plaisir les uns les autres, où est le mal, je te le demande ? »

Sur quoi, Waldemar embrassa fougueusement Ingrid, qui reprit des couleurs.

« Un jour, tu me remercieras de t'avoir fait connaître ça, poursuivit-il. C'est quelque chose de très naturel, qui va te faire découvrir une partie de toi-même que tu ne connaissais pas. L'antispécisme est une variante du spinozisme qui nous met tous dans le même Grand Tout. »

Le joint d'Ingrid terminé, il alla poser le mégot dans un cendrier, alluma l'enceinte et la chanson de John Lee Hooker, *Shake It Baby*, retentit dans la chambre.

Quand il lui enleva sa petite culotte, elle avait cessé de pleurer. La séance pouvait commencer. Waldemar l'invita à se mettre à quatre pattes et indiqua au doberman l'entrejambe de sa belle-mère, qu'il commença à lécher en remuant la queue.

« Les chiens sont comme les femmes, dit-il en rigolant. Il leur faut des préliminaires. »

Obéissante, elle prit la tête de Brahms dans ses bras, caressa son cou, l'enlaça amoureusement, se frotta contre lui et tripota sa verge avant de la lécher. Leurs corps aimants se caressaient dans une sorte de danse lascive.

De temps en temps, le chien embrassait sa figure à grands coups de langue avant de lui inspecter le derrière et de lécher vigoureusement son buisson ardent. Pressé de conclure, le chien émit soudain un jappement revendicatif. Il avait le regard de l'homme quand il va à la femme.

C'était quand même un gentleman. Il attendait l'autorisation. Au lieu de grogner, il gémit tristement quand Waldemar lui retira sa promise et l'amena à la table basse devant laquelle il lui demanda de s'agenouiller. Brahms comprit ce qu'il avait à faire : il monta aussitôt Ingrid en levrette, comme si c'était une chienne, ses deux pattes avant lui enserrant le dos au niveau de la taille.

Il était maladroit et elle angoissée.

« Laisse-toi aller, dit Waldemar à Ingrid. Ne fais pas ton étroite, il n'y a que du bonheur qui t'attend. *Shake It, Baby !* »

Le chien glissa, puis se rétablit. Après que Waldemar eut positionné la verge de l'animal là où il fallait, Brahms entra en action et, sous ses poussées, arracha à Ingrid des couinements étouffés et même un sublime braillement canin.

Waldemar alla chercher sa tablette et commença à filmer leurs amours sous tous les angles.

« Tu es une bonne chienne », dit-il à sa belle-mère.

Elle avait les yeux fermés et, comme Brahms au-dessus d'elle, haletait doucement. Waldemar posa une main affectueuse sur la tête ballottée d'Ingrid : elle tenait maintenant chaque bord de la table basse pour ne pas valdinguer, tandis que le doberman lui donnait dans l'arrière-train des coups de boutoir de plus en plus puissants. C'était la tempête, la mer était démontée.

« Alors, ça te plaît ? » demanda-t-il.

Elle ne répondit pas. Elle avait le regard perdu et une expression de résignation. Mais elle faisait corps avec le chien, elle se donnait crescendo à lui sans rien garder pour elle, ni son ego ni son honneur, jusqu'à l'apothéose qui la laissa sans voix, avec un sourire de vilaine petite fille.

42

Un amour de Brahms

GRÜNWALD. Quelques mois plus tôt, en lisant *Nadja* d'André Breton, Ingrid était tombée sur l'une de ces phrases définitives qui ont fait du pape du surréalisme l'un des génies de son siècle : « La beauté sera convulsive ou ne sera pas. »

Dans un autre récit, *L'Amour fou*, Breton écrit que la beauté pourrait être symbolisée par « la photographie d'une locomotive de grande allure qui eût été abandonnée durant des années au délire de la forêt vierge ». Un monument « à la victoire et au désastre ».

Il eût fallu que Waldemar lût Breton pour apprécier à sa juste mesure le spectacle d'Ingrid dévastée mais apaisée, quand, après lui avoir infligé une série de soubresauts frénétiques, Brahms eut éjaculé en elle. Après cette saillie, le chien resta amarré dans la même position pendant un moment. Comme elle avait mal aux genoux, elle tenta de s'écarter.

« Ne bouge pas, prévint Waldemar. Tu vas rester coincée quelques instants comme ça : pas d'inquiétude à avoir. On appelle ça le nouage. »

Il lui caressa la joue, les cheveux, puis se pencha pour la regarder dans les yeux. Elle avait une expression ahurie et stupide.

« Normalement, chez les chiens, la verge reste toujours quelques minutes, parfois une heure, dans la vulve de sa femelle pour empêcher le reflux du sperme vers l'arrière. Je ne sais si c'est une bonne nouvelle pour toi, mais ça veut dire que tu vas garder sa semence dans ton vagin et dans ton utérus. Maintenant, il faut attendre tranquillement que les tissus de son pénis se décongestionnent et ton amoureux te libérera. »

Waldemar lui apprit que les chiens étaient, avec les ours ou les chimpanzés, des créatures rarement sujettes à l'impuissance : tous ont un os dans la verge. Le baculum, ou os pénien. Là est sans doute l'explication de la douleur qu'Ingrid ressentit dans le bas-ventre quand Brahms s'en retira.

« Tu m'as impressionné, dit Waldemar. Tu es vraiment une grande dame. J'admire ta générosité, ta grandeur d'âme, ton aptitude au don de soi. »

Tandis que Brahms s'éloignait en léchant sa verge tuméfiée, son beau-fils dévora Ingrid de baisers, avant de l'entraîner jusqu'au lit, de la jeter dessus, puis de l'y rejoindre.

« Je sais pourquoi je t'aime, reprit-il. Tu es altruiste, brave et consciencieuse. Une antispéciste capable de fusionner avec les autres espèces. Je ne pensais pas que tu saurais t'offrir à ce point, qu'il y avait tant d'amour en toi… »

Il la dévisagea avec tendresse :

« Tu es encore plus belle qu'en arrivant. Le chien t'a réussi. Vous êtes vraiment faits l'un pour l'autre. »

Il la pénétra à son tour. Jamais il n'avait eu l'amour aussi doux.

Avant qu'elle parte se coucher, Waldemar alla chercher un livre dans sa bibliothèque : *La Libération animale*, du philosophe australien Peter Singer, le pape de l'antispécisme, qui avait déclenché une polémique phénoménale, en 2001, quand, dans un article, il faisait preuve de compréhension envers la zoophilie dès lors qu'elle n'est pas cruelle.

« C'est ma Bible, dit-il. Je voudrais qu'elle devienne la tienne. »

*

* *

Le lendemain matin, Ingrid reçut ce mail de Waldemar :

> Ma bien-aimée,
>
> Pourquoi sommes-nous sortis du monde animal ? Tous nos malheurs n'ont-ils pas commencé il y a des millénaires, quand une créature simiesque s'est dressée sur ses deux pattes arrière pour fouiller le ciel, à la recherche de l'Être qui donnait ses ordres au soleil et aux orages ? Notre vanité nous a perdus : la grande faute de l'humanité aura été de vouloir surplomber toutes les espèces en nouant un rapport direct avec le dieu qu'elle s'est inventé. Depuis qu'elles dictent leur loi, les grandes religions monothéistes n'ont de cesse

de séparer l'homme de la femme, longtemps considérée comme inférieure, ou bien des bêtes qui ne seraient là que pour notre bon plaisir ou pour remplir nos panses de leurs chairs mortes.

Dans l'Ancien Testament, Dieu demande aux humains de croître, de se multiplier, d'assujettir la terre et de dominer pour s'en nourrir les poissons, les oiseaux, tous les animaux.

Dans la sourate de l'Abeille, le Coran indique pareillement que Dieu a créé les animaux pour notre usage personnel, afin qu'ils nous fournissent peaux, viandes et services en tout genre.

La terre n'a pas été créée pour nous. Il est temps d'en finir avec ces sornettes et avec la civilisation pour nous mélanger au monde comme quand nous étions tous égaux, les pierres, les plantes, les bêtes et les humains. Merci, mon amour, d'avoir fait un bout de chemin avec moi hier soir.

Je t'embrasse très fort.

Waldemar.

Elle lui répondit aussitôt :

Cher Waldemar,

Je suis prête à entendre ce que tu dis : si je suis catholique, c'est tendance François d'Assise, comme notre nouveau pape. Mais après ce que j'ai vécu hier, je ne suis plus vraiment sûre que les animaux soient nos frères et nos sœurs.

Ingrid.

Le même soir, alors qu'elle le retrouvait avec Brahms dans la chambre, Waldemar dut descendre pour éconduire un ami passé le voir à l'improviste. Repoussant les avances du chien, Ingrid s'allongea sur le lit et ouvrit machinalement un petit carnet qui traînait sur la table de chevet du beau-fils. Il contenait toutes sortes d'appréciations zoophiliques. Rien à voir avec leur échange par mail, de haute volée. Elles lui firent mieux mesurer le comique de la situation.

Waldemar avait noté les performances des mâles à l'usage des femmes :

Chien 19/20

Poney 14/20

Verrat 7/20

Cheval : 6/20.

Les femelles à destination des hommes étaient classées ainsi :

Chèvre 20/20

Ponette 15/20

Truie 12/20

Poule 9/20.

En lisant les commentaires de Waldemar sur les pages suivantes du carnet, Ingrid, prise d'un mélange de rire et de honte, songea à une phrase que lui avait dite naguère Joachim, un de ses anciens soupirants : « S'il permet d'accéder au sublime, l'amour est aussi, avec la vanité, le moyen le plus rapide de sombrer dans le ridicule. »

43

Sous le ciel noir

GRÜNWALD. Pourquoi Ingrid accepta-t-elle de se livrer sans retenue aux caprices de Waldemar ? Décidée à en finir avec son pouvoir de dire je, pour reprendre la formule de Simone Weil, elle se laissait volontiers dominer et, une espèce de fatigue existentielle aidant, elle préférait à toutes les autres les routes de la servitude. Son christianisme doloriste faisait le reste, qui la prédisposait à ne jamais souffrir sans déplaisir. S'avilir la réjouissait.

Jusqu'au retour de son père, Waldemar partagea sa belle-mère avec le chien. Il ne doutait pas qu'Ingrid fût heureuse quand Brahms la serrait très fort entre ses pattes avant pour la pénétrer. Entre la belle et la bête, Waldemar avait surpris plus d'une fois des regards complices, notamment quand ils s'embrassaient, les yeux dans les yeux, à coups de langue.

Quand « J.J. » rentra de Chine, il trouva que son épouse avait la tête à l'envers. Julius-Josef prit rendez-vous pour elle avec un médecin et un psychologue, qui ne lui trouvèrent rien, sinon un début de dépression. Son mari en conclut qu'elle devait cesser de travailler à l'hôpital. Ingrid refusa. Elle aimait son métier et accepter de le quitter c'eût été se livrer vingt-quatre heures sur vingt-quatre à ses prédateurs domestiques. Elle finit par accepter de prendre un congé maladie de trois semaines, le temps de se retaper.

C'est là que les choses se gâtèrent : Brahms la considérait désormais comme sa chose. Les remontrances d'Ingrid n'y changeaient rien, il ne lâchait pas l'affaire. Quand elle était assise, il venait lui lécher l'entrejambe et tentait de dégager son fruit avec la patte. Si elle était debout, il se cabrait derrière elle, allant parfois jusqu'à la faire tomber en avant, sur les genoux, ce qui arriva une fois devant des clients de « J.J. », des pontes de la grande distribution. Lorsqu'elle s'enfermait dans sa chambre, le chien grattait à sa porte en couinant pour obtenir son dû. Il était insatiable.

Son manège agaçait de plus en plus Julius-Josef, qui parla de castrer Brahms ou de le rendre au chenil qui le lui avait vendu. Des solutions qui mettaient Waldemar hors de lui. Ingrid fit, si l'on ose dire, corps avec son beau-fils. Elle plaida même la cause du doberman après que cet imbécile eut grogné en montrant les dents, un jour que « J.J. » l'avait embrassée amoureusement lors d'une promenade en forêt.

« Achetons-lui une chienne, proposa-t-elle à "J.J." avec le soutien de Waldemar. Après ça, il se tiendra tranquille. »

En attendant sa future compagne, il fallait soulager la bête. Waldemar lui en ayant intimé l'ordre, Ingrid allait au chien une fois par jour, dans une chambre du troisième étage où elle risquait moins d'être dérangée. Ils avaient leurs habitudes : l'affaire était rondement menée. Pour éviter les égratignures, elle enfilait des chaussons de bébé aux pattes avant de Brahms et les nouait avec des élastiques. Ainsi pouvait-elle se donner sans crainte et à fond à son mâle.

En semaine, elle s'offrait toujours à lui l'après-midi, en rentrant de l'hôpital, ce qui calmait les ardeurs de Brahms jusqu'à la fin de la journée. Le week-end, c'était plus compliqué. Si elle ne trouvait pas l'occasion de faire l'amour avec lui, il pouvait devenir intenable. Ce n'était pas la moindre des raisons pour lesquelles Ingrid s'inquiétait. Bien qu'elle se lavât énergiquement après chaque saillie, il lui semblait qu'elle sentait de plus en plus le chien. De plus, même si elle avait appris à extraire le pénis de son sexe, elle redoutait qu'un jour leurs deux carcasses ne parviennent plus à se détacher après le coït. Enfin, elle fermait certes la porte à clé, mais leurs accouplements n'étaient pas toujours silencieux et elle redoutait qu'un cri de panique, arraché par une percée trop brutale, ne la trahisse auprès d'un domestique de passage.

Quand il était à la maison, Waldemar ne venait pas assister à leurs ébats quotidiens, c'était trop fastidieux. Mais il passait souvent prendre sa belle-mère quand elle sortait du chien. Il aimait la pénétrer après Brahms alors qu'elle était encore pantelante et en nage, comme un arbre après la tempête.

« J.J. » ne devinait pas ce qui se passait sous son toit. Il avait fait don de sa personne au groupe Gottmeister et, à cette époque, multipliait les opérations de marketing. Après avoir créé Badiboum, un personnage en saucisses qui symbolisait la marque, dans la lignée du Bibendum de Michelin, il avait financé un dessin animé avec des héros-saucisses et adopté le *Boléro* de Ravel, désormais libre de droits, comme musique de référence pour toutes les publicités télévisées.

« Ravel, disait-il, c'est très saucisse. »

Dans sa bouche, il s'agissait d'un compliment : « J.J. » utilisait désormais ce mot pour signifier la joie, le bonheur, le plaisir d'être ensemble. Tout un symbole qui attristait Ingrid : son mari ne cessait de s'éloigner d'elle et du monde des vivants, dérivant toujours plus loin vers des zones dont il ne reviendrait jamais, peuplées de toutes sortes de variétés de pâtés et de saucisses.

Un jour, Waldemar annonça à Ingrid qu'il lui donnait rendez-vous le lendemain après-midi, après le travail, chez un de ses amis, pour s'accoupler avec son poney. Elle se liquéfia, puis protesta :

« Je n'ai pas envie. Pourquoi devrais-je faire ça avec un poney ?

— Parce qu'il est seul. Pour lui faire du bien. Il a besoin d'amour. »

Ingrid soupira en baissant la tête :

« J'ai lu *La Libération animale*. J'ai beaucoup apprécié, je suis même d'accord sur presque tout. Mais à aucun moment Peter Singer ne nous prescrit de devenir esclaves des animaux.

Regarde ce que tu as fait de moi, Waldemar : un jouet sexuel à chien.

— Tu es injuste, Ingrid. Ce n'est pas donné à tout le monde d'avoir connu un chien jusque dans son intimité. Moi-même je suis très proche d'une ponette. J'ai fait de toi quelqu'un qui vit en harmonie avec la nature et le monde animal. Ce n'est pas rien. »

Ingrid s'est mise à pleurer. C'était un jour où le ciel se traînait par terre, éventré par les arbres. Elle se sentait oppressée comme jamais. Elle a ramassé quelques affaires qu'elle a fourrées dans un sac de voyage, elle est montée dans sa BMW et elle est partie.

44

Mue et remue, amour en moi qui fuis

Lac de Constance. Ingrid Gottmeister ne savait pas où elle allait, mais elle roulait, le regard voilé de larmes. Les scientifiques disent que les femmes peuvent pleurer cinquante minutes, contre un quart d'heure pour les hommes.

Elle pleura pendant plus d'une heure. Sans doute était-ce pour elle une façon de se vider de tout, des bons et des mauvais souvenirs, avant de faire le point. Elle se sentit plus légère mais dans sa tête régnait toujours une grande confusion.

Il fallut qu'elle arrivât à la hauteur de Memmingen pour s'en rendre compte : elle avait pris la route qui la menait à Lindau, sur les bords du lac de Constance. C'était là qu'habitait Joachim Selzer, son meilleur ami, un moine défroqué de la communauté des Frères de Saint-Jean, qui, après avoir rompu avec le Tout-Puissant, avait épousé un jeune musicien de jazz noir et turc, mélange particulièrement réussi.

Ingrid appela Joachim et, avant qu'il ait ouvert la bouche, elle lui dit d'une voix pleine de fausse euphorie :

« C'est moi. J'arrive.

— Quand ?

— Dans un instant.

— Y a un problème ?

— Non. Simplement besoin de changer d'air. »

Lindau est surnommée, à juste titre, le « Jardin d'éden allemand ». Tout y est : les plages, les palmiers, les amours naissantes, les cafés au bord de l'eau et des vins vieux de cinq cents ans. Sans parler de l'été qui se prolonge dans l'automne, quand ce n'est pas jusqu'au cœur de l'hiver.

C'est un morceau de Méditerranée au carrefour de l'Allemagne, de l'Autriche et de la Suisse. Sans la chaîne des Alpes, non loin de là, on penserait que c'est un mirage ou une erreur.

L'appartement de Joachim Selzer donnait sur le port de Lindau. Posté à sa fenêtre, il guettait l'arrivée d'Ingrid. La trentaine avancée, les cheveux bouclés, de grands cernes mauves sous des yeux clairs et purs, il avait le visage d'un ange qui aurait beaucoup vécu. Quelques années auparavant, il était un moine sans histoire, auteur d'un essai très remarqué, *L'Évidence de Dieu*. Un jour, dans le hall de la gare des Eaux-Vives, à Genève, il avait croisé le regard de Fahir.

Un métis superbe. Le front volontaire et la bouche aimante, il avait une démarche qui rappelait celle d'Henry Fonda, la plus belle de toute l'histoire de l'humanité : souple et glissante, défiant les lois de la gravité. Le destin de Joachim Selzer avait basculé.

Pour que Fahir et Joachim se retrouvent la bague au doigt, il fallut un concours de circonstances. Qu'après ce premier regard ils se retournent l'un et l'autre sur leur passage. Qu'ils se trouvent idiots de l'avoir fait et soient pris d'un fou rire : ça s'était fini autour d'un verre, puis au lit, dans la chambre d'hôtel du métis qui donnait le soir même, avec sa compagnie de danse, une adaptation de *Mozart Requiem* du Ballet d'Europe de Marseille.

Depuis, les deux hommes ne s'étaient plus quittés. Fahir allait de succès en succès à travers le monde et Joachim s'occupait de la cuisine, des courses, du linge, des trois chats et des comptes de la compagnie de danse. Il avait la chance d'être insomniaque. Servant, amant et imprésario du métis, il trouvait le temps d'écrire, la nuit, un livre sur Dieu et la science, un travail titanesque pour un littéraire comme lui.

« Où en es-tu de ton chef-d'œuvre ? »

Ce fut la première question d'Ingrid.

« À un million huit cent mille signes, répondit Joachim.

— Mais c'est bien trop long. Personne ne lira ça !

— De toute façon, personne ne lit plus, même si chacun, surtout s'il est ignorant, a un avis sur tout. C'est le syndrome du Net ! »

Ils rirent, d'un rire un peu forcé qui fut suivi d'un silence.

Joachim lui présenta son alyte, dit « crapaud accoucheur », qui trônait dans un aquarium, sur un petit monticule, devant une soucoupe remplie d'eau. Pour protéger sa progéniture des prédateurs, cet animal porte sur ses pattes arrière les cordons de la cinquantaine d'œufs que sa femelle a pondus avec son aide. Il ne les met à l'eau que lorsque les œufs sont prêts à éclore.

« J'adore son regard, dit Joachim. Je l'ai trouvé dans la rue, il essayait de traverser au milieu des voitures. Je le relâcherai quand il aura placé ses petits dans la soucoupe. »

Joachim prenait souvent en pension les animaux perdus ou blessés. C'était son seul sujet de dispute avec Fahir, qui avait cependant accepté le « crapaud accoucheur ».

*

* *

Ingrid et Joachim s'étaient rencontrés sous l'égide du pape, en 2000, à Rome, où ils figuraient parmi les trois millions de participants aux Journées mondiales de la jeunesse. Ils avaient échangé leurs premiers mots dans un bouiboui, la veille de l'ouverture, avant de passer cinq jours ensemble, côte à côte ou serrés l'un contre l'autre comme des amants transis, notamment pendant la messe de clôture célébrée par Jean-Paul II.

Pendant ce pèlerinage romain, ils avaient tant de choses à se dire que leurs voix se chevauchaient régulièrement. Les pupilles continuellement dilatées par l'amour, Ingrid était sûre d'avoir trouvé l'homme de sa vie. Quant à Joachim, il avait le béguin, sa fébrilité le trahissait, mais il considérait que son entrée prochaine dans les ordres lui interdisait de rien dire. Deux fois, il posa sur elle un regard d'une intensité inouïe, ouvrit la bouche, comme si la déclaration allait venir, et puis il se ravisa, mit sa main devant ses lèvres et feignit de tousser.

Pendant ces jours bénis, Ingrid et Joachim parlèrent d'à peu près tout, sauf de ce qui les portait l'un vers l'autre. Aucun des deux ne fit le premier pas. Leur amour resta à l'état de vertige. Une promesse, une construction de l'esprit. C'est pourquoi, tant d'années plus tard, il était intact, comme au premier instant.

Ils s'étaient assis autour de la table du salon, devant une bouteille de San Pellegrino. Comme le prouvaient ses sourcils froncés, Joachim fit un grand effort sur lui-même pour demander à Ingrid, question qu'il jugeait indiscrète, ce qu'elle était venue faire à Lindau.

« Je vais à Saint-Jacques-de-Compostelle, dit-elle tout à trac, et je suis venue te saluer en passant. »

Elle avait dit ça sans réfléchir et le pèlerinage de Compostelle lui parut en effet une bonne idée.

« Comment va ton couple ? demanda Joachim.

— Très bien, même si "J.J." est un fantôme, comme le sont tous les hommes d'affaires. Il a trop de chiffres dans la tête. Trop de pression aussi. En tout cas, il m'aime. À sa façon, qui n'est pas romantique. C'est un mari conventionnel et attentionné. Mais avec son fils aîné, c'est plus que compliqué...

— Un beau garçon, murmura rêveusement Joachim qui lui avait parlé au mariage d'Ingrid. Très cultivé pour son âge, avec des idées un peu bizarres.

— C'est le moins qu'on puisse dire.

— Tu es partie à cause de lui ?

— Pour prendre l'air aussi. »

Joachim proposa à Ingrid de dormir chez lui avant de reprendre la route :

« Avec moi, tu n'as rien à craindre ! »

Joachim l'avait regardée bien droit dans les yeux. On aurait dit qu'il la défiait. Elle hocha la tête en détournant les yeux.

« Fahir est en tournée en Colombie, ajouta-t-il sur le même ton. On essaiera quand même de rester sérieux. »

Un léger tremblement traduisait l'émotion d'Ingrid.

45

Verse ton vin dans mon verre, ô printemps

Lac de Constance. Ingrid et Joachim étaient deux orphelins, donc deux anxieux, ce qui pouvait expliquer que leur coup de foudre romain, à l'aube du nouveau siècle, n'ait rien donné. Mais ils n'avaient pas besoin de se parler pour se comprendre et, ce jour-là, Mme Gottmeister savait que son ancien soupirant était toujours amoureux d'elle, alors qu'après ses ébats avec Brahms elle était en convalescence passionnelle.

Joachim l'emmena dîner dans une petite auberge au bord du lac de Constance. Il y régnait une puissante odeur de chair et de graisse brûlées qui indisposa Ingrid. Du cochon, peut-être même du Gottmeister, « élevé dans de la merde avec de la merde pour faire de la merde », comme le lui avait dit « J.J. » un jour de cafard. Elle alla à sa table, comme si elle était en apnée, respirant à petites goulées : l'air lui déchirait les poumons.

Ils commandèrent une chope de bière et un verre de schnaps qu'ils burent de conserve, à la bavaroise, puis se regardèrent un long moment, l'air rêveur, nostalgique.

« Notre rencontre de Rome, finit par dire Joachim quand l'alcool de la deuxième tournée commença à faire son effet, je ne m'en suis pas encore remis. J'avais décidé de consacrer ma vie à Dieu et voilà que je tombe raide dingue d'une fille qui, pendant les quatre jours des JMJ, m'a fait tout le temps passer de l'extase à la dépression et inversement.

— C'était mon cas aussi.

— Sauf que moi, j'étais coupé en deux. D'un côté, l'appel de Dieu. De l'autre, celui de l'amour. »

Ingrid Gottmeister soupira et demanda sur le ton de la fausse indignation :

« Et tu ne m'en as rien dit ?

— Tu aurais pu le sentir. »

Ingrid s'indigna :

« Enfin, voyons, bien sûr que je l'ai senti ! Mais j'attendais que tu te dévoiles...

— Me dévoiler ? Moi ? Tu n'y penses pas ! Il y a tellement de choses que je n'arrive pas à dire. On a tous des secrets effrayants. Ils sont beaucoup moins lourds quand on peut les partager avec quelqu'un. Je n'y parviens pas. C'est ça qui me tue. »

L'alcool avait déjà levé pas mal de barrières chez Ingrid. Elle plissa les paupières et murmura :

« Excuse-moi de te poser cette question, mais elle me travaille depuis longtemps. Pourquoi as-tu décidé de faire ta vie avec Fahir et pas avec moi ?

— Ce n'est jamais nous qui décidons ce genre de choses, Ingrid. C'est la vie qui le fait pour nous. Entre Fahir et moi, il faut parler de concours de circonstances, et puis c'est allé très vite.

— Ce n'est pas une réponse, bougonna-t-elle. S'il te plaît, ne te dérobe pas. »

Joachim Selzer croisa puis décroisa les bras avec un sourire douloureux :

« La vérité ? Fahir a fait tout le travail, les avances et la suite, avant de me sauter dessus sans vraiment me demander mon avis. Toi, tu attendais que je bouge et que je demande ta main, à l'ancienne, mais j'en suis totalement incapable. J'ai du béton dans le gosier.

— Moi aussi.

— C'est pour ça qu'on n'est jamais arrivés à rien, nous deux. Je te propose qu'on se soûle ce soir. Peut-être que ça nous débloquera. Et que je finirai par te dire mes secrets. »

Pour accompagner leurs *spätzle*, des pâtes fraîches aux œufs revenues avec des oignons et de l'emmenthal râpé, Joachim laissa choisir Ingrid, qui se prononça, comme prévu, pour un pinot noir de la région de Würzburg.

« C'était le vin de ton mariage, se rappela Joachim. Le pinot noir est le seul bon souvenir que j'en garde...

— Et moi ? Crois-tu que j'étais heureuse à ton mariage avec Fahir ? J'avais pourtant aimé la perspective de passer un week-end à Amsterdam. Vous aviez mis les petits plats dans les grands. Vous, les homos, vous savez faire. Tout était parfait, la cérémonie comme la fête. Mais vous voir vous bécoter, Fahir et toi, j'en pleurais de rage, j'en mourais de jalousie. »

Joachim sourit, puis posa sa main sur celle d'Ingrid, avec une expression un peu mélodramatique :

« Moi aussi j'ai pleuré la nuit de ton mariage. Quand Fahir m'a demandé pourquoi, je lui ai répondu : à cause du bonheur qui me submerge. Il ne m'a pas cru. C'est un garçon très perspicace, qui lit dans mes pensées.

— Penses-tu que je puisse lire moi aussi dans tes pensées ? hasarda Ingrid.

— Non. Comme moi, tu es une introvertie et les introvertis ont trop peur de sortir d'eux-mêmes pour être capables d'entrer chez les autres. »

Il avait raison. Sinon, Ingrid aurait découvert avec effroi que, depuis plusieurs minutes, Joachim jouait dans sa tête avec l'idée de former un couple à trois avec elle et Fahir.

Un soir l'un, le lendemain l'autre, il se serait retrouvé roi et reine du foyer. Voilà à quoi pouvait songer un personnage timide et lunaire comme Joachim, derrière son regard de sainte-nitouche.

*

* *

De retour à l'appartement, Ingrid et Joachim étaient ivres. Ils s'assirent sur le canapé du salon et se finirent au marsala.

Il programma sur son enceinte plusieurs œuvres de Hans Zimmer en commençant par

The Journey to the Line, un extrait de la bande originale de *La Ligne rouge*, le film de Terrence Malick.

« C'est l'un de mes morceaux préférés, mais, sous prétexte que Zimmer compose des musiques de film, tous ces connards de critiques ont décrété que ça n'est pas de l'art alors que c'est du niveau de Gustav Mahler ou de Richard Strauss !

— Tu m'as déjà parlé de lui, Joachim.

— Ce morceau-là, y a jamais rien eu de mieux pour raconter la guerre. L'absurdité du monde. La danse de la mort autour des vivants. Chaque fois que je l'écoute, je pleure. »

Quelques larmes se frayaient un chemin sous ses yeux rougis :

« Nous ne sommes pas faits pour cette époque. Aujourd'hui, il faut étaler ses sentiments, mettre ses tripes sur la table et les agiter sous le nez de ceux qu'on aime. Ni toi ni moi n'en sommes capables. Nous venons d'un monde où l'on taisait tout.

— Était-ce mieux ? »

Joachim secoua la tête :

« On peut appeler ça de la pudeur, mais il me semble qu'il y a aussi beaucoup de masochisme dans cette façon que nous avons de ravaler nos élans et de taire tout ce qui nous importe.

— Est-ce qu'on peut s'en guérir ?

— Oui, grâce à l'alcool. N'oublie pas que la Bible nous recommande à plusieurs reprises de boire du vin.

— Contrairement au Coran.

— Mais Mahomet a raté le coche, là est la limite de l'islam, qui interdit beaucoup trop de choses, comme l'Église il y a quelques siècles. Imagines-tu le cauchemar que doit être une vie sans vin ni bière ni schnaps ni marsala ni ... ni robes légères ? »

Joachim Selzer se leva et se dirigea vers la bibliothèque, d'une démarche incertaine. Puisque les mots lui manquaient, il les emprunterait à saint Jean de la Croix, qui, dans ses poèmes, parle de Dieu avec une telle passion que c'est à se demander si celui-ci n'a pas le visage d'une belle Castillane rencontrée à Salamanque ou à Valladolid.

Le livre fut vite trouvé, la bonne page aussi : une enveloppe faisant office de marque-page lui permit de tomber sans attendre sur le poème recherché, écrit par Jean de la Croix dans son cachot de Tolède, en 1578. Joachim le lut d'une voix lourde et hésitante :

Je sais une source qui jaillit et s'écoule
Mais c'est au profond de la nuit...

Il bafouilla et se reprit, allant en cahotant jusqu'aux derniers vers :

Cette source d'eau vive, objet de mes désirs
En ce vrai pain de vie, je la vois, la contemple
Mais c'est au profond de la nuit.

Joachim se tut, puis alla s'asseoir à côté d'Ingrid, approchant son visage. Elle se laissa embrasser sans mauvaise grâce et, quand leurs bouches se détachèrent, elle appuya sa tête contre son épaule, en lui demandant :

« Alors, c'est quoi, ces secrets effrayants dont tu me parlais ? »

Les yeux plissés, Joachim s'accorda plusieurs secondes de réflexion, puis :

« Selzer n'est pas mon patronyme d'origine. C'est le nom de jeune fille de ma mère, que j'ai pris après ce qui m'est arrivé. En fait, quand j'étais jeune, je m'appelais Schlunk. Si tu tapes ce nom sur Google, tu tomberas sur l'un des grands faits divers de l'année 1995. Il a fait plusieurs fois la une de *Bild*. Il y a même eu deux livres… »

Nouveau silence. Joachim se racla la gorge avant de reprendre :

« J'ai tué mes parents. »

Ingrid se redressa :

« Qu'est-ce que c'est que cette histoire ?

— J'ai tué mes parents. Par amour. On vivait à côté d'Aschaffenburg, où ils avaient une petite usine de textile. Ils y fabriquaient des gants, des bonnets, des écharpes, des pull-overs. Ça tournait bien, jusqu'à l'invasion des produits chinois. Alors, l'affaire s'est cassé la gueule, papa a commencé à trafiquer les comptes de façon, disons, industrielle, et, un jour, le fisc s'est mis à enquêter. Ils seraient condamnés à la ruine, à la honte, à la prison, ça ne faisait pas un pli. Ils pleuraient tout le temps. Un cauchemar. Un samedi soir, pour abréger leur supplice, j'ai mélangé au goulache, le plat préféré de papa, des somnifères que j'avais trouvés dans leur armoire à médicaments. »

Il bâilla et s'étira les bras. On aurait dit qu'il allait s'endormir.

« Tu avais quel âge ? finit par demander Ingrid.

— Quinze ans.

— Tu as été condamné ?

— Je me suis dénoncé à la police, ça a fait les gros titres pendant plusieurs jours, jusqu'à ce que notre médecin de famille, en vacances en Turquie au moment du drame, révèle que mes parents avaient déjà fait une tentative de suicide au monoxyde de carbone, trois semaines auparavant, pendant un week-end que je passais chez un ami. Ils s'étaient enfermés dans leur voiture en marche, à l'intérieur du garage, mais papa avait fini par sortir. Les suicides à deux, il paraît que ça réussit rarement. Du coup, la justice n'a pas cru à mon histoire. Comme je maintenais ma version, on m'a baladé d'un psychiatre à l'autre. Ils ont tous conclu que je souffrais d'un gros complexe de culpabilité. »

Ingrid caressa le genou de Joachim.

« Il y a quelque chose que je ne comprends pas, dit-elle. Tes parents étaient ta seule famille. Ils n'avaient rien prévu pour toi, après leur disparition ?

— Si. Ils devaient penser que je serais recueilli par ma dernière grand-mère vivante, la mère de ma mère. C'est d'ailleurs ce qui s'est passé après leur mort, et elle a eu l'idée de m'adopter pour me donner son nom, afin que cette histoire ne me poursuive pas. Mais la pauvre a fait une attaque cérébrale, un an après. C'est ainsi que je me suis retrouvé orphelin. »

Joachim semblait au bord des larmes. Il posa sa main sur son front et poursuivit :

« Ce que je viens de te raconter, je ne l'ai jamais dit à personne. Pas même à Fahir. »

Ils se tripotèrent mollement, s'embrassèrent un peu, puis burent encore un verre de marsala avant d'aller se coucher chacun dans sa chambre. L'alcool lui réussissant toujours, Ingrid dormit très bien. Le jour était levé quand elle fut réveillée par un chat roux qui ronronnait au-dessus de son visage.

Comme d'habitude, son premier réflexe fut de consulter son portable, qu'elle avait laissé, la veille, en mode silencieux. Sur sa messagerie comme sur sa boîte mail, les prénoms de « J.J. » et de Waldemar revenaient tout le temps. Elle regarderait ça plus tard dans la journée.

« Je m'excuse. »

Ce furent les premiers mots de Joachim quand elle sortit de la chambre.

« Pourquoi t'excuses-tu ? demanda Ingrid.

— Pour hier.

— Mais enfin, Joachim, il y a longtemps qu'on aurait dû se parler comme ça. Je suis sûre que ça t'a fait du bien.

— Qu'est-ce que ça t'a fait de dormir à côté d'un assassin ?

— Rien. Je crois en la rédemption.

— Et toi, Ingrid, quand me raconteras-tu tes secrets effrayants ?

— La prochaine fois.

— On n'a pas fini de se voir et de s'aimer. Le pire ennemi de l'amour, c'est le temps. Les amours platoniques sont les seuls à lui résister. »

Après le petit déjeuner et trois baisers de Joachim, Ingrid prit la route pour Saint-Jacques-de-Compostelle. Au bout de quelques kilomètres, sa vue se brouilla. Elle pleurait et il bruinait sur la vitre avant de la BMW. Plus elle se vidait, mieux elle se sentait.

46

Bien sûr la vie est toujours la plus forte

ASTORGA, ESPAGNE. « Ne me secouez pas, je suis plein de larmes. » Cette formule s'appliquait parfaitement à Angelino, qui avait des poussées lacrymales à chacun de ses pas sur la terre grasse de sa propriété dont il faisait le tour.

Le chagrin lui était venu alors qu'il passait devant ses oliviers. C'était un costaud d'une quarantaine d'années, avec des sourcils en broussaille, des cicatrices sur le visage et des mains comme des pelles. Il vivait à flanc de colline, au milieu d'une mer de vent qui, certains jours, venait s'éventrer là en hurlant. L'air sentait le feuillage frais.

En arrivant au plan d'eau qui longeait son terrain, il fut attiré par un remue-ménage dans les herbes. Des carpes se donnaient du bon temps, en se tortillant. Il les observa un moment avant de porter son regard plus loin : des grenouilles s'accouplaient sur la berge.

C'était la saison des amours qui, cette année-là, avait quelques semaines de retard. Il aimait quand le monde se mettait à copuler dans les cieux, les prés, les rocailles, les forêts, partout, jusque sous les pierres. Quand les êtres vivants jouaient de la croupe et se suçaient le trognon avant de faire la culbute dans une odeur de stupre.

Angelino ne pleurait plus, il semblait même apaisé quand il aperçut deux libellules qui s'envoyaient en l'air, sur la branche d'un arbuste agonisant. Elles expédièrent leur affaire : il ne fallait pas traîner, la journée se terminait, la mort les attendait.

C'est à ce moment qu'Angelino entendit la chanson. Il l'aurait reconnue entre mille : *Love Me Again,* de John Newman. Elle venait de la route, derrière un gros fouillis de saules, de chênes et de châtaigniers. Il resta un moment à l'écouter en la chantonnant et en respirant très fort.

Quand il entendit les premières notes de *No Love* par Eminem et Lil Wayne, l'une de ses trois chansons préférées, il décida d'aller voir. Une BMW était garée sur le bas-côté, derrière les arbres. Une jeune femme téléphonait dans la voiture. Elle n'était pas d'ici, comme l'indiquait la plaque d'immatriculation, mais elle parlait espagnol.

« Vous avez besoin d'aide ? demanda Angelino.

— Je suis en panne, répondit Ingrid.

— Je peux faire quelque chose ?

— Non. J'ai roulé trop longtemps sans huile.

— Si vous avez coulé une bielle, je ne peux rien faire.

— Mieux vaudrait un dépanneur.

— Mais c'est samedi et ça va être compliqué. Voulez-vous venir chez moi en attendant le dépanneur ? »

Dix minutes plus tard, ils étaient tous les deux attablés autour d'une bouteille de cidre asturien, sur la terrasse de la ferme d'Angelino Santa Maria. Le soleil se couchait et, à en juger par l'agitation au fond de l'horizon, livrait bataille pour échapper à son destin.

Le visage d'Angelino était très marqué, on aurait dit qu'il n'avait pas dormi depuis des années. Le cidre aidant, il se mit à parler sans retenue :

« Je suis en faillite personnelle. J'ai tout perdu. Ma femme qui est partie avec mes enfants il y a deux ans. Mon chien qui est mort à la chasse. Mes bêtes et mon matériel agricole qui ont été vendus aux enchères il y a deux mois. Et je quitte la ferme mardi. Quant à mes oliviers millénaires, ils seront arrachés le lendemain pour être livrés à un connard de la Côte d'Azur à qui ils ont été vendus. »

Trois oliviers trônaient comme des croquemitaines devant ce qui était, pour deux jours encore, la ferme d'Angelino Santa Maria. Sous leur chevelure argentée, les troncs avaient souvent plusieurs nez, bouches ou yeux, et des verrues noueuses.

« C'était devenu des amis, dit Angelino. On se parlait beaucoup. Le soir, surtout. Je ne sais pas comment je vais faire sans eux.

— Où irez-vous ?

— À Madrid. Je ne serai pas loin de mes enfants, qui vivent avec leur mère à Aranjuez.

En attendant de trouver un travail, je serai hébergé par ma maman et mon petit frère. Elle est couturière et lui, plongeur dans un restaurant. Ils ont été plus malins que moi. Ils ont quitté la ferme familiale il y a onze ans, à la mort de mon père. Comme j'étais l'aîné, je me suis cru obligé de rester. Longtemps, j'ai vendu des terrains pour survivre. Là, je suis à l'os. Aujourd'hui, la terre a beau donner, ce n'est jamais assez. Nous sommes dans un monde qui demande trop aux paysans. Leur choix est simple : la valise ou le suicide. Moi, j'ai choisi la valise. »

Il fronça les sourcils :

« Y a quelque chose de bizarre. Après tout ça, je ne suis pas dégoûté de la vie.

— Moi, si.

— Essayez la philosophie. J'en fais l'hiver, ça me fait du bien. »

Angelino se leva et alla chercher dans la maison la traduction espagnole du septième tome de la *Contre-histoire de la philosophie* de Michel Onfray.

« Ce génie, Nietzsche, qui célébrait la vie sous toutes ses formes, il souffrait de tous les maux possibles... »

Après avoir tourné quelques pages, il lut :

« ... ophtalmies récurrentes, diphtérie et dysenterie contractées sur le champ de bataille... violentes migraines, nausées, herpès génital géant, cécité progressive, évolution d'une syphilis jusqu'au stade tertiaire... hyperesthésie auditive... »

Il émit un petit rire de gorge :

« Il en a bavé, le pauvre, avec sa “chienne” de douleur... C'est pourtant l'un des philosophes qui nous font le plus aimer la vie. Lisez ça.

— Je ne lis pas bien l'espagnol.

— Eh bien, ouvrez vos yeux, respirez profondément et acceptez de venir déjeuner avec moi à La Ancha, 7, rue Zorrilla, à Madrid. Je n'y ai encore jamais été, mais mon père, qui présidait un syndicat d'agriculteurs, disait que c'était le meilleur restaurant du monde. À cause de la tortilla aux palourdes et de la queue de taureau à l'étouffée. »

Elle resta à dîner puis à dormir chez Angelino. Il lui inspirait confiance.

*

* *

Ingrid Gottmeister tombait de sommeil mais, avant de s'endormir, elle lut tous les mails et les messages laissés sur son portable par son mari et son beau-fils. Ceux de « J.J. » étaient poignants.

« Je ne sais ni où ni pourquoi tu es partie, écrivait-il, mais j'attendrai chaque nuit en tremblant le bruit de tes clés dans la porte. Quand tu rentreras à la maison, je ne te demanderai rien, nous nous embrasserons comme au premier jour et la vie reprendra son cours. Reviens vite, mon amour, avant que le petit feu où je meurs finisse par me dévorer. »

Elle ne le reconnaissait pas : jamais elle ne l'aurait cru capable d'écrire un texte de ce genre. Bien que l'expérience lui ait appris que les chagrins d'amour peuvent donner du talent, elle se demandait si « J.J. » n'avait pas copié son appel dans un livre.

Dans ses messages, Waldemar ne cessait d'implorer son pardon et la suppliait d'entrer au plus vite en contact avec lui. Considérant que son attitude passée avait été ignoble et inqualifiable, il jurait n'avoir jamais mesuré les conséquences de ses actes. Il parlait de « malentendu » et voulait s'expliquer en tête à tête : il avait des « choses très importantes » à lui dire. Elle décida qu'elle le rappellerait le lendemain matin.

Quand elle lui téléphona, après avoir pris son café avec Angelino, son beau-fils semblait très ému :

« On est tous très inquiets… Où es-tu ?

— Pas loin de Saint-Jacques-de-Compostelle.

— Oui… À Astorga très précisément.

— Comment le sais-tu ? s'étrangla Ingrid.

— Papa a mis un détective sur le coup… Grâce à ton portable, tu es géolocalisée en permanence… J'espère que ça ne t'embête pas.

— Non. Je n'ai rien à cacher.

— Je peux venir te voir ? »

Elle hésita, les sourcils froncés :

« Non, pas tout de suite. Il faut me donner le temps de me retrouver. Je te donnerai mes coordonnées dans quelques jours. Maintenant, dis-moi ce que tu comptes faire des vidéos ?

— Rien ! s'indigna-t-il. Mais enfin, voyons, rien du tout ! Jamais je n'ai eu l'intention de montrer les vidéos à papa ou de les diffuser sur le Net. Jamais je n'aurais fait ça, jamais,

jamais. Si je suis allé trop loin, c'est parce que tu m'as laissé faire…

— C'est le comble : voilà que tout est de ma faute maintenant !

— Écoute, tu te plaignais à peine, tu étais tellement docile, j'en étais venu à croire que tu étais consentante, sinon demandeuse. Ingrid, je t'aimais trop pour vouloir te faire du mal.

— Aime-moi moins dans notre prochaine vie, je pense que ça me fera moins de mal. »

Ses lèvres tremblèrent quand elle ajouta :

« Dis à ton père que je l'aime.

— Et moi ? Tu m'aimes ?

— On en parlera plus tard. »

Ingrid alla retrouver son hôte qui rêvassait devant ses oliviers. Après qu'ils eurent échangé quelques mots, elle le prit dans ses bras et l'embrassa fougueusement. Il l'entraîna dans la maison et alluma l'enceinte. La voix grave de Lana Del Rey chanta : *Summertime Sadness*.

« Réfléchis bien avant d'aller plus loin, dit Angelino. Je suis ruiné, émotif, bagarreur : je ne suis pas une affaire.

— Un paysan philosophe, on ne peut pas rêver mieux. »

Angelino demanda à Ingrid si elle voulait bien venir avec lui à Madrid. Elle répondit oui sans hésiter et il alla ouvrir une bouteille de rioja. Après en avoir bu la moitié, l'eau leur vint à la bouche et ils firent l'amour sur le carrelage, comme des milliards et des milliards de créatures, en Espagne et dans le monde, en ce beau jour de mai.

C'était un prince. Il traita Ingrid avec beaucoup de délicatesse et c'est sans doute pourquoi elle avait joui beaucoup plus longtemps que d'habitude, près de deux minutes. Les mouvements d'Angelino avaient été si puissants que les coulées de sperme entrèrent plus profondément que d'habitude : elle en retint la quasitotalité et en rejeta très peu pendant le reflux.

En sortant des bras d'Angelino, Ingrid avait encore les yeux rougis, mais ce n'était pas grave, pour une fois, c'était simplement à cause de l'amour qui venait d'exploser en elle.

Il y avait trois jours qu'Ingrid n'avait pas pris la pilule.

Sur les deux cent cinquante mille spermatozoïdes qu'il avait lâchés au cours de l'éjaculation, de quoi enfanter un grand pays, il y en eut un qui arriva au but.

Le paysan philosophe l'avait fécondée.

47

Le joint de l'amour

ESPAGNE. Le mardi matin, Ingrid et Angelino prirent l'autocar jusqu'à Leon, où ils montèrent dans le train pour Madrid. Le moteur de la BMW ayant rendu l'âme, il fallait le changer et, au lieu d'attendre une réparation qui prendrait des jours, elle avait préféré vendre au garagiste, pour une somme dérisoire, sa flambante carcasse noir corbillard.

Ingrid aurait été bien incapable de dire jusqu'où irait son histoire avec Angelino, mais, ce jour-là, elle se sentait apaisée et heureuse. Elle aimait son regard franc, son tronc plein de sève et sa charpente dure comme le chêne. C'était un arbre, cet homme-là, avec de grosses racines qui plongeaient sous lui.

Assis l'un contre l'autre, les deux amoureux se tenaient la main quand Angelino ne posait pas la sienne sur le genou d'Ingrid. Pour ne pas gêner les voisins, ils conversaient à voix basse, avec des airs de conspirateurs. Ils avaient prévu de vivre ensemble quelques semaines à Madrid, le temps de se connaître, mais ne doutaient pas de l'issue de cette période probatoire. Elle, surtout. Elle était sûre que ce genre d'homme buvait tout, les malheurs comme les amertumes.

« Moi, je ne me loue pas. Je me donne. » Il était si fier de sa formule qu'il avait déjà dit ça deux fois. Avec lui, tout semblait pour la vie. Les regards, les sourires, les paroles.

Rien à voir avec « J.J. » Gottmeister, une chiffe molle dès qu'il ne s'agissait plus des affaires. Un mari d'aujourd'hui, avec qui il ne fallait surtout pas partir à la guerre : il vous lâcherait en rase campagne, c'était écrit dans son regard qui était ici et en même temps ailleurs. Angelino Santa Maria, lui, était un personnage rassurant pour les temps qui s'annonçaient.

À en croire Angelino, ils seraient périlleux. Il connaissait si bien ses dossiers qu'Ingrid en fut bluffée. La démographie l'inquiétait particulièrement : d'ici à 2050, la population mondiale passerait de 7 à plus de 9 milliards, tandis que l'économie quadruplerait, augmentant davantage encore les besoins en énergie et en ressources naturelles. Dans le même temps, le réchauffement climatique allait provoquer un dérèglement général avec canicules, pluies torrentielles, nouvelles maladies et conflits régionaux de toutes sortes.

D'après Angelino Santa Maria, notre écosystème était désormais confronté à de graves menaces. L'épuisement des sols. La montée des eaux d'océans de plus en plus acidifiés. La disparition de la moitié des animaux et d'un tiers des végétaux de la planète, avec à la clé, cauchemar suprême, la mort programmée des grands vignobles du Bordelais et du Rioja. Sans parler de la disparition des insectes pollinisateurs qui assurent 80 % de la reproduction des arbres et des plantes.

« Il a été pratiquement établi, murmura-t-il en serrant fort la main d'Ingrid, que la civilisation maya s'est effondrée à cause d'une surexploitation de l'environnement. C'est ce qui nous attend si on continue comme ça. Selon le biologiste allemand Paul Ehrlich, il y a seulement 10 % de chances que l'espèce humaine en réchappe d'ici la fin du siècle.

— Vous ne pourriez pas arrêter de raconter des conneries à cette pauvre jeune femme que je trouve bien patiente ! »

Assis en face d'eux, l'homme qui l'avait interrompu était un cinquantenaire à lunettes noires et cheveux corbeau. L'air très content de lui, il était élégant, bronzé, légèrement ventru. Savourant son effet de surprise, il reprit sur un ton méprisant, en lissant sa cravate jaune Hermès :

« Sans doute ne vous a-t-il pas échappé que l'épopée de Gilgamesh, un récit mésopotamien, prédisait le déluge deux mille ans avant notre ère. On l'attend toujours !

— Renseignez-vous, insista Angelino. Si tous les grands scientifiques nous disent que nous sommes en train de foutre la planète en l'air, il doit bien y avoir une raison.

— La raison pour eux, c'est de faire les grands titres dans les médias, en montrant leur trombine. Allons, ne soyez pas naïf : les hommes sont toujours des hommes, même les scientifiques.

— Je crains que vous ne mesuriez pas la gravité de la situation. Nous sommes tous comme des cochons qui vont à l'abattoir. Sauf qu'eux, ils savent. Notre chance de nous en sortir, ce serait de mettre en œuvre le gouvernement mondial que Spinoza appelait de ses vœux.

— Foutaises ! lança l'olibrius avec l'expression de celui qui a un morceau de citron pourri dans la bouche. C'est Kant qui, le premier, a parlé d'un gouvernement mondial.

— Non, c'est Spinoza.

— C'est Kant, Kant, Kaaaaaaaant. Quand je vous entends, je me dis que l'ignorance et la bêtise n'arrêtent pas de faire des progrès.

— Spinoza !

— KAAAAAAAANT ! » hurla l'autre.

Le pète-sec coulait des regards de plus en plus intenses sur Ingrid. Elle préféra fermer les yeux avant de s'endormir contre l'épaule d'Angelino, pendant que la discussion continuait à voix plus basse.

*
* *

Les discussions de ce genre peuvent mal tourner. Quelque temps auparavant, à Rostov-sur-le-Don, une dispute autour de Kant entre deux Russes avait fait un blessé grave. Peu après, à Irbit, dans la région de Sverdlovsk, un ancien enseignant russe avait été tué d'un coup de couteau par l'un de ses amis alors qu'ils débattaient sur la hiérarchie à établir entre la prose et la poésie.

Quand Ingrid se réveilla, trois quarts d'heure plus tard, le train était arrivé à Madrid, en gare de Chamartin. Il n'y avait personne dans le wagon et, dehors, le quai était vide. Pensant qu'Angelino était dans les toilettes, elle l'appela plusieurs fois. Pas de réponse.

Qu'était-il arrivé ? Supposant qu'il était allé dans la gare pour Dieu sait quelle raison et qu'il reviendrait la chercher, Ingrid sortit du wagon et l'attendit sur le quai. Quelques minutes s'écoulèrent. Toujours rien. Elle demanda à un agent des chemins de fer espagnols s'il s'était passé quelque chose à l'arrivée du train. Il réfléchit un instant, puis son œil s'alluma :

« Oui, une bagarre entre deux types.

— Comment étaient-ils ?

— J'en ai vu qu'un. Celui qui a commencé, à ce qu'il paraît. Un grand gaillard pas rasé, avec un blouson bleu. »

Pas de doute, c'était Angelino.

« Il a pris un mauvais coup dans l'œil, reprit l'agent, et son nez pissait le sang. On l'a emmené sur une civière, direction l'hôpital.

— Lequel ?

— La Paz, la Zarzuela, Niño Jesús, est-ce que je sais, il y a tellement d'hôpitaux à Madrid. »

Son portable n'ayant plus de batterie, Ingrid acheta une carte téléphonique pour appeler les hôpitaux de la ville. Elle était en train de parlementer avec une standardiste quand, en se retournant, elle s'aperçut que son sac de voyage, posé à ses pieds quelques secondes auparavant, avait disparu.

Toutes ses affaires étaient dedans. Le portefeuille, les cartes bancaires, les papiers d'identité, le linge de rechange et même le portable, qu'elle avait bêtement oublié de recharger.

Ingrid s'assit sur un banc, enfouit son visage entre ses mains et se mit à pleurer doucement. C'est à cet instant-là que Juan entra dans sa vie. Un grand jeune homme au visage christique avec une guitare et un labrador. Il s'assit à côté d'elle et tapota son épaule :

« Besoin d'aide ? »

Âgé de vingt-deux ans, Juan venait d'abandonner ses études de médecine pour devenir chanteur dans les rues. Il avait le cheveu filasse, le culot de la jeunesse et le tutoiement facile. Quand Ingrid eut raconté ses dernières mésaventures, il lui proposa de l'emmener à Nice où il se rendait pour chanter dans un bar du port :

« Franchement, t'as mieux à faire que de rester avec un naze qui se bagarre et, en plus, se fait démonter. Avec moi qui suis doux comme un agneau, tu n'auras jamais d'histoires de ce genre. Tu t'attacheras. »

Il lui prit la main et la tira vers lui pour qu'elle se lève :

« Allez, je paye tout. Le logis, le couvert, le voyage. Même les extras. »

Il montra sa guitare et son labrador :

« J'ai tout pour être heureux. Il ne me manquait qu'une femme. »

Juan l'invita à venir fumer un joint dehors, devant la gare. Ingrid hésita. La drogue lui rappelait les séances si pénibles avec Brahms et Waldemar. En plus, elle n'ignorait rien des dangers du cannabis sur le cerveau.

« Si ça fait du bien, insista Juan, c'est que c'est bon. »

Au contraire, Ingrid était convaincue que le cannabis enfantait de nouvelles générations légumières, les yeux morts comme des courges. Elle avait lu – et le répétait volontiers – que le THC, une substance qu'il contient, s'attaque à la mémoire à court terme, entrave les facultés de concentration et diminue, parfois sensiblement, le quotient intellectuel de ses consommateurs réguliers.

Elle suivit cependant Juan sur l'esplanade où, après avoir roulé et allumé deux joints, il se mit à l'embrasser…

48

« Sous le signe du Christ »

Madrid, Nice. Juan était double. Parfois à la ramasse : l'effet cannabis. Parfois au meilleur de lui-même : l'effet cocaïne. Il avait tout le temps des moucherons dans la tête.

Il défendait des théories bizarres, pêchées sur Internet. S'appuyant sur des propos de Marion Cotillard ou de Mathieu Kassovitz, les grands experts que l'on sait, qui avaient mis en doute la « version officielle », Juan prétendait que les attentats du 11 septembre 2001 avaient été ourdis par la CIA et le Mossad. Selon lui, les mêmes services d'espionnage tentaient d'empoisonner le reste de la terre à travers les sodas, les bagels et les flocons d'avoine. Sans parler des messages subliminaux qu'ils faisaient passer dans les séries télé, pour nous laver le cerveau. Il ajoutait que la plupart des gouvernants occidentaux, à commencer par Obama, avaient du sang juif et qu'ils étaient tous de mèche. Il était enfin un adepte du conspirationniste David Icke, pour qui ce sont des reptiles humanoïdes qui gouvernent le monde : parmi ces reptiliens à forme humaine, la reine d'Angleterre, Hillary Clinton ou le clan Rothschild.

En une heure, Juan pouvait changer totalement. L'amoureux transi devenait subitement un schizophrène complotiste avant de se transformer en imbécile végétatif.

C'était un enfant gâté, au propre comme au figuré. Ses parents, deux médecins de Séville, avaient pourri ce fils unique jusqu'à la moelle et il ne manquait jamais de rien, surtout pas de drogues qu'il gardait toujours avec lui, comme ces vieillards qui ne se séparent jamais de leur trousse de médicaments.

Pendant le voyage de Madrid à Nice, Juan fuma trois joints, prit deux doses de coke et, dès les premières minutes, irrita Ingrid avec l'œuvre de sa vie, intitulée *Sous le signe du Christ*, qu'il avait commencée quelques années plus tôt. En fait de livre, il s'agissait de la liste des noms de toutes les célébrités mortes à trente-cinq ans ou avant cet âge.

Ingrid en lut quelques pages mais abandonna vite sa lecture. C'était fastidieux. Après avoir cité Jésus, mort à trente-trois ans, le « livre » énumérait des noms sur plus de deux cents feuillets :

> Wolfgang Amadeus Mozart, musicien, mort le 5 décembre 1791, à trente-cinq ans.
>
> Amy Winehouse, chanteuse, morte le 23 juillet 2011, à vingt-sept ans.
>
> Emily Brontë, romancière, morte le 19 décembre 1848, à trente ans.
>
> Otis Redding, chanteur, mort le 10 décembre 1967, à vingt-six ans.

Manuel Laureano Rodríguez Sánchez, dit « Manolete », mort le 29 août 1947, à trente ans.

Georges Seurat, peintre, mort le 29 mars 1891, à trente et un ans.

Simone Weil, philosophe, morte le 24 août 1943, à trente-quatre ans.

Jayne Mansfield, actrice, morte le 29 juin 1967, à trente-quatre ans.

Théodore Géricault, mort le 26 janvier 1824, à trente-deux ans.

Franz Schubert, musicien, mort le 19 novembre 1828, à trente et un ans.

Jim Morrison, chanteur, mort le 3 juillet 1971, à vingt-sept ans.

Thérèse de Lisieux, sainte, morte le 30 septembre 1897, à vingt-quatre ans.

Quand Ingrid lui dit qu'il devrait retravailler son « livre » en classant les morts par discipline et en ajoutant des notices ou des commentaires, Juan se mit en colère. Il revenait des toilettes où il s'était encore empli les narines de cocaïne. Il semblait bien allumé : la blanche n'adoucissait jamais son humeur. Tressautant comme l'eau dans la bouilloire, il s'égosilla :

« Mais enfin, tu ne te rends pas compte de tout ce que je fais, la musique, les concerts et tout ! Je n'ai pas le temps ! Je suis complètement débordé ! »

Sur quoi, Juan arracha des mains d'Ingrid le mobile qu'il lui avait prêté. Après avoir tenté en vain de retrouver la trace d'Angelino Santa Maria dans les hôpitaux de Madrid, elle avait appelé « J.J. » et Waldemar pour leur dire qu'elle revenait. Depuis, ils l'avaient bombardée de textos :

« C'est le plus beau jour de ma vie. Je suis au fond de la Roumanie mais j'affrète tout de suite un avion à Munich et Waldemar ira te chercher à la gare de Nice pour te ramener à la maison. Je t'aime. J.J. »

« Papa étant retenu par son travail, c'est moi qui viendrai à Nice. J'espère que tu m'as pardonné. Mon grand tort est d'avoir trop écouté saint Augustin : "Aime et fais ce que tu veux." Tu m'as donné une belle leçon. Je t'embrasse très fort. Waldemar. »

« Je suis tellement heureux ! J.J. »

« Je crois que j'arriverai à temps pour t'accueillir à ton arrivée à Munich. Je t'aime. J.J. »

« Si tout se passe bien, je serai à la gare de Nice à peu près en même temps que toi. Attends-moi dans le hall. À tout de suite. Gros baisers. Waldemar. »

Après avoir lu les messages qu'Ingrid avait reçus sur son portable, Juan explosa, les yeux sortis de la tête :

« Qu'est-ce que c'est que ça ? Tu ne m'avais pas dit que tu étais déjà en main ! Tu t'es foutu de ma gueule, salope !

— Calme-toi, Juan. On nous écoute. »

Les autres voyageurs du compartiment les regardaient avec exaspération. L'un d'eux, un octogénaire bedonnant, lui adressa même une grimace, une sorte de crachat virtuel.

« Si c'est comme ça, s'écria Juan en le défiant, il vaut mieux arrêter tout de suite.

— Mais arrêter quoi ? susurra Ingrid avec insolence. On avait commencé quelque chose ?

— Enfin, je croyais. Il me semble qu'on était partis pour construire quelque chose.

— Ah bon ? »

Juan se leva d'un trait, souleva son sac à dos, prit la laisse du labrador et partit dans un autre wagon. Il passa le reste du voyage à dormir.

*

* *

Quand les voyageurs sortirent du train, quelqu'un, dans le ciel, venait d'ouvrir les fenêtres et il régnait sur Nice une tiédeur marine, végétale, pleine de soleil.

En sortant de la gare de Nice, Juan aperçut Ingrid et un beau jeune homme ténébreux prêts à monter dans un taxi. Ils se tenaient trop à distance pour être un couple, se dit-il. C'était Waldemar.

Ingrid esquissa un signe en direction de Juan, mais il détourna le regard avant de prendre un des taxis suivants pour le quartier de l'Ariane, prétendument mal famé, à l'est de Nice. Ses parents avaient un ami médecin qui s'était proposé de l'héberger là-bas, dans un studio vide jouxtant son appartement.

Célibataire judéo-arabe, Isaac Bencheikh était un Diogène d'aujourd'hui, un sage hirsute et moche, doublé d'un boute-en-train. Il militait pour les droits de l'homme, comme les parents de Juan qui avaient sympathisé avec lui lors d'un voyage en Israël et en Palestine.

Quand Juan arriva à son domicile qui faisait office de cabinet, le docteur Bencheikh était en consultation. Il le salua avec effusion et lui donna les clés du studio. Il irait l'y retrouver dans deux heures, quand il aurait fini de recevoir ses patients.

Par l'entrebâillement de la porte, Juan aperçut le profil de la jeune Noire qui, à ce moment-là, avait rendez-vous avec le docteur Bencheikh. Une beauté stupéfiante : bouche ronde, front haut, costume sombre et chemise blanche, il émanait d'elle une grande douceur. Avec ça, l'air de se ficher du monde. Elle avait un bébé sur les genoux : sa fille Lorita.

Juan laissa le labrador et le sac à dos dans le studio, puis descendit attendre la jeune femme au bas de l'immeuble. Quand elle en sortit, une vingtaine de minutes plus tard, son enfant dans un porte-bébé ventral, elle lui sembla encore plus belle qu'auparavant. Avec cette témérité que lui procurait la cocaïne, il l'accosta avec sa formule habituelle, dans un bon français :

« Excusez-moi de vous déranger : je peux vous aider ?

— Non, merci.

— Je suis prêt à faire tout ce que vous voulez pour vous être utile.

— Je n'ai besoin de rien, merci.

— Je suis sûr que je peux faire quelque chose », insista-t-il.

La Noire s'arrêta, s'approcha et lui aboya à la figure :

« Qu'est-ce que tu veux, petite bite ? Si c'est ce que je pense, t'as aucune chance. Mon bébé a une laryngite et je suis très pressée : il faut que j'aille à la pharmacie. Alors, arrête de me gonfler et range ta crevette de caleçon. »

Le visage en sueur, Juan monta sur ses ergots :

« Mais enfin, vous n'avez pas le droit de m'insulter comme ça !

— Je me gêne, Eugène. Tu t'es regardé dans la glace avant de m'aborder, petite bite ? Quand on a une gueule comme la tienne, espèce de camé de mes deux, on met un slip dessus ! Allez, tire-toi, j'ai à faire ! »

49

Un amour de scorpion

NICE. Amina Keita était assistante-documentaliste au collège Maurice-Jaubert, dans la cité de l'Ariane, sur les bords du Paillon qui descend des Alpes en mettant de la vie partout sur son chemin, les herbes et les arbres le tétant jusqu'à s'en saouler, sous des coulées d'hirondelles.

Le week-end, quand elle ne faisait pas des remplacements à la bibliothèque Léonard-de-Vinci, Amina aimait se promener avec Lorita le long du Paillon. Quand sa fille dormait, elle s'asseyait sur un banc et lisait des livres comme *Mrs Dalloway* de Virginia Woolf ou *Un jour je m'en irai sans en avoir tout dit* de Jean d'Ormesson.

Elle tirait le diable par la queue, mais ne pouvait pas se plaindre : elle avait fait des pieds et des mains pour travailler à l'Ariane. Malgré le trafic de drogues et de cigarettes, c'était un quartier qui valait mieux que sa réputation. Tout le monde l'avait adoptée et elle s'y sentait bien. Mais, même quand la soupe est bonne, il y a des cailloux dedans : c'étaient les islamistes qui traînaillaient dans les rues.

Ce soir-là, après être rentrée de chez le docteur Bencheikh et de la pharmacie, Amina avait laissé Lorita dormir chez une voisine. Elle allait retrouver sa meilleure amie, qu'elle ne connaissait que depuis trois mois. Elle s'appelait Mariam. Une Malienne du Nord, comme elle. Une aide-soignante avec des bras de bûcheron. Il fallait lui remonter le moral. Sa mère avait fait un accident vasculaire cérébral trois semaines plus tôt et, depuis, se déplaçait en fauteuil roulant. Quand elle voulait parler, il ne sortait plus de sa bouche tordue qu'un jus de mots avec quelques filets de mousse baveuse.

Mariam avait organisé une petite fête à l'occasion de son retour de l'hôpital. Au Mali, une petite fête, c'était au moins trente personnes. Et, dans sa propre famille, ils étaient une soixantaine. Heureusement, beaucoup de membres de la fratrie habitaient souvent très loin, jusqu'à New York, et tout le monde n'était pas venu. Sinon, il aurait fallu louer l'Opéra de Nice.

En plus des amis de la cité, il y avait deux des cinq sœurs de Mariam, Binnette et Serena, ainsi qu'un seul de ses quatre frères : l'aîné, Moussa, venu exprès du Mali, qui avait loué une Porsche à l'aéroport. Il avait tapé dans l'œil d'Amina quand elle l'avait aperçu, l'après-midi, alors qu'elle aidait à préparer le repas : du poulet pimenté Yassa au citron, du tchéké, banane plantain frite avec des oignons et du poisson, ou encore du maffé, riz à la sauce de légumes et à la pâte de cacahuète.

Concessionnaire automobile à Tombouctou, Moussa Coulibaly était grand, racé et habillé à l'européenne. Avec sa montre de luxe Montbrillant Légende de Breitling et ses lunettes noires Saint Laurent qu'il avait retirées pour saluer Amina, il aurait pu passer pour un acteur américain. Même s'il mâchait un chewing-gum, il avait une classe folle.

Elle adorait son regard qui vous traversait pour aller très haut et très loin, au-delà de l'horizon. La peau un peu vérolée, les yeux morts et les manières ridicules en moins, il ressemblait beaucoup au colonel Kadhafi après son coup d'État de 1969.

En arrivant, Amina tomba sur Fatima, la mère de Mariam, postée à l'entrée de l'appartement, sur son fauteuil roulant. À en juger par son regard affolé quand on lui adressait la parole, elle ne comprenait rien de ce qu'on lui disait. On aurait dit une épave de baleine échouée sur le rivage, caressée par les vagues comme elle l'était par les mains des uns et des autres qui se penchaient pour s'enquérir de sa santé d'une voix très douce, celle qu'on utilise pour parler aux nourrissons : elle leur répondait par un glougloutement approbateur.

Il y a longtemps que Fatima déclinait. Ces dernières années, elle avait souffert du syndrome de la main étrangère, dit aussi du docteur Folamour. À la suite d'une première attaque cérébrale, sa main gauche avait tendance à défaire ce que venait de faire la main droite. Ce n'était pas pratique pour les courses, la cuisine, la lessive et le ménage, ses quatre activités principales. Même pour manger :

parfois, sa main rebelle retirait de sa bouche le fruit ou le morceau de pain qu'elle venait d'y enfourner, pour le bonheur des enfants que ça faisait rire.

Moussa et Amina passèrent la soirée côte à côte. Il la mangeait des yeux comme un petit garçon devant une tarte aux fraises et elle lui faisait comprendre qu'elle était prête à consommer. Minauderies, clins d'œil, passages répétés de la langue sur les lèvres entrouvertes, tout était bon pour lui faire venir l'eau à la bouche et, au fur et à mesure que la nuit avançait, l'envie devenait de plus en plus pressante.

Elle tenta de lancer Moussa sur l'islam, mais sans succès. Il se contenta de répondre qu'il mangeait halal et suivait les préceptes du Prophète : « Laissez-vous la barbe et taillez-vous les moustaches. » Tous les barbus n'étant pas intégristes, même si tous les intégristes le sont, Amina n'était pas plus avancée.

La barbe de Moussa était très soignée. Elle relevait de ce qui, selon un hadith qu'il cita, « constitue la beauté et l'apparence masculine de l'homme ». Rien à voir avec les buissons foisonnants des imams ou les ridicules tapis de poils que les salafistes portent sous le menton.

Sur ses affaires, Moussa fut en revanche plus prolixe. Avec des amis, il comptait réinvestir en France l'essentiel des grosses sommes qu'il avait prétendument gagnées dans l'importation de voitures haut de gamme au Mali : il voulait changer de vie et s'installer à Nice, où tout lui plaisait, à part deux ou trois choses, dont l'insolence des homosexuels qui s'affichaient dans les rues.

« Qu'est-ce qu'ils ont tous à nous provoquer ? dit-il. Au Nigeria, grâce au président Goodluck Jonathan, ils sont condamnés à la lapidation. C'est la seule solution contre cette calamité. Sinon, même s'ils ne se reproduisent pas, les homosexuels n'arrêtent pas de faire des petits. »

Entre autres projets, Moussa envisageait de créer en France des sites islamiques sur le Net, des magasins de montres de luxe et une chaîne de restaurants, de traiteurs, d'hôtels, de boîtes de nuit halal.

« C'est quoi, une boîte de nuit halal ? demanda Amina.

— Une boîte de nuit sans alcool, ni drogue, où les femmes seront voilées.

— Mais des boîtes de nuit avec des femmes voilées, ça ne marchera jamais, objecta Amina.

— Ça marchera parce qu'il y aura aussi des putes, je veux dire des mécréantes, des non-musulmanes…

— Non voilées ?

— C'est ça, non voilées.

— Alors, moi, je suis une pute ? »

Il rit :

« Mais non, voyons, toi, tu es musulmane !

— Comme disait Ben Bella, “les femmes ont leurs règles, nous avons les nôtres”. »

Il ne comprit pas la blague. Amina poursuivit sur l'intégrisme :

« Je ne comprends pas pourquoi les intégristes pullulent au Mali.

— Parce qu'il y a beaucoup de pauvreté.

— Ils ne sèment toujours que le malheur. Moussa, es-tu bien sûr que la pauvreté soit à l'origine de l'intégrisme en Arabie saoudite ?

— Non, mais là-bas, l'intégrisme est un phénomène historique.

— L'intégrisme n'est jamais un phénomène social ou historique. C'est toujours la victoire de la connerie dont l'humanité n'a jamais réussi à se débarrasser depuis la Création.

— Tu ne peux pas dire ça, Amina ! Tu oublies l'injustice, l'humiliation, la souffrance ! Tu oublies les malheurs qui ont été imposés par l'Occident au peuple musulman ! Nous, les opprimés, les offensés, nous relevons enfin la tête, *Allah Akbar* ! »

Elle répondit que les intégristes seraient toujours à l'islam ce que les douves sont aux hommes, aux vaches et aux moutons : des parasites qui empêchent de profiter de la vie.

« Quel rapport ? demanda-t-il avec des yeux étonnés.

— Eh bien, c'est quand on les croit morts qu'ils reviennent. On n'en finira jamais avec eux... »

La douve est un ver plat qui grandit dans le foie avant d'aller pondre dans la zone pelvienne des œufs qui seront ensuite rejetés avec les excréments. Après leur éclosion dans la nature, les larves trouvent refuge dans un petit mollusque, lequel s'enkystera sur une plante qui, une fois avalée, leur permettra de retrouver le chemin d'un foie. Et ainsi de suite, pour l'éternité.

*

* *

Il y avait en Moussa Coulibaly une lave qui bouillait et faisait resplendir son visage. Amina ne cessait de la faire monter en l'asticotant ou en lui caressant, d'un geste furtif, un bras, une cuisse, parfois une joue.

À la fin de la soirée, après qu'elle eut aidé Mariam à tout ranger, Moussa lui proposa de la raccompagner chez elle. Amina accepta avec un sourire. Une fois dehors, au bout de quelques mètres, elle prit sa tête entre ses mains et l'embrassa avec ardeur. Ils se serraient très fort. La pâte était levée, il était à point.

« Je connais un coin tranquille, au bord de la rivière, murmura Amina.

— On ne va pas chez toi ?

— Impossible. J'ai de la famille. »

Amina avait menti et, comme elle mentait mal, elle s'inquiéta : son intonation la trahissait toujours. Mais Moussa, trop pressé de conclure son affaire, ne s'était rendu compte de rien. Il la suivit en direction du Paillon.

« La nuit est quand même froide, dit Moussa.

— L'amour nous réchauffera. Tu as déjà vu des scorpions faire l'amour ?

— Non.

— Je voudrais qu'on fasse comme eux. Les mêmes danses, les mêmes étreintes, les mêmes folies. »

50

Et la stupeur soudaine des amants…

NICE. Sous la pleine lune qui blanchissait tout, Amina et Moussa marchèrent longtemps le long du Paillon. Une fois, il la supplia de s'arrêter pour passer à l'acte, mais elle le tira par la main en plaisantant :

« Allez, encore un effort. Il faut me mériter.

— C'est encore loin ? demanda-t-il comme un enfant.

— Tu verras bien. Ne me dis pas que tu es fatigué.

— On aurait dû prendre ma Porsche, ç'aurait quand même été plus simple.

— Écoute, on ne m'a pas comme ça, sur un claquement de doigts. Je ne suis pas une fille facile et puis, plus longue est l'attente, plus grand est le désir… »

Elle lui tendit un paquet de fraises Tagada :

« J'adore les baisers à la fraise Tagada. »

Il en prit une, la croqua et embrassa Amina.

En chemin, elle accepta ainsi plusieurs baisers, en poussant de petits cris étouffés. Chaque fois, Moussa repartait d'un bon pied, l'air exalté, soupirant de bonheur.

Quand ils furent loin de toute habitation et que la vallée se remplit d'ombres, Amina l'emmena au bord du Paillon, sur les pierres qui, sous le clair de lune, semblaient de neige. Elle sentait monter en elle la force de la rivière argentée qui riait, bondissait, gazouillait, indifférente aux insultes lancées sur les rives par des chouettes hulottes.

À un méandre, ils arrivèrent sur un talus herbeux. Mordu par les lèvres de la rivière, il était protégé des regards par un mur de buissons et d'arbres.

« On sera bien, là, dit-elle. Je viens souvent. Personne ne nous verra. »

Après un nouveau baiser, Amina demanda à Moussa d'enlever son pantalon Ralph Lauren.

« Pourquoi ? s'étonna-t-il.

« Si tu me veux, tu le fais. Je veux faire l'amour debout, les pieds dans l'eau. C'est mon rêve. »

Après qu'il se fut exécuté, elle retira son jean puis sa petite culotte, mais garda son blouson. Puis elle s'agenouilla devant lui, sur son pantalon plié en deux, et commença à le sucer avec dévouement. Comme pour la remercier, il répétait :

« *Allah Akbar ! Allah Akbar !* »

Soudain, elle retira son engin de sa bouche et leva les yeux :

« Tu as un œil de verre ?

— Oui et alors ?

— C'était bien ce que je pensais. »

Amina lui demanda d'enlever son caleçon et de remettre ses chaussures Gucci, à cause des pierres. Après quoi, elle l'emmena faire quelques pas au milieu de la rivière où, avec un râle sublime, elle s'offrit à lui. L'eau, très froide, n'incitait pas à la débauche. Moussa était bien plus grand qu'elle, la pénétration n'allait pas de soi, mais il était assez souple pour parvenir à ses fins, d'autant qu'en cette saison le courant était mollasson.

Alors que la friction était à son comble, il s'écria :

« *Allah Akbar ! ALLAAAH AKBAAAR !* »

Qu'est-ce qui lui prenait ? On aurait dit un chiite en pleine crise mystique le jour de la fête de l'Achoura. Mais il était sunnite.

Moussa commençait à lutiner Amina quand, tout à coup, il poussa un cri glaçant. Elle lui avait planté un couteau dans le ventre. Un Pradel, pour trancher la viande.

« Celui-là, dit-elle, c'est pour mon mari. L'imam de Goundam, un saint homme, tu te rappelles ? »

Elle lui planta un deuxième couteau.

« Et puis celui-là, c'est pour mon fils, le petit Mohamed, que tu as tué avec ma mère et tous les autres. Il ne se passe pas une heure sans que je pense à lui. »

Elle se mit à frémir pendant qu'il s'agenouillait dans l'eau, avant de tomber d'un coup à quatre pattes. Il se vidait de son sang avec des gémissements de bête, mais elle ne les entendait pas : ils étaient couverts par les vocalises et les clapotis de la rivière.

« Je t'ai cherché pendant si longtemps, lui cria-t-elle. Un jour, par le plus grand des hasards, j'ai fini par retrouver la trace de ta mère. C'est pourquoi je suis venue m'installer à Nice. La meilleure façon de te trouver, c'était par elle... Tous les pas des fils mènent à leur maman. »

Moussa poussa une espèce de bêlement rauque.

« Désolé pour la douleur, reprit-elle, mais je voulais que tu souffres, c'est la moindre des choses. Donc, j'ai commencé à copiner avec ta sœur qui est une fille bien, et je suis devenue très vite l'amie de la famille Coulibaly. J'attendais tranquillement mon heure pour solder nos comptes et puis j'ai eu cette chance incroyable : le pépin de santé de ta mère qui t'a obligé à venir bien plus vite que je l'avais imaginé. Eh bien, vois-tu, je me sens déjà beaucoup mieux, je sais que je vais pouvoir vivre maintenant. »

Elle retourna sur le talus où elle se recroquevilla dans la position du fœtus, puis continua :

« Le XXIe siècle sera africain ou ne sera pas, je ne me lasserai jamais de le répéter. Avec les gens de ton espèce, il est sûr qu'on n'arrivera jamais à rien. C'est pourquoi on va se débarrasser de vous, bande de connards ! »

Moussa s'était couché sur le côté, la tête hors de l'eau. Il ne bougeait pas. La fin approchait.

« Je ne t'ai pas pris en traître, dit-elle. Je t'avais prévenu que je te ferais le coup du scorpion. Apparemment, entre les attentats, les enlèvements et le trafic de drogue, tu n'as pas eu le temps de voir comment les scorpions font l'amour. Sinon, tu aurais su ce qui t'attendait. Quand j'étais petite, j'en ai regardé plusieurs en train de s'accoupler. C'était magnifique et romantique, en tout cas au commencement. Ils se caressent avec leurs pattes, s'emmêlent les queues, s'enlacent doucement et dansent la valse avant d'aller conclure dans un trou d'où, au petit matin, il ne sortira que la femelle, qui, une fois inséminée, aura bouffé le mâle. »

Amina retourna à la rivière vérifier que Moussa était bien mort. S'il respirait, c'était pour la forme, par petits à-coups spasmodiques. Elle voulut récupérer le couteau, mais il avait été emporté par les flots du Paillon.

Amina attendit quelques minutes, prit les clés de sa Porsche dans la poche de son pantalon, et retourna à pied au quartier de l'Ariane.

Il était deux heures du matin. Une demi-heure plus tard, quand elle revint avec la voiture, Moussa ne donnait plus signe de vie. Elle tira son grand corps jusqu'au coffre de la Porsche où elle le déposa avant de jeter ses habits par-dessus.

En fouillant, elle avait trouvé plusieurs doses de cocaïne dans son blouson en cuir noir. Elle les enfonça dans sa grande bouche encore molle. Puis elle prit la route avant de se garer sur un terre-plein, quelques mètres plus loin, et de mettre le feu à la Porsche.

Il lui fallut s'y prendre à deux fois, mais la voiture finit par brûler, puis par exploser. Amina fut grisée par le spectacle des flammes qui illuminaient la terre et des auréoles qui noircissaient le ciel. Elle souriait comme une idiote dans l'air bouillant. Elle se disait que tout, désormais, serait paix et sérénité.

Tout s'était déroulé comme prévu. Pas de témoins, ni de traces ni d'empreintes. Pendant les opérations, Amina avait porté des gants de ménage en caoutchouc naturel.

C'est pourquoi la presse et la police ne virent que du feu, si l'on ose dire, dans cette histoire de voiture brûlée : un règlement de comptes classique après qu'Amina eut passé, ce qu'elle ne nia pas, la fin de la soirée avec Moussa. Plus tard, la victime fut décrite par les médias comme un islamiste proche d'Aqmi, Al-Qaida au Maghreb islamique, impliqué par ailleurs dans le trafic de cocaïne au Mali.

Depuis, Amina a refait sa vie avec Chris, un instituteur de Cavaillon, la capitale du melon, où elle a trouvé un emploi de bibliothécaire. Elle y est très heureuse, notamment quand le vent d'Afrique se rappelle à son souvenir en déchargeant sur la Provence des seaux de sable orangé du Sahara. Sans parler des graines, des brindilles et des criquets pèlerins. Autant de preuves, s'il en fallait encore, que tout est dans tout ici-bas. La flore, les espèces, les dieux et les amours. Au-dessus de la terre, c'est toujours la même danse, dans cette odeur de sève, de pollen et de foutre qui remonte à la nuit des temps.

Pour son anniversaire, Chris, esprit cosmique et poétique, a offert *Les Poètes* d'Aragon à sa femme. Elle y a découvert trois vers qui résument bien l'humanité et qui, depuis, tournent souvent dans sa tête :

Tout peut changer mais non l'homme et la femme
Ni ce grand cri ni ce déchirement
Et la stupeur soudaine des amants.

La petite bibliothèque

Par ordre d'apparition :

Les *Rubaiyat* de Rumi.
La Bible poétique du soufisme.

Les *Rubaiyat* d'Omar Khayyam.
Festival de sensualité persane.

Les Misérables de Victor Hugo.
L'Himalaya des romans du XIXe siècle.

Mes philosophes d'Edgar Morin.
Promenade d'un penseur solitaire.

Frère François de Julien Green.
Un grand saint raconté avec l'esprit d'enfance.

La Désobéissance civile d'Henry David Thoreau.
Bréviaire de la subversion à l'usage de tous.

Walden ou la vie dans les bois d'Henry David Thoreau.
Un panthéisme épicurien et drolatique.

Tao-tö king de Lao-Tseu.
Les Saintes Écritures du taoïsme.

Les Psaumes et le Cantique des Cantiques.
L'hymne à la joie de l'Ancien Testament.

L'Érotisme de Georges Bataille.
Pudding avec de grosses pépites à l'intérieur.

La Pesanteur et la Grâce de Simone Weil.
La pensée à l'état pur.

Le royaume des cieux est en vous par Léon Tolstoï.
Hymne à la sédition et à la non-violence.

Nadja d'André Breton
L'amour fou.

L'Amour fou d'André Breton.
L'amour du style.

La Libération animale de Peter Singer.
Le manuel de guerre du droit des animaux.

Poèmes de Jean de la Croix.
Le Rimbaud de Dieu.

Contre-histoire de la philosophie de Michel Onfray.
La somme qui explore la face cachée de la philosophie.

Mrs Dalloway de Virginia Woolf.
Une journée dans la vie d'une femme.

Un jour je m'en irai sans en avoir tout dit de Jean d'Ormesson.
L'art de la joie de vivre.

Bande-son

Par ordre d'apparition :

The Man Comes Around et *Aint'no Grave* par Johnny Cash.
Sexual Healing par Marvin Gaye.
Three Times a Lady par The Commodores.
The One that Got Away par Katy Perry.
Summer Son par Texas.
Pharaon par Chico & the Gypsies.
« *E Lucevan le Stelle* », extrait de *Tosca* de Puccini, interprété par Luciano Pavarotti.
L'*Adagio* de Samuel Barber.
What a Wonderful World de Louis Armstrong.
Petite Fleur de Sidney Bechet.
You Never Can Tell de Chuck Berry.
Billy Jean de Michael Jackson.
Le *Concerto pour violon* opus 61 de Ludwig van Beethoven.
L'air de la *Suite orchestrale n° 3* en ré majeur de Jean-Sébastien Bach.
« *O mio Babbino Caro* » extrait de *Gianni Schichi* de Puccini, interprété par Maria Callas.

Unchained Melody par les Righteous Brothers.
Shake It Baby par John Lee Hooker.
The Journey to the Line par Hans Zimmer, extrait de la bande originale du film de Terrence Malick, *La Ligne rouge*.
Love Me Again par John Newman.
No Love par Eminem et Lil Wayne.
Summertime Sadness par Lana Del Rey.

Table

11102

Composition
NORD COMPO

Achevé d'imprimer en Espagne
par BLACKPRINT CPI
le 25 août 2015.

Dépôt légal mai 2015.
EAN 9782290102275
OTP L21EPLN001777B002

ÉDITIONS J'AI LU
87, quai Panhard-et-Levassor, 75013 Paris

Diffusion France et étranger : Flammarion